天下才子半流人

狄青 著

北京日报出版社

图书在版编目（CIP）数据

天下才子半流人 / 狄青著. — 北京：北京日报出
版社，2024.7
ISBN 978-7-5477-4816-9

Ⅰ.①天… Ⅱ.①狄… Ⅲ.①散文集—中国—当代
Ⅳ.①I267

中国国家版本馆CIP数据核字（2024）第026744号

天下才子半流人

出版发行： 北京日报出版社

地　　址： 北京市东城区东单三条 8-16 号东方广场东配楼四层

邮　　编： 100005

电　　话： 发行部：（010）65255876

　　　　　　 总编室：（010）65252135

印　　刷： 三河市中晟雅豪印务有限公司

经　　销： 各地新华书店

版　　次： 2024 年 7 月第 1 版

　　　　　　 2024 年 7 月第 1 次印刷

开　　本： 710 毫米 × 1000 毫米　1/16

印　　张： 15.5

字　　数： 210 千字

定　　价： 69.80 元

目　录

辑一：天下才子半流人

东北秧歌与宁古塔

我到海林是正月，还在春节期间。

东北人过年，尤其是东北农村，炕桌上少不了大鱼大肉，街衢上少不了秧歌锣鼓。海林也不例外，正月里几乎天天都有秧歌队巡街表演，感觉上却与我在百里外的牡丹江看到的有所不同。我问海林当地的朋友，海林的秧歌表演与东北其他地区的秧歌表演有什么区别。他说，区别嘛，应该也没啥大区别，都挺火爆，不同的是我们海林这边的秧歌队步子迈得要小一点，动作比牡丹江那边的更强调艺术性。

海林最有名的地方有两处，一处是杨子荣墓，另一处是以双峰农场、八一滑雪场等为核心区域的雪乡。杨子荣墓就位于海林市区，地势高耸，从海林市区内的多数地方都能望见。雪乡则是要去张广才岭那个方向，不近。但我来海林要看的却不是这两处地方，而是海林另一处不算特别热门，但在历史上名气却很大的地方——宁古塔。

实际上，如今海林城区的大部分区域就是当年宁古塔将军驻地"旧街"所在地。清王朝统一中国前，其皇族远祖有兄弟六人居于此地，满语称六为"宁古"，单个为"塔"，因此称其地为"宁古塔贝勒"，简称"宁古塔"，也就是"六个"的意思。清统一中国后，宁古塔成为清政府设置在盛京（沈阳）以北，管辖黑龙江、吉林及乌苏里江流域广大区域的边陲重镇。宁古塔将军驻地和治所曾经两经迁移，三易其地，依次为宁古塔旧城（旧街）、宁古塔新城、吉林乌喇。1636年宁古塔将军初设，1640年后，宁古塔将军取代奴儿干都司，开始行使对黑龙江、乌苏里江流域包括库页岛的管辖权，宁古塔旧城遂成为清政府在盛京以北保卫东北边陲最重要的军事和行政中心。

除了海林旧街，当年被流放宁古塔的流人主要聚集地都在海浪河两岸。海浪河是松花江的主要支流，发源于张广才岭，流经海林市所辖的多个乡镇，是当年宁古塔农业灌溉用水的主要来源。其中新安镇就是彼时宁古塔流人聚集较多的地方。我在海林市文化馆的朋友陪同下，赶到新安镇下面一个叫山咀子村的小村，目睹了一场正在进行的民间秧歌表演。这看上去是一个不大的村庄，但不管是汉族还是朝鲜族村民，扭起秧歌的时候都十分投入，很有美感。据说从年前开始，不管天气有多冷，每天海浪河两岸各村群众都会自发走出家门扭秧歌。而在离山咀子村不远处的道边，就有一块石头上刻有"宁古塔"三个大字。朋友说，这一片都是两百多年间宁古塔流人生活和劳动过的地方，有"宁古塔"碑石的地方不止这一处。海浪河两岸的村民目前有许多习俗，包括秧歌的表演方式，都与当年宁古塔流人在这一带生活的影响有关。

东北秧歌据说起源于历史上播种插秧的劳动生活场面，与东北古代祭祀农神祈求丰收所唱的颂歌及表演方式有关，并在发展过程中不断吸收农歌、戏曲、杂技、武术的技艺和表演形式，从而从最初的演唱秧歌发展成为今天这样一种民间载歌载舞的艺术表演门类。据《柳边纪略》等书籍记载，东北秧歌与东北二人转原本是一回事，并不像今天分得这样清楚。尤其是在春节的时候，秧歌和二人转往往都是合在一起表演，你中有我我中有你。许多人好奇，东北秧歌里为什么包含许多南方元素？比方说，传统的东北秧歌表演中就有白蛇、青蛇、许仙以及《西游记》等中原甚至南方戏剧表演里才有的故事人物。其实在来海林之前，我就有一种认识——被流放宁古塔等东北边地的流人显然为东北的地方文化和地方文艺发展起到了潜移默化的推动和"改造"作用。想一想，在两百多年间，一批又一批中原、南方的文人（其中有相当一部分是名满海内的大文人，正所谓"南国佳人多塞北，中原名士半辽阳"）被清朝统治者流放到东北，他们的到来，不仅促进了东北地区社会经济的发展，而且从某种意义上来说也重塑了东北的文化生态。

遥想当年，宁古塔可谓苦寒之所中的"极地"——大雪困山河，百里无人烟。且不说在此生产、生活、繁衍，即便从南方一路走到宁古塔，也要历经千难万险，单是翻越长白山和张广才岭，就不知要了多少流人的性命。在宫斗神剧《甄嬛传》中，甄嬛一家便被流放到了宁古塔，甄嬛听闻后无比绝望，几番欲死。虽属"神剧"中的情节，但这个情节的确不算夸张。在那个时代，"流放宁古塔"差不多就等于被判了极刑，貌似没被判死，却比死也强不到哪去。因为最终能够走到宁古塔的人，彼时都能够算是幸运儿了。

《宁古塔志》中记载了彼时宁古塔"四时皆如冬，八月雪，其常也"。在那个没有暖气和先进御寒措施的年代，就算是从南方来的普通人，也会因水土不服而倒下，更别说骄奢淫逸惯了的贵胄们、不事农桑久了的文人们。顺治十八年（1661年），被流放宁古塔的大文人吴兆骞写道："宁古寒苦天下所无，自春初到四月中旬，大风如雷鸣电击咫尺皆迷，五月至七月阴雨接连，八月中旬即下大雪，九月初河水尽冻。雪才到地即成坚冰，一望千里皆茫茫白雪。"桐城派大家方拱乾记录："（女子）春余即汲，霜雪井溜如山，赤脚单衣悲号于肩担者不可纪，皆中华富贵家裔也。"文人钱威也说宁古塔"塞外流人，不啻数千"。

遥想当年，仅是顺利抵达宁古塔的名人中就有康熙的老师陈嘉猷，江南"哭庙案"被斩于市的金圣叹的妻子和儿子金释弓（乳名断牛），桐城派大家方拱乾，连吴梅村都自叹不如的大文人吴兆骞，崇祯一朝的兵部尚书张缙彦，还有海内知名的文人姚其章、钱威、钱虞仲、钱方叔等。

当年的宁古塔的确系苦寒极地，但也非人间地狱，史料中记载，流人到宁古塔各旗，多数都分给住房、耕牛和土地。宁古塔官吏及当地百姓比较敬重读书人，流人在宁古塔，虽是服刑之人，但尚且自由，从大将军到副都统、协领、佐领等等，大都与那些被流放来的文人和贵胄结为好友，而文人们亦可经常相聚。

作为明末清初颇具争议性的人物，张缙彦为人有缺，作为明朝的兵部尚书，他一降李自成，二降洪承畴，后因资助李渔刊刻作品及"文字狱"罪名而被流放到宁古塔。但张缙彦本系一位才子，少读诗书，系崇祯四年（1631年）进士，诗词歌赋皆有造诣，尤爱南曲。流放宁古塔，除却家人仆役以及大量图书之外，竟还专门带来了十名自己喜爱的南曲歌姬。是张缙彦最早将南方的戏曲表演文化带到了宁古塔，极大地促进了与东北地方文艺的相互借鉴和融合发展。至宁古塔后，张缙彦与吴兆骞、方拱乾等人"朝夕相对，欢若一家"，诗酒唱和，过从甚密，同游渤海国上京龙泉府遗址，张缙彦写下了《东京》一文，史料价值极高；他还写成了黑龙江第一部山水专志《宁古塔山水记》；而他的散文集《域外集》则是黑龙江第一部散文集。

方拱乾年过六旬被流放宁古塔，至戍所后，建屋三间。方拱乾用自己从江南带来的种子在屋外种植瓜果蔬菜，并效仿明代王阳明贬居贵州龙场驿时行事，将其居所命名为"何陋居"。"呼牛驾短犁，辍谷且种蔬""荒哉饱饭六十年，白头才知辨麦菽""素餐六十年，白头乃食力"……从方拱乾在宁古塔写下的这些诗句可看出，作为桐城派文人大家的方拱乾，俨然已从一个不折不扣的文人变成了一个"知辨麦菽"的农人，抑或说他的文人血液已掺入了农人的因子，方拱乾肯定不会再是从前的那个文人了。后来清廷要扩建皇城，颁布流刑之人可认工赎罪的赦令。安徽桐城方家罄尽所有，认修了北京的前门楼子，终使方拱乾得以赦返故里。

而大文人吴兆骞的文采则被宁古塔官方和同去的流人们共同看重，他是第一个在宁古塔开馆授徒的人，第一个教的就是宁古塔第一个流人陈嘉猷（曾做过康熙的老师）的长子陈光召，他也是吴兆骞最钟爱的弟子。后来，黑龙江将军巴海专门聘吴兆骞为书记兼家庭教师，教授巴海的两个儿子额生、尹生读书，"礼遇甚重"。

1665 年夏，张缙彦邀流放于宁古塔的文人吴兆骞、姚其章、钱威、钱虞仲、钱丹季、钱方叔等六人，发起"七子诗会"，每月集会一次，分派题目，限定韵律，作诗唱和，这是黑龙江有史以来首个文人诗社。张缙彦曾撰文记录诗会情境："岩回波绕，升高骋目，天风飕飕，迥然有尘外之思。遂系马披榛，烧蓬置酒，分曹竞饮。"这无疑就是文人聚在一起采风并野餐了。文中还记录了他们在采风时曾下套捉到一只野鸡，却未将其"野餐"掉，"恻然"的方拱乾暗地在崖顶把它放飞了。方拱乾当场赋诗《放雉》两首。众文人遂将方拱乾放雉处命名为"放雉崖"。方拱乾返回故里后曾写下《忆雉》一诗："笼外有天地，山梁霜雪春。别时犹顾我，行处未逢人。曾否故巢在，应疑旧羽新。花根见余粒，爪印印阶尘。"

彼时流放到宁古塔的文人也好，官吏也罢，虽然在流放前皆有各自立场，都有不同身份，甚至曾是老死不相往来的对手，但在冰天雪地的宁古塔，在距离故乡万里之遥的流放地，却相处得极好。在宁古塔，他们彼此的政治身份消失了，阶层地位弱化了，大家虽皆为戴罪之身，但却纷纷回归到真实的自我，倒比关内的那些"循规蹈矩"者活得更自由、更洒脱、更加无忧无虑。

海林市文化馆的朋友对我说，当年七十二岁的张缙彦病逝于宁古塔自己的书斋内，宁古塔军民自发为其送葬。在东北，张缙彦被后世称作"张坦公"，因他给东北带来了关内昆弋名曲，对东北民间文艺的成长和发展颇有贡献。从前东北一直流行一种以秧歌贺岁、拜年的形式：倘在城里，秧歌串街则双行纵队，边舞边行，遇有鸣鞭炮或是备茶水迎接者，则停下打场，就地演出；若在农村，秧歌队伍进各屯拜年都要事先联络，获准后入屯中心广场或开阔地，慢走慢舞，旗鼓居中，除扭秧歌，其间还要唱二人转和小戏，然后向全屯父老乡亲拜年。这种形式，据说最早兴盛于流人聚集的辽阳、卜奎（今齐齐哈尔）、宁古塔一带。

正月十五那天，我在吉林辉南县朝阳镇见到了据说连当地人也不常见的"灯官会"。东北农村乡镇有在正月办"灯官会"的习俗，届时由选出来的"灯官"巡灯，"灯官"带着秧歌队伍一路查灯，谁家的灯漂亮会受到奖励，反之不挂灯者会受罚。虽带有一定的奖惩性质，但实际上是另一种形式的秧歌表演，深得群众喜爱。扭秧歌的队伍从朝阳镇的大街上舞动着走过，络绎不绝，有行路的群众自发地加入扭秧歌的队伍，虽然舞姿不怎么讲究，可那兴奋的劲头却溢于言表。

到东北过大年，过的就是这么个火爆劲儿，过的就是这么个痛快劲儿。过年，从年前到正月，在东北广袤的黑土地上，到处都响彻着清脆的锣鼓点，到处都扭动着舞秧歌人的动人身影。遥想当年，陈嘉猷、吴兆骞、方拱乾、张缙彦、钱威、金释弓等文人，不知道是否也曾与当地人一起舞之蹈之？甚至精通音律如张缙彦者，亲自参与指导和编排也说不定呢！我在海林的街头曾问过一位只穿单薄衣物演出的老大爷，问他穿得这么少冷不冷，老大爷说，只要是扭秧歌，不管是自己扭还是瞅别人扭，心里都是热乎乎的，这心里一热乎，身子骨也就不知道冷了。

江南的风骨

在我的印象中，江南的天空是透明的，江南的大地是翠绿的，江南的河水是清澈的，江南的语调是温婉的，江南的风物是美不胜收的，但是，江南的人呢？

不讳言地讲，江南人在我以及不少北方人印象里，却没有如江南的景色那般令人心醉，哪怕我的祖籍便在江南。其实，也并非我，对于土生土长的北方人而言，对南方人或多或少是有一些看法的。北方人总说南方人没有北方人这样的气魄、这样的豪爽、这样的心胸，甚至是这样的酒量，尤其是江南那方土地，多小门小巷，多小桥流水，多小家碧玉，待人处事仿佛也透着小里小气……以至于连我一位颇读过几本书的文友，提起江南也是轻飘飘一句："那地方有的是脂粉味道跟商品气息，山水之外仿佛少了些风骨。"

对此，很长时间以来我是深以为然的。直到突然有那么一天，当我一个人再次走入江南的蒙蒙烟雨之中，走进有"上海之根"之称的江南著名的鱼米之乡——松江，当我的脚步再次在泛着青苔的石板路面上跫然响起，当我的目光不只是停留在视野中高楼林立的江南，而把探寻的目光投向幕帏中的江南，投向史册中的江南，于是，我发现了另外一个钢筋铁骨的江南，我看到了江南人的另一面，这一面足以让那些瞧不起这一方水土的人感到震撼，感到由衷地抱愧。或许我们不应把历史扯得太远，尽管这块吴王夫差、越王勾践曾经纵横驰骋的土地，其文明史的渊源与中原相差无几，尽管这里的山水曾庇护了一代又一代帝王将相，滋养了一批又一批文人墨客，这里更有用不完的花粉胭脂、数不尽的美女名媛，但真正打动我的却是发生在江南的那一桩桩可歌可泣的往事。一向文静柔弱的江南人用他们的血肉之躯在中国历史最暗淡的一页中书写出最亮泽的一笔。

明末是中国的多事之秋，从吴三桂率领明王朝的最后一支精锐部队向清军投诚，打开山海关城门之时起，中国的命运似乎便已经注定了。无论是李自成的西北农民军，还是华北、华中的明军残部，都未能对清军进行更有效的抵抗，几日前还在高唱誓与清军决一死战的将领们争先恐后地竖起降旗，有头有脸的官僚士绅们也哭哭啼啼地改梳了辫子，顷刻间，大半个中国已进入爱新觉罗家族的掌心。事情发展到这般地步，顺治皇帝福临总算是松了一口气，对他来说，紫禁城的龙椅多半算是坐稳了。

所以，当百战百胜的八旗官兵骑着马散漫地向江南进军的时候，在他们看来，这已经不是一场战争，而是一次向尚未臣服但却不堪一击的汉人炫耀武力的阅兵，是一次带有操演性质的例行公事。尤其他们面对的是一支支匆忙间拉起来的队伍，没有正规的训练，没有像样的武器，许多士兵不久前还是广有钱物的商人抑或寒窗苦读的学生。这些江南人在豫亲王多铎和摄政王多尔衮的眼里是那样渺小和微不足道，以至于多铎率领骑兵刚刚踏过高邮，便开始盘算着要在苏州为自己建一座具有江南风味的园林了。

然而，情况大大地出乎了多铎和多尔衮的预料。青山秀水的江南，迎接他们的是前所未有的顽强抵抗，江南人抗敌决心之坚定让所有来犯者无不骇然。先是古城扬州，数万清军遭数千军民迎头痛击，小小的扬州城遂成为清兵入关以来所经历的最为残酷的战场，史可法的威名一夜间令众多清军皇族胆寒；接着是小城江阴，这座长江边上的县城，面对数万常胜清兵誓死不屈，在清军车轮式的攻击下，江阴军民竟顽强抗击了八十一天，城破时无一人降，被屠杀者几万人；还有小城昆山，顽强守城达月余，全城军民前仆后继，死伤无数；还有嘉定，三次城破，三次屠城而不降；还有太仓，守城官员虽降，但城内军民却在几位文人秀才的率领下与清军以死相拼。还有镇江，还有丹阳，还有湖州……还有活跃在江南河网丘陵间以"白头军"等为代表的数不胜数的群众性反清武装力量。一个在北方人眼里只懂得风花雪月和拨拉算盘珠子的江南，显示出了其特有的铮铮铁骨和阳刚血性。在众多抗清武装的将领中，就包括了许多根本没有拿过刀枪更没有作战经验的文人墨客，像大文人黄宗羲、顾炎武、吴易，还有夏允彝、夏完淳父子和陈子龙，而此三人都出自江南古城松江。

1645 年，四十九岁的夏允彝在领兵抗清失利、联络四方力量无果的情况下，决定去死，他要以死殉国。他告知亲眷自己的决定，谁阻拦他就与谁恩断义绝。那是个清冷的早晨，其兄、子、妻妾等众家人，皆肃穆哀恸地立于水滨观视。家门口的水塘浅，只达夏允彝的腰部，夏允彝于是生生将自己埋头于水中，终致呛水而死，死时他背部的衣衫都未沾湿。目睹父亲刚烈死状，尚不足十五岁的夏完淳肝胆欲裂。与夏允彝同年进士的江南大文人陈子龙原想与夏允彝同死，但夏允彝以母妻托之，他本人又有九十祖母需要赡养，故而忍死待变。在松江乃至整个江南，陈子龙、夏允彝被并称为"陈夏"，夏允彝沉稳宽厚，陈子龙性如烈火。夏允彝死后，陈子龙与夏完淳一起在松江集众千余人抗清，军号"振武"，联络友军两万余人进攻苏州，失败后，陈子龙被捕。清军准备将其押解至南京，途经松江境内的一座跨塘桥时，陈子龙挣脱清军，跳入水塘之中，溺水而亡，追随他的挚友夏允彝而去。

陈子龙也是夏完淳的老师，夏完淳自幼聪慧，"五岁知五经，七岁能诗文"，夏完淳后加入吴易所率领的"白头军"，任参军之职。"白头军"曾于太湖取得"分湖大捷"，斩杀清兵三千余人，后被清军重兵围剿，"白头军"遭重创。夏完淳欲出海投奔于舟山抗清的南明军队，临行前回松江与母亲告别，不幸被捕，被押至南京。洪承畴亲自讯问并劝降，但反遭夏完淳奚落。

无独有偶，同样一幕也发生在与夏完淳相熟的"白头军"将领孙兆奎身上，孙兆奎被押到南京后，也是洪承畴来主审。面对扎辫子的清朝"总督"，孙兆奎轻蔑地笑问堂上洪承畴："我们大明朝也有个牺牲的先烈叫作洪承畴，您不会是与那位大人同名吧？"这令洪承畴难堪至极。

夏完淳被捕后，在狱中谈笑自若，写下大量诗作，都是慨世、伤时、怀友和悼念死者之作，慷慨悲凉，传诵千古；继其父所作之政论集《续幸存录》，分析南明弘光政权覆灭的原因，识见超卓。如谓"南都之政，幅员愈小，则官愈大；郡县愈少，则官愈大；财赋愈贫，则官愈富。斯之谓三反。三反之政，乌乎不亡"，实在想不出这些文字皆出自一个十七岁的少年笔下。

夏完淳的老师除陈子龙之外，还有史可法、黄道周、陆鲲庭等人。就说这个不太为后人所知的陆鲲庭吧，清兵入江南后，这位崇祯年间的进士唯恐被拉出来做官受辱，决心一死，无奈家人对他看管极严。有一天，陆鲲庭趁妻子偶然离开时插上房门上吊自杀。家人发觉后破窗而入救活了他。他却痛苦万分，质问家人："奈何苦我！"最终他还是自杀而死。

事实上不只是在明末清初那段时间，史料记载，在第二次鸦片战争时期，当英法联军企图侵扰中国内地时，战斗最激烈的依然是在江南，在吴淞、镇江、江阴一线，到处是刀光剑影、炮声隆隆。据统计，在英法联军登陆的几日间，江南一带因不愿落入敌兵之手而投井、悬梁的节妇烈女就达百余人。

来松江，其实就是来看夏氏父子还有陈子龙的。这里离江苏比离上海中心城区更近，导游手册上说，这里是上海人文历史传承最久的地方之一，是"上海之根"。

夏允彝、夏完淳父子墓，坐落在松江小昆山镇荡湾村北开阔的田野中。石驳墓基围成一块平台，墓地呈半月形，高约两米，面宽约三十米，占地二亩余，由陈毅题写的碑文"夏允彝、夏完淳父子之墓"十个行楷大字颇为醒目。柳亚子曾有诗赞夏完淳："悲歌慷慨千秋血，文采风流一世宗。我亦年华垂二九，头颅如许负英雄。"而陈子龙墓则位于松江余山镇的广富林村。墓原建于乾隆年间，后遭毁坏，于20世纪80年代翻修。与远处高楼林立的松江新市镇比较，无论是夏氏父子墓还是陈子龙墓，都显得有些冷清，却又是经济快速发展区域中难得的一方净土。

……

在夫子庙吃江南小吃，窗外便是缓缓流动的秦淮河。在我的眼中，秦淮河总是幻化出一幅幅生动的画面，把我带入历史与沉思，我仿佛看到了明末秦淮河中那一条条灯红酒绿的花船，那一把把半遮粉面的桃花扇，我仿佛听到了两岸喧嚣的叫卖，船娘吟唱的小曲，感受到了俞平伯式的桨声灯影……可是，如今，叫卖声依然，小曲早已变成了流行曲。秦淮河的河道变得拥挤，朋友说，这河里已经多年没有鱼了，有一种说法是南京大屠杀发生之后，这条河流入了太多同胞的鲜血，鱼便没有了。当我置身于李香君故居陈列馆，这座晚明建筑的对岸便是一家酒楼，隐隐能听到酒客的嘈杂声，我忽然想，三百七十多年了，香君那一抹香魂是否找到了安居之所？又蓦地想起了陈子龙的那首《点绛唇·春闺》："满眼韶华，东风惯是吹红去。几番烟雾，只有花难护。梦里相思，芳草王孙路。春无语。杜鹃啼处，泪染胭脂雨。"陈子龙与柳如是有过一段浪漫的恋情；李香君好像没有见过陈子龙，不知道见后是否也会爱上英雄。

1647年，夏完淳等四十多名抗清义士在南京西市慷慨就义。清军那手提鬼头大刀的刽子手，面对在自己面前昂首站立的十七岁的粉面少年英雄，那曾经砍掉无数人头的双手，也不由自主地在发抖……在那天共赴南京西市刑场的江南抗清义士中，夏完淳是年龄最小的一个。

都说江南人精明，都说江南人会算计，如果此说成立，实际上又有什么不好呢？江南的繁荣与富庶不是用酒水浇灌出来的，江南人做事靠的是脚踏实地、靠的是思路缜密，江南人懂得怎样做才能真正被人瞧得起，所以，在历史的长河中，江南的山水才会变得这样有分量，这样叫人怀念。

天下才子半流人

　　古代的中国文人，极看重行走与创作之间的内在关联，因而特别将行万里路与读万卷书的重要性并列在一起，仿佛此二者才是文人创作的入门条件与不二法门，之后方有下笔如有神的灵性与决绝。读书这事儿嘛，咱就不用说了吧；而行走嘛，于古代中国文人而言，方式大致有两种，一种系主动，一种乃被动，所谓被动，便是贬黜与流放，比之前者，后者对文人内心的触动以及对其文学创作的影响力无疑更大、更重要，同时也更深远。

　　王昌龄当年被流放的原因，史料谓之曰"不护细行"，意思嘛，也就是说有人弹劾王昌龄这个人"太不拘小节了"。大家都知道王昌龄是中国边塞诗的领军人物，有"七绝圣手"之美誉。为了谁在坊间影响力更大的问题，他曾不止一次与王之涣、高适以歌女吟唱谁的诗多为由轮流付酒钱，由此也可感知其豪放的一面。他一生两次被流放，都与他的"不护细行"有关。对王昌龄这样的文人而言，流放大抵属于"痛并快乐着"：一方面舍不得长安的繁华热闹，一方面又可以借此与更多地方上的文人、隐士、僧道以及官员结交，乃至于朋友遍天下。公元739年，王昌龄流放岭南，他一路遍访名山大川，于襄阳见到了大名鼎鼎的孟浩然，孟浩然当时正患疽病，原本就要痊愈了，据说因见到王昌龄实在高兴，不仅破戒喝了大量的酒，还吃了海鲜，并乘着酒兴写了《送王昌龄之岭南》一诗，没想到事后疽病病症复发，竟就此过世。王昌龄十分悲痛，原本要去金陵的却去了巴陵，于是遇到了李白。当时李白也正在被流放夜郎的路上，二人一见如故，盘桓多日，临别，王昌龄作《巴陵送李十二》送李白。一年后，王昌龄得赦高高兴兴地回长安，屁股还没坐热，就再次因其口无遮拦而被流放至湖南龙标。李白闻讯后专门写了《闻王昌龄左迁龙标遥有此寄》。王昌龄乐观，不仅带去了中原的蔬菜种子，还办了许多诗社，引导当地人吟诗作赋，人称"诗荒开遍夜郎西"。

白居易的母亲去世，据说是因为看花落井而亡，于是有人弹劾说，白居易的母亲掉到井里死了，而白居易却还在写赏花和与井有关系的诗，这样的人实在不该在朝中任职，于是白居易就被贬为江州司马。江州系九江，那时候的九江还属于偏僻之所，他的挚友、通州司马元稹闻讯后曾写下了《闻乐天授江州司马》一诗，所谓"垂死病中惊坐起，暗风吹雨入寒窗"，可见当时江州之荒僻。然而就在流放期间，白居易几乎完成了他一生文学创作中最重要的作品，包括《琵琶行》《与元九书》等，尤其是《与元九书》乃中国现实主义文学理论的里程碑式的作品。后白居易又调任到四川忠县，按说路途比九江还要遥远，但他却是怀着无比喜悦的心情沿长江而上的，一句"鸟得辞笼不择林"便可一窥白居易彼时的愉悦心情，因白乐天的到来，忠县亦很快成了文风繁盛之地。

与其他被流放的同时代文人相比，刘禹锡是个特例，因他被流放的地方特别多，先后被贬常德朗州、广东连州、四川夔州、安徽和州等地。刘禹锡流放朗州达十年之久，其间他一边在当地办学授课，一边与流放到湖南永州的柳宗元相互通信打气，倒也算"既来之，则安之"，终于等到了被朝廷赦免召回，实在太高兴了，一回到长安便写了一首名为《游玄都观咏看花君子》的诗："紫陌红尘拂面来，无人不道看花回。玄都观里桃千树，尽是刘郎去后栽。"旋即朝廷中有人认为是"暗含讥刺"，将其流放夜郎播州（今贵州遵义）。同被赦免回到长安的柳宗元听说后，立即上书道："播州非人所居，而梦得（刘禹锡）亲在堂，吾不忍梦得之穷，无辞以白其大人，且万无母子俱往之理。"朝廷于是将刘禹锡改为流放广东连州。后刘禹锡母亲于流放地连州去世，刘禹锡奉灵柩北返，至衡阳，听到柳宗元于同月去世的消息，"惊号大叫，如得狂病"，写下散文史上感人至深的两篇长文《祭柳员外文》《重祭柳员外文》。

李白原本是没有被流放的资本的，这与他始终没有进入权力中心有关。但被"赐金放还"的李白因为不甘心，投到了永王麾下，没承想跟错了人、站错了队，永王造反兵败，李白被下了狱，后被"长流夜郎"。于是李白在他五十八岁那年开始了他的流放之旅。这一路，可谓是李白的辞赋之旅，先武昌，再洞庭，又湘西，四处都留下了他的诗赋。那时候的官员也可爱，明明来的是一个被贬黜的文人，他们不光好吃好待，还争着抢着让李白多住些时日。于是，单是去程，李白在路上就消耗了七八个月的时光，李白写"夜郎万里道，西上令人老"的含意显然不只是感叹时光流逝那么简单。这七八个月的时光对中国文学史非常重要，倘使没有这种流放，李白与他的粉丝们也难以如此近距离地相见，更不会留下那么多别有意味的诗篇，就连杜甫都因李白的流放而写下了《梦李白》《天末怀李白》等诗篇。至少有四五个省因李白的"长流夜郎"而留下了各式各样的"李白旧址"。李白在流放地待了两年多，便遇到全国性大赦，诗人欣喜若狂，回程一路的诗作与去程形成鲜明反差。公元762年，据说李白在安徽醉游采石矶的时候，因为兴之所至入水捞月而死。晚于李白不长时间的唐代诗人项斯有诗为证："夜郎归未老，醉死此江边。"醉死，无疑算得上文人最好的死法之一了吧！

韩愈与柳宗元都是大诗人，与元稹、白居易在唐代被人并称"韩柳元白"，被封为一代文坛宗师。然而，韩愈跟柳宗元却不是一条道儿上的人。韩愈是保守派一边的，柳宗元是改革派一边的，二人只要碰面就抬杠，闹得脸红脖子粗，但这倒没妨碍他们成为好朋友。柳宗元死后，据说韩愈还收养了柳宗元的孩子。这令人想起在他们二人之前，魏晋时的"竹林七贤"，嵇康与山涛绝交，还写了《与山巨源绝交书》，生怕全国人民不知道他跟山涛撕破了脸，可到后来，嵇康被问斩前，却把儿子托付给了已经绝交的山涛。古代文人的处事方式的确与众不同。

还说韩愈跟柳宗元，二人在朝廷里貌似政敌，却都没能逃脱被流放的命运，差不多同时期被流放，一个被流放到广东潮州，一个被流放到广西柳州。他们的区别在于，韩愈是头一次被流放，而柳宗元是第二回了。那是一千两百年前，潮州跟柳州往好了说也未必能赶上我们现今的五线小城镇，两个爱炝火抬杠的文人差不多同时被抛入了人生的最低谷。然而，你看他们二人这个时期相互往来的诗文，却极少谈他们各自的失势与不如意，倒是大谈人生理想以及两广美食。说"美食"其实很牵强，那时候显然还没有如今以生猛海鲜为主打的粤菜菜系，在两广地区甚至连二人早已习惯的羊肉都很难吃到，于是，他们不约而同地喜欢上了蛙肉。尤其是柳宗元，吃青蛙吃出了许多心得，一边与刘禹锡诗词往来，一边又和韩愈谈论"美食"。韩愈后来则吃海鲜吃上了瘾，他写了一首《初南食贻元十八协律》寄给长安的粉丝，不仅仔细描述了许多奇怪的食物，而且给粉丝讲解了他刚学到的一些生物学知识。

再来说说宋代的苏东坡与秦观。从公元1079年苏东坡移知湖州开始，大苏的被贬就成为一种常态。黄州，常州，广东惠州，海南琼州……苏东坡一生中的大部分时间，其实都是在流放地度过的。不得不说苏轼的胸怀，他一路被贬到广东惠州，那个时候广东还是蛮夷之地，什么也没有，即便如此还能"日啖荔枝三百颗"，何其乐观！在惠州，苏东坡写下了"吏民惊怪坐何事？父老相携迎此翁……岭南万户皆春色，会有幽人客寓公"。他还写信给友人："到惠将半年，风土食物不恶，吏民相待甚厚。"并附上"日啖荔枝三百颗，不辞长作岭南人""报道先生春睡美，道人轻打五更钟"等诗篇，这些篇什传到朝廷，掌朝者章惇道："苏子瞻尚尔快活。"于是他立即又被贬为琼州别驾，前往海南岛。正是这个"非人所居"的海南，却让苏东坡写下"九死南荒吾不恨"的诗句，仅仅几年后，海南便出现了"书声琅琅，弦歌四起"的景象，海南文士还结成了"桄榔诗社"，被称为海南文化的发轫团体。

苏东坡与秦观亦师亦友，当年三十岁的秦观在两淮游历，于彭城见到了他最为崇拜的苏东坡，于是写下了"我独不愿万户侯，惟愿一识苏徐州"之名句。苏轼对秦观的才华也大为赞赏，在苏轼的鼓励下，秦观发奋读书，连考三次，终于在三十六岁时考取了进士。没承想，其后来之命运与苏东坡也十分相似，被贬处州、郴州、横州、雷州。秦观性格柔弱，内心不如苏东坡强大，苏东坡就从海南写信至雷州鼓励秦观。在雷州，秦观写下了大量吟咏当地民俗风光的诗文，并教授当地人文化与生产知识。他与苏东坡后在雷州相会，二人百感交集，并相约"齐生死，了物我"。

宋元以后被流放的文人也非常多，但最有名的我以为当数王阳明无异议。王阳明被流放完全是因为他得罪了当朝的大太监刘瑾。王阳明被流放到贵州的龙场驿做驿丞，驿丞嘛，实在是一个小得不能再小的吏了，即便如此，因知道刘瑾为人之狠毒，所以王阳明被流放的时候"日夜南奔"，生怕刘瑾派人追来刺杀他。

贵州的戍所可谓苦不堪言，日夜兼程终于赶到了贵州龙场的王阳明写《杂诗》三首，其一云："危栈断我前，猛虎尾我后。倒崖落我左，绝壑临我右。我足复荆榛，雨雪更纷骤。"因为没有可居住的房屋，他只好结草庵以居之，至此，"自计得失荣辱皆能超脱，惟生死一念，尚觉未化"，便"日夜端居默坐，澄心静虑，以求诸静之中"。据说，他这样长期端居默坐，一天夜里，忽然高兴得雀跃欢呼，"从者皆惊"，原来他已"大悟格物致知之旨"，认为"圣人之道，吾性自足，向之求理于事物者误也"。也就是说，"圣人之道"存在于每个人的人性里，即每个人的心里，向外部事物去寻找是错误的。于是他创立"心学"，称"心即理，心外无理，心外无物"，并写成《五经臆说》一书，为后世留下中国古代哲学里的"阳明学派"，甚至被后人尊崇到与朱熹并列的位置。完全可以说，如果没有流放贵州龙场的经历，在京城养尊处优的王阳明是不可能有如此之"顿悟"的。

不仅是中国古代文人流放期间表现出巨大的创作潜力，国外许多名人被流放时也表现出不俗的创作力，例如普希金、陀思妥耶夫斯基、索尔仁尼琴等。还有，"一战"到"二战"期间的德国形成了人类历史上最大规模的作家流亡潮。最先离开德国的不是政客，更不是土豪，而是作家。因此，流亡文学成了那个时期德语文学的最重要的表现特征。先后出国流亡的德语作家有一千余人，其中具有世界影响力的流亡德国作家就包括了贝歇尔、本雅明、布莱希特、雷马克、亨利希·曼、克劳斯·曼、托马斯·曼以及阿·茨威格等。诺贝尔文学奖获得者赫尔曼·黑塞则早在1923年就加入了瑞士国籍。这一大批作家中，后来有一部分人由于对国家前途失去信心，感觉看不到出路而自杀，如本雅明、茨威格等。有一部分人则加入了居留国的国籍，如德布林、楚克迈耶尔、雷马克、托马斯·曼等。最先感知到纳粹德国对人类文明戕害的是德国作家，在二战期间始终选择不与纳粹合作的也是德国作家，他们因此而不得不流亡。同时，德国流亡文学所形成的强大的文学冲击波，也深深地震撼了当时的世界文坛，其影响力至今依然存在。

文人曾被认为是最柔弱且无力的一群人，然而，在人生的逆境中，在无常的命运里，却是这些人创造了文化的奇迹、推动了社会的发展，同时也是这些人坚守了人类良知的底线。反观那些皇帝，无论是中国的还是外国的，无论是南唐后主李煜、北宋徽钦二帝，还是因支持战争而被流放到国外的意大利最后一个国王翁贝托，他们忘不掉的是自己昔日的荣耀，不能放下身段面对现实。像李煜，干脆"日夕以泪洗面"，看他的词，那简直幽怨到整个人都快不行了。还有那个被金人掠去的宋钦宗赵桓，更是"时时仰天号泣"，搞得他父亲宋徽宗都看不下去。二帝一行一千四百余人，剩下有名有姓的只有几十个，固然有被金人迫害的因素，但相当一部分人（尤其是昔日的王公大臣）既无法忍受北国的寒冷萧瑟，更不能放下身段迎接甚至改变现实，他们缺少的恰恰是像苏东坡那样"九死南荒吾不恨"的气度与洒脱。

流放从来都不是一种正常的人生进行时，但于文学而言，于作家而言，我们今天能够记住的刘禹锡、柳宗元以及苏东坡的那些金词锦句，差不多都是他们在流放期间所创作的，更不用说像王阳明那样开创了中国古代哲学新领域的被流放的文人了。而像索尔仁尼琴那样，无疑是流放造就出了一个原本很可能不是作家的大作家。这难说不是像孟子所讲的那样，"天将降大任于斯人也，必先苦其心志，劳其筋骨，饿其体肤，空乏其身，行拂乱其所为，所以动心忍性，增益其所不能"。这显然是一种力量，更无疑是一份担当。

梅关驿道寻诗路

车子从赣州市区驶出，一路行向西南大余县方向，沿途时而可望见远处有一条河流蜿蜒流淌，我知道那是章江。这条河流与另一条名为贡水的河流在赣州市区合并而成为另一条著名的大河——赣江。

大余县位于赣州市的西南端，同时也是江西省的西南端，居章江上游，"五岭"之一的大庾岭之北麓，与广东南雄、仁化相连。我要去的是位于大余县城之南的梅关，全国目前保存最完好的古驿道便在大余的梅关。从江西大余到广东南雄，历史上有长达四十多公里的由不规则的青石板铺就而成的古驿道，称为"梅关驿道"抑或"梅岭驿道"，目前保留的比较完整的唐宋时期曾使用过的古驿道遗址尚有近两公里。

在古代，最便捷与最舒适的交通方式其实不是骑马，甚至也不是乘轿子，而是乘船。但是要从广东走水路入中原腹地的话，最短的行程便是由珠江溯支流东江而上至浈水，到达广东南雄，然后再越过梅岭，进入江西大余之章江，之后再由章江入赣江而至长江。从中原南下到岭南，则反其道而行之。梅关驿道是其中唯一一段必须翻越的陆路。因而梅关驿道也在一千余年的时间里成为沟通中国岭北岭南之南北交通之要道，同时它也是沟通中国北方省份与岭南的官方驿道。当年张九龄因言获罪，告病还乡途经于此，见山路险峻难以通行，遂向唐玄宗谏言开凿梅岭，以便捷北方省份与岭南之交通。唐玄宗同意并拨出专款，任命张九龄为筑路大臣，由此便有了这条连接北方省份与岭南重要的交通要道。张九龄系岭南韶关人，没有比他更合适承担这一任务的了，他修路既是为国家长远计，同时也有私人考量。经过对梅岭的反复考察、勘测，张九龄最终选择了一条由大余至南雄距离最短的路线，这条路比秦汉梅岭故道又缩短了四公里。为了这四公里，张九龄动用了大量民夫，花了很长时间才修通，其中将最坚硬的一段花岗岩山体凿下去二十多米，从而打通了连接长江、珠江最短的陆地交通要道，使得梅关驿道成为中国陆地丝绸之路与海上丝绸之路的交会点。张九龄用两年的辛苦换来了此后一千多年的便捷。

我到梅关时已是午后，阳光很足，直晒下感觉火烧火燎。几乎未见其他游人，穿过写有"古驿道"的牌坊，便看到由不规则的青石板铺就而成的古梅关驿道了，由此盘旋一路向上攀行，便可一直走到梅关关口，那里便是江西与广东两省的交界处了，也是岭北与岭南的交界处。

甫一走上保存完好的唐宋古驿道，顿觉凉爽。虽是午后时分，但毕竟尚属初春时节，兼之古树遮天蔽日，走在古驿道上，人的体感还是舒适的。然而这种舒适感却很快便被汗流浃背所取代，这条古驿道的上山之路远没有我想象中的轻松，大大小小的石块被参差地铺设于山坡上，使得行走更像是在攀爬。但遥想当年，岭南岭北南来北往的官宦与客商，有这条件怕是已经非常知足了，毕竟，相对于险峻巍峨的大庾岭而言，梅关驿道的开通实在算得上是天堑变通途了。

梅岭又称大庾岭，系"五岭"之一，而梅岭之得名一般认为要先于大庾岭之得名。早在吴越争霸时，古越人首领梅绢便率领越国先民到此躲避战乱，他们是最早经此翻越崇山峻岭至岭南的客家人，梅岭的得名最早便与梅绢有关。秦在五岭筑三关，即横浦关、阳山关、湟鸡谷关，其中横浦关就位于梅岭顶上，当时只可勉强供一人行走通过。之后到汉武帝时，武帝派将军庾胜在此一带筑城戍守，从此梅岭便又被称作大庾岭。但大庾岭从出现那天起便更多是作为一个地理名词而存在，人们依旧习惯称这片大山为梅岭，除却因了越人首领梅绢，还因了此山遍长梅花。最初是野梅花，后来历代皆有人在梅岭之岭南岭北植梅，梅岭的名字遂越叫越响。梅岭的梅花树每到冬天竞相怒放，漫山遍野，梅岭也成为梅花的海洋，兼之千百年来走过梅关驿道的文人众多，他们吟诗作赋，遂使得"梅岭寒梅"广为天下知，成为一处盛景。

我在梅关驿道上"遇见"的第一位诗人是南北朝时期的陆凯。他的诗牌被竖立在刚刚踏进古驿道不远的路旁——"折花逢驿使，寄与陇头人。江南无所有，聊赠一枝春。"陆凯是一名武将，这一首偶得的《赠范晔》，却让陆凯这名武将走进了中国文学史，貌似素朴、简约、信手拈来的五言诗，却能串通古人与今人的心绪，读来极富意境。

很遗憾，我没有看见梅花，南方的初春早已见不到梅花的踪影。但想当年陆凯于戎马倥偬中登上梅岭，正值梅花怒放时节，他立马于梅花丛中，回首北望，想起了陇头好友范晔，正好碰上由岭南经驿道北归的驿使，就出现了折梅赋诗赠友人的一幕。那时的梅关驿道尚没有迎来返乡的张九龄，还是秦汉时期开凿的山路，崎岖又逼仄。如今保存下来的梅关驿道是由唐代诗人张九龄修筑开通、明代诗人张弼重新修茸而成并保留至今的。那些在唐宋以及明代被嵌入驿道中的石头并没有因时光久远而被磨去棱角，因而十分考验鞋底的厚度。我穿的是运动鞋，但还是会感到硌脚，并时刻小心崴脚，走在驿道上的我时不时在想：古人经此时大抵是穿着什么样的鞋子呢？

唐代诗人中，最早过梅关驿道的是宋之问。此人较为钻营，因媚附武则天宠臣张易之而获罪，但宋之问的诗还是上乘的。且看他的《度大庾岭》："度岭方辞国，停轺一望家。魂随南翥鸟，泪尽北枝花。山雨初含霁，江云欲变霞。但令归有日，不敢恨长沙。"还有他的《题大庾岭北驿》："阳月南飞雁，传闻至此回。我行殊未已，何日复归来。江静潮初落，林昏瘴不开。明朝望乡处，应见陇头梅。"这两首诗都是宋之问于梅关创作的，从这些诗句中，我们可一窥彼时宋之问的复杂心境，也能晓得彼时的梅岭，就连大雁至此都折返北回，可见其遥远且荒凉。

接下来的唐代诗人是刘长卿。他被贬官广东电白，走的也是梅关驿道。且看他的《却赴南邑留别苏台知己》："又过梅岭上，岁岁此枝寒。落日孤舟去，青山万里看。猿声湘水静，草色洞庭宽。已料生涯事，唯应把钓竿。"作为被贬的官员，经梅关驿道由岭北而岭南，如刘长卿这般内心荒寒且幻想从此做一"孤舟蓑笠翁"去"独钓寒江雪"的怕是不在少数吧。

古驿道上的青石板与鹅卵石被千百年来往返的行脚浸润得油光水滑，周边的树木也被早春的雾霭洗刷得葱茏青翠。想找一处地方歇息一下，但见前方有一标有"驿站"的亭舍，亭舍后有一处寺院，名曰云封寺。入得寺内，见有张九龄、张弼塑像，故云封寺又名"二张祠"，以纪念他俩开岭、修驿道之功绩。这座寺庙最初是在岭南，因遭破坏，后人于岭北重新修建而成。南宋诗人杨万里当年途经梅关驿道时写了一首《二月十九日度大庾岭题云封寺》："梅叶成阴梅子肥，梅花应恨我来迟。明年若寄江西信，莫折南枝折北枝。"云封寺曾是梅关驿道上最著名的一座寺院，如今的云封寺历经数次重修，比寺院更古老的其实是寺中几棵千年古树，虽历经岁月沧桑，依旧青翠繁茂。

当年张九龄修通梅关驿道后，据说给杨贵妃进贡新鲜荔枝的马队也曾从这里经过。但在我看来，走梅关驿道，急驰恐怕做不到，怕是只能牵着马走，还要时常防备钉了马掌的马蹄子打滑。即使如此，还是要比秦汉时的山路强百倍。由岭南经此道至岭北后，一路都是平坦的驿道，可直达长安。

苏东坡从岭南回中原，都是走的梅关驿道，巧的是他后面路过此地时有缘遇上了同一位于路边卖水酒的老翁，遂写下《赠岭上老人》："鹤骨霜髯心已灰，青松合抱手亲栽。问翁大庾岭上住，曾见南迁几个回？"历史上被发配岭南的人，多半客死岭南，梅关驿道便也成了一条有去无回的不归路。

也有从岭南一侧过梅关驿道至中原的。公元 1595 年，有位不远万里来到中国的洋和尚走过了梅关驿道，他就是利玛窦，由今日的广东韶关北行而赴江西。利玛窦是第一个走过梅关驿道的外国人，这条"通衢"给他留下了极深的印象，他为此专门留下了数百字的记述，其中也写到了开凿以及行走的辛苦。

说到过梅岭的辛苦，心学大师王阳明《过梅岭》诗云："处处人缘山上巅，夜深风雨不能前。山灵丛郁休瞻日，云树弥漫不见天。猿叫一声耸耳听，龙泉三尺在腰悬。此行漫说多辛苦，也得随时草上眠。""草上眠"，对于曾发配贵州龙场，习惯于宿山洞、饮流泉的王阳明来说怕早已是家常便饭。

万历十九年（1591 年），汤显祖因上书抨击朝政，被贬为广东徐闻县典史，《秋发庾岭》便写于他过梅关驿道的途中："枫叶沾秋影，凉蝉隐夕晖。梧云初暗霭，花露欲霏微。岭色随行棹，江光满客衣。徘徊今夜月，孤鹊正南飞。"

虽是走走停停，甚至未免跌跌撞撞，我终是攀上了梅岭之巅。在梅岭之巅，有一座古老的关楼，这便是梅关了。关楼所处位置正是江西与广东的交会点，它的一侧是岭北，而另一侧就是岭南。关楼南北两面门额均有石匾，北面门额刻的是"南粤雄关"，南面门额刻的是"岭南第一关"，为明代万历年间南雄知府蒋杰所书。我在梅关关楼内外，不知是不是心理作用，感觉岭南山水与岭北的景致似乎真的有些不同。由梅关关楼往岭南，便又是一路盘旋向下了，在从梅关关楼向岭南方向不远处，便是著名的衣钵亭与六祖寺了。

六祖寺供奉的是六祖慧能，就是那个写下"菩提本无树，明镜亦非台。本来无一物，何处惹尘埃"的禅宗六祖慧能大师。当年他被师兄弟们追杀至梅关驿道，幸得佛宗庇佑方躲过一劫。慧能从梅关脱险后，回到家乡广州隐居多年，才公布身份，从此开创中国佛教历史上之南宗一派。后人为纪念六祖慧能于梅关的这段险遇，便在梅关驿道旁兴建了衣钵亭、六祖寺。据说朱熹曾在六祖寺中借宿，并写下了著名的《登梅岭》："去路霜威劲，归程雪意深。往还无几日，景物变千林。晓蹬初移屐，密云欲满襟。玉梅疏半落，犹足慰幽寻。"从朱熹的诗中我们可以了解到一千多年前梅关驿道一带的景致。朱熹由岭北经梅关驿道前往岭南又返回，所谓"玉梅疏半落，犹足慰幽寻"，由此可知当年的梅关驿道旁生长了很多白梅花。

梅关关楼附近有一处地方，据说曾是文天祥驻足过的地方。当年南宋名将文天祥被俘后，元兵将文天祥由岭南的广州押往岭北的大余，走的同样是梅关驿道。当文天祥过梅岭关楼时，驻足举目远眺，哀鸿遍野，满目疮痍。就在当天，他开始绝食，并在大余东山码头的囚船上，写下了著名的《南安军》："梅花南北路，风雨湿征衣。出岭谁同出，归乡如不归。山河千古在，城郭一时非。饥死真吾志，梦中行采薇。"

1656 年，清代大诗人朱彝尊前往岭南投靠他的好朋友、广东高要县知县杨雍建，过梅关驿道时写下了《度大庾岭》一诗："雄关直上岭云孤，驿路梅花岁月徂。丞相祠堂虚寂寞，越王城阙总荒芜。自来北至无鸿雁，从此南飞有鹧鸪。乡国不堪重伫望，乱山落日满长途。"诗的首联"雄关直上岭云孤，驿路梅花多月徂"写的就是梅关附近的景象：雄关独峙，山顶孤云飘动，气象不凡。之前的梅岭是梅花岭南先开，岭北后放，但朱彝尊来梅关驿道时，两旁却不见一枝梅花，不知是否也是错过了季节。在此，朱彝尊抒发了世事更迭、沧海桑田的感慨。一个"孤"字，写的是岭云，也是诗人自我写照，与尾联"乡国不堪重伫望"遥相呼应。诗中所包含的浓烈情感，也不仅仅是对个人命运的感叹，而是作为大明遗民的一种故国之思、亡国之痛。诗的前两联所抒发的沧海桑田。今不如昔之感，表达了对明亡的感叹和对清廷的不满。诗中的"丞相祠堂"应是指梅关驿道旁的云封寺。

　　由梅关关楼返回岭北的梅关古驿道入口时，我们比上时步伐要轻快了许多，不知是因为下山的缘故还是已然适应了这条从千年时光深处走来的古驿道。天色已向晚，山风拂面，裹挟着一阵阵凉爽清新的气息，沁人心脾。我仿佛看到一个个古代诗人从我的身旁走过，听到了他们口中吟诵的辞赋，或铿锵，或悲凉，或绵长……

在清水"邂逅"赵充国

在天水所辖的几个区县中，清水的名气显然比不上麦积山所在的麦积区、伏羲庙所在的秦州区以及拥有大象山石窟等"甘谷八景"的甘谷县。这不奇怪，也不单纯是因为名胜古迹的知名度，还因在地理位置上清水也相对偏僻。中国的西北其实颇有意思，不知道大家发现没有，原本干旱缺水的地域，与水相关的地名偏又格外多，尤其是在甘宁两省区，越是干旱的地方往往却有个"水汪汪"的名字。但清水不是这样，其地虽处西北，但所辖区域主要位于发源于陇山西南麓的渭河重要支流牛头河流域，这里历史上便以水草丰沛而著称，《太平御览》引"《三秦记》云：'其坂九回，七日得越，上有清泉，四注而下。'下有县，因此而名。"简言之，清水便是因有"清泉四注"而得名。清水在前秦时期属邽戎部落，公元前688年，秦武公伐邽戎取其地，始置邽县，为中国历史上有记载最早设置的县。据《水经注》记载："黄帝生于天水，在上邽城东七十里轩辕谷。"上邽城就是今天的清水县，县城之东七十里，也就是今天的清水县山门镇白河村，在白河村的茂密林海深处，有一处山谷名为"轩辕谷"，当地村民称其为"三皇沟"，那里便是轩辕黄帝诞生的地方。我从清水县城专程过去探访，但车只能停在白河村，往山上走，越走林木越茂密，抬头是遮天蔽日的树冠，耳畔流水潺潺声不断，只看到了所谓的"轩辕帝睡觉石"，轩辕黄帝戏耍之"戏台"，显然有附会之嫌，但轩辕黄帝诞生于清水应该是不差的，除却各种民间传说的支撑，现存的不少史料也可以为其佐证。

黄帝时代在华夏文明史上是一个极其重要的时代，这个时代承继了以伏羲文化为代表的原始文化，为中国古代奴隶制文明奠定了基础。轩辕黄帝诞生于清水，清水因之被称为"轩辕故里"。清水县城所在地在民国时便称为"轩辕镇"，中华人民共和国成立后很长一段时期也都被称为"轩辕区"。

　　清水县城北两公里处的永清镇李崖村有两孔古窑，曰"轩辕窑"，亦称"轩口窑"，相传为轩辕之母携黄帝栖居之所。此处断崖处有文化陶片、灰坑层多处，属龙山齐家文化遗存。而龙山齐家文化恰与黄帝同时代。我去李崖村看"轩辕窑"，遗址据说已被封存保护，只有后人在附近建起的一座小庙，建筑格局不大，估摸建成的时间亦非久远，顿觉意兴索然。未料想却是失之东隅收之桑榆，在李崖村竟无意中"邂逅"了西汉时战匈奴、平羌乱的智勇双全的大将军赵充国。赵充国难道是清水人？没错，这位被汉宣帝悬画像于未央宫麒麟阁的将军不仅生于清水，亦葬于清水，他的墓冢便位于李崖村外的牛头河畔。实际上，在很长一段时间内，对于赵充国的评价，我们是有欠缺的，说严重低估也不为过。许多人对西汉王朝的卫青、霍去病、李广、李陵甚至霍光与李广利皆耳熟能详，却对赵充国较为陌生，我也同样如此。如果不是来清水，我对赵充国的了解同样流于简单，他对西汉封建王朝经营西域所起到的厥功至伟的作用，他泽被后世两千余年的军垦屯田安定边疆策略的伟大，我们的认识其实还远远不够。

　　在李崖村旁的牛头河北岸，矗立着一座雄伟高大的石门，上面镌刻着"赵充国陵园"几个遒劲的大字。拾级而上，穿过大门，石砌的小道旁，古木参天，植被繁茂，把这里点缀得庄严肃穆，时不时传来几声鸟叫，更衬托着陵园内环境的清幽。

　　秦统一六国后行郡县制，清水地属陇西郡上邽县（原邽县）。西汉初，随着经济发展，为巩固边防、扩充疆土，汉武帝于公元前115年析上邽，在关陇要冲分别置清水县、戎邑道与陇县，清水县县治便设于今永清镇李崖村。赵充国葬于清水，显然系因他出生于斯。墓冢起于西汉，冢高三米八，底径十米，冢前左右竖立遗存碑亭两座，内立清嘉庆年间"汉后将军营平侯公讳赵充国之墓"和清光绪乙酉年"汉故将军营平侯之墓"石碑两通。旁有一座四柱冲天式牌楼和两座木结构碑亭，一座内立元代书法家赵孟頫书《赵充国颂》的碑刻，另一座内立北周天和二年鲁恭姬造像碑一通，属国家级文物保护单位。近年来，清水又把县域发现的历代碑碣、造像集中于此保护，建成碑林区；还抢救性保护搬迁了宋金高浮砖雕彩绘墓四座，建起了宋金墓葬群博物馆，遂使赵充国陵园成为清水乃至甘肃的一处重要历史遗存。

公元前 99 年，赵充国随贰师将军李广利征伐匈奴，被匈奴大军包围，军中缺粮，士卒伤亡惨重。在战局不利的情况下，他带领壮士百余人冲锋陷阵，负伤二十余处，使李广利和大部队得以突围。李广利将情况启奏皇帝，汉武帝亲自查看创伤，叹为勇士，拜赵充国为中郎，迁车骑将军长史。汉昭帝时，他迁中郎将、水衡都尉，和匈奴作战，生擒匈奴西祁王，升护羌校尉、后将军。公元前 74 年，他因与霍光定策拥立宣帝有功，封营平侯。如果就此打住，其实赵充国很难彪炳史册。卫青、霍去病皆是年纪轻轻就大放异彩，而赵充国却是晚年才开启了他一生中最辉煌的阶段，幸亏他活得长。赵充国于公元前 52 年病逝，享年八十五岁（这在当年堪称人瑞），谥号壮侯，葬于清水李崖。赵充国一生功绩主要表现在其晚年，七十六岁时他毛遂自荐领兵出征平定羌乱，这在中外战争史上尤其是两千多年前极其罕见。

当初汉宣帝问赵充国如何解决羌人之乱，他答："百闻不如一见，兵难逾度，臣愿驰至金城，图上方略。"这是成语"百闻不如一见"的由来。后来在进攻羌人问题上，赵充国坚持己见，给汉宣帝奏折中说："失之毫厘，谬以千里，是既然矣。"这是成语"失之毫厘，谬以千里"的由来。此时赵充国已七十六岁，率大军出师金城（今兰州），巧渡黄河，兵抵湟水岸边。羌人多次挑战，他坚守不出，只以威信招降，最终羌人无计可施，内部发生分化，被赵充国逐个劝服，羌人各部落联合进兵汉朝的计划被瓦解。公元前61年，赵充国上书汉宣帝，提出了著名的"屯田策"，指出兵"贵谋贱战"，为长期维持边境安定局面，须"万人留兵屯田以为武备"，也就是说从回师的军队中留下万人屯田，"遇敌则战，寇去则耕，屯田一开，备边在足兵，足兵在屯田"，通俗地讲，就是屯田既能减轻朝廷负担，又符合边疆战争需要。赵充国回京时，留下了大部分来自中原的士兵在河湟一带屯田，又从中原地区移民，提供生产设施供其垦殖。自此，中原先进文化传入河湟地区，羌人从此定居农耕，也为河西走廊的安全畅通提供了坚实的保障。此举对当时减轻人民负担起到了很大作用，对后世影响深远。赵充国去世后，汉宣帝追思有功之臣，建麒麟阁，赵充国与霍光等十一人的画像一同被供于麒麟阁，令后人瞻仰。

　　汉宣帝和赵充国实际上也是彼此成就的。汉宣帝是中国历史上不多见的一位讲求民主决策的皇帝，出兵征战之前都会与各位将领反复商讨，然后各位将领再找熟悉边疆情况的下级军官会商，形成意见后，上报中央。中央再加以商讨，形成决议后，则允许地方将领按照不同的实际情况先期进行试验，然后根据实行效果继续修正。所以赵充国才可能有机会将他的屯田思想由理论到实践一步步加以实现。汉宣帝的执政理念也与众不同，比如他不主张晋升有成绩的地方官员，但是会予以其待遇和俸禄上的激励，这样就避免了某些地方官为了政绩而搞一些蒙混上级的面子工程，这也令如赵充国这般有真知灼见的将领可以根据实际情况审时度势、实事求是并坚持真理。

　　毛泽东在20世纪50年代末谈及《汉书·赵充国传》时曾说："这个人很能坚持真理，他主张在西北设屯田军，最初赞成者只有十分之一二，反对者十分之八九。他因坚持真理，后来得到胜利，赞成者十之八九，反对者十之一二。真理贯彻，总要有一个过程，但要坚持。"

赵充国一生最大的功绩就是在其晚年首创了军事屯田制，用和平方式来解决尖锐的民族冲突。这种以兵屯田的方式为后世政治家、军事家纷纷仿效。史学家范晔誉其"以屯田，遂通西域"；明代思想家李贽认为其"屯田乃千古之策"。及至现当代，依然被广泛借鉴，如南泥湾大生产以及后来的生产建设兵团、国营农牧林场等均有以兵屯田的性质，对以田养兵、维护国家稳定起到了至关重要的作用。

行走在赵充国陵园内迂回曲折的青砖小路上，头顶绿荫蔽日，身旁花团锦簇，可以望见远处牛头河在缓缓流淌。牛头河是清水的母亲河，虽蜿蜒曲折，却冲积出富庶的清水谷地，古往今来，这里的人们都是沿着牛头河走出大山、走向外面的世界，无论是四千多年前的轩辕黄帝，还是两千多年前作为六郡良家子弟应征戍边的赵充国。

南郭寺的夜晚

　　我的朋友、甘肃省作协副主席、甘肃"小说八骏"之一的李学辉先生知我要过天水，专门给他天水的学生打电话，让他们届时接待我一下。于是，我到了天水，前脚才在宾馆办妥了入住手续，李学辉先生的三位学生后脚便寻上了门来。他们都是天水当地小有名气的作家，有的已然在甘肃省内文学圈颇有一些影响力了。我转天下午还要上兰州，时间上颇有点儿捉襟见肘，于是他们几个便凑到一起用当地话简单商量了一番，然后对我说："晚上我们可以去看南郭寺，明天上午再去参观伏羲庙，都是在天水市区，不远。"我问："难道寺庙晚上也会对外开放吗？"他们几个相互之间笑着看了看后，其中一位似故作神秘般地对我说道："这个您就不用管了。"

　　想一想，也的确没有比南郭寺更好的去处了。不单是因其就在紧傍天水市区的慧音山上，而且论名气南郭寺也不算小，不仅有"陇右第一名刹"之美誉，更因大诗人杜甫曾于南郭寺盘留的缘故，其在海内外的知名度与影响力都相当高，同时它也是如今天水文人们最常去的地方。

　　天水城外绵延的山脉系陇山山脉的余脉盘龙山，以龙王沟为界又析出了不同走向的二山——一曰文峰山，一曰慧音山。慧音山又名会应山，天水当地人一般皆称其为南山。南山海拔最高处有一千三百八十九米，山势颇为雄奇，大致呈半圆凹的行状，凹间有一块开阔的平台，形似一只巨大的农家常用的簸箕，南郭寺便坐落于这只簸箕平掌面的部分。

　　小轿车一路缓缓地向南山上盘旋行驶。行至半山腰处，见有一块半亩见方的开阔地像一个巨大的露台探出山外，露台一侧有一家悬有"天水特色菜"招牌的餐馆，因是夏天，餐桌都被摆到了餐馆外。我们在此停下吃晚饭，要了几个天水当地的特色菜、几瓶啤酒。山下狭长的天水城区尽收眼底，说话间城市的灯火一盏盏地次第亮起，一闪一闪的如同是在看卡通片中的某个桥段，不知怎么竟带点儿魔幻的味道。而待我们吃罢喝好，山下早已是万家灯火汇成一片灯海了。

南郭寺门前有两棵古槐静谧无言地对称矗立着，其中一棵悬挂在树腰处的小牌子上有文字，证明它有一千三百多年的历史了。而一千三百多年前恰好就是唐代啊，想必当年杜甫和李白都曾经在这两棵槐树下走过吧！有人称天水是"古树之城"，此言并不为过，天水城内随处可见蔽日参天的大树，树龄超过千年的古树据统计有二百三十多株，数量仅次于江苏扬州，在全国城市里名列第二。

缓步登上台阶，夜叩南郭寺山门的门环，令我顿觉颇有古意。叩门的天水朋友笑着对我说："这样美好的夜晚，怕是只有尊贵的客人，这千年古寺的静谧才值得来打扰一次啊！"

随着"吱呀"的一声，厚重的红色山门被从里面打开，开门的是一位文雅的中年男子，天水的几位作家都唤他许老师。据介绍，许老师不仅是一位文学爱好者，同时还是"著名讲解员"周法天先生的关门弟子。周法天先生原本是天水当地的文史专家，六十五岁那年自愿上山成为南郭寺的导游，一直干到了八十五岁。都知道南郭寺有"三绝"，楚辞大家文怀沙曾经来南郭寺游览，与周法天先生相谈甚欢，临行前称周法天为南郭寺"第四绝"。周法天先生因病无法坚持讲解后，许老师便接下了南郭寺"首席导游"的名号，成为守护南郭寺的又一人。

有关南郭寺的建造年份说法很多，但目前比较一致的认识是建造于距今一千六百多年前的北朝时期。甫一进入南郭寺的山门，我便被院内一株分成三枝的古柏吸引住了。这棵古柏被砖砌护栏所围护，听身旁的许老师介绍，多年前北京园林科学研究所曾经对这棵古柏进行过碳–14测定，证明其生长年份应该在两千三百年至两千五百年之间。也就是说这棵古柏的初植年代至少是在春秋时期，因而它又被人们称为"春秋柏"，而且早于南郭寺的建寺年代，也就是说是先有古柏后有南郭寺。我立即想到，无怪乎当年杜甫和李白都曾经在诗中将这株古柏称为"古树"呢，原来是比他们都老了一千多岁啊！

在明亮的月光与寺内灯光的交相映衬下，古柏显得十分威武，仿佛有一种生铁般的坚硬质地。其中南向一枝黛色霜皮，有些干枯，直插云霄，但顶端仍是青春焕发，枝叶茂盛；西北向一枝则看上去已经枯死，而北向的一枝恰巧架于一株槐树的枝权上。更神奇的是，古柏那已经劈开的枯干中竟然寄生着一株朴树，和春秋古柏"相依为命"。许老师介绍说，像这种柏树"心"中生长一棵朴树的，目前考证全国应该只此一树，我不由得连连称奇。

南郭寺以三座山门组成东、中、西三院，一字排开，这在国内寺庙建筑中并不多见。寺内有多尊古佛像，雕塑栩栩如生，其中西山门内系南郭寺的主院，我们一行便是从西山门进入南郭寺的，春秋古柏便位于西山门院内。西山门内正对的天王殿殿眉处的匾额"第一山"系清代文人牛昊临米芾为峨眉山万年寺所题的"天下第一山"。作为南郭寺的主院，西山门内不仅包括山门、钟鼓楼、天王殿、大雄宝殿及东西二配殿，还包括东西二禅林院以及卧佛院。东禅林院为杜少陵祠，塑有诗圣杜甫及其二子宗文、宗武像；西禅林院现为南郭寺接待处和办公室。卧佛院紧临西禅林院，建有一座卧佛殿，内供一尊缅甸玉质卧佛。中山门内有前后院，前院有东、西看楼，中院有关圣殿（也叫财神殿，最早曾是南郭寺的藏经阁，毁于大火，清代乾隆年间在其旧址上改建为关圣殿）、月季园、盆景园和花架通道。而东山门内则有古今驰名的"北流泉"和新建的"二妙轩"诗碑长廊以及梅园等。

唐至德二年（757年），唐肃宗听信谗言，将房琯罢相，被认为系房琯同党的杜甫遂被贬为华州司功参军，这是个连芝麻都算不上的小官，俸禄根本无法维持杜甫一家温饱。于是在公元759年的7月，杜甫弃官，携家眷翻越陇山，投奔远在秦州（天水）的侄子杜佐和好友赞公。赞公原是长安大云寺的住持，与宰相房琯有深交，房琯因谗罢相后，赞公也受牵连，谪天水安置，而侄子杜佐的日子实际上也不宽裕。杜甫一家先是住在天水郊外东柯谷的杜佐家中，时间不长，又搬到了天水城内居住，侄子杜佐则是隔一段时间便送一次粮食和蔬菜给杜甫，有时候送得不太及时，杜甫还会写诗去催要，比如下面这首诗——

　　　　白露黄粱熟，分张素有期。
　　　　已应春得细，颇觉寄来迟。
　　　　味岂同金菊，香宜配绿葵。
　　　　老人他日爱，正想滑流匙。

从《佐还山后寄三首》（其二）这首诗中，我们可知杜甫当年爱吃小米（黄粱）等。除去亲朋周济，杜甫寓居天水时主要以采挖草药、悬壶行医为生。

杜甫与南郭寺结缘便是因为他来慧音山一带采药，常留宿于南郭寺内。杜甫在天水期间一共写下过一百多首诗，好多都与慧音山以及南郭寺相关，其中就包括那首脍炙人口的《秦州杂诗·山头南郭寺》："山头南郭寺，水号北流泉。老树空庭得，清渠一邑传。秋花危石底，晚景卧钟边。俯仰悲身世，溪风为飒然。"这里提到的"老树"应该就是南郭寺内的春秋古柏，而"北流泉"则就在如今南郭寺的东山门院内。

在天水的三个多月，杜甫所创作的很多诗歌被收录于《秦州杂诗》中。对于杜甫而言，写诗从来就不是他糊口的手段，而是他抒发内心丰沛情感的最好方式。南郭寺无疑令他流连忘返，然而让杜甫始料不及的是，此次西行竟成为他颠沛流离、穷困潦倒生活的开始。从初秋到寒冬将至，杜甫在天水的三个多月里过得其实并不美好。最初的日子里他靠亲友接济度日，后来为了养家糊口，杜甫不得不上山采药、制药并以行医的方式维持生计，甚至曾经忍饥挨饿捡拾橡子果腹。三个月后，贫病交加的杜甫告别了曾经充满希冀、风光优美，也给他的灵魂带来慰藉的天水，再次踏上了流亡之路，经陇南而下四川，在成都结草堂而居，开始了他又一段人生苦旅。

而有关李白来到天水和南郭寺的时间，历史上并没有准确记载，李白在秦州的题咏只留下来一首题为《南山寺》的五言诗：

> 自此风尘远，
> 山高月夜寒。
> 东泉澄澈底，
> 西塔顶连天。
> 佛座灯常灿，
> 禅房香半燃。
> 老僧三五众，
> 古柏几千年。

但关于这首诗是否系李白所作，从清代开始便有争论。但这首诗既然以李白之名而广为流传，至少已经有上千年的历史了，也是南郭寺最重要的文化遗存之一，历来被认为是吟咏南郭寺的一首佳作。其实李白的籍贯至今也是个谜，他生前曾经反复强调"本家陇西人，先为汉边将"。李白的叔父李阳冰在为李白所作的《草堂集序》里说："李白字太白，陇西成纪人。凉武昭王暠九世孙。"这似乎也证明了李白与陇西的关系，所以李白到过天水和南郭寺并写下这首诗的可能性还是极大的。

关于这一争论，亦成为那晚我们几个人谈论的话题之一。我说，想一想，倘使李白和杜甫相会于南郭寺，那该是怎样的一番景象呢？唐诗之路上会不会又增添几颗闪光的钻石？

我们穿过连接中山门院内与东山门院内的茂密竹林掩映的小道，终于看到了杜甫笔下"水号北流泉"的北流泉，看到了一代诗圣的塑像，他的目光仿佛正望向我们。轻轻地在石椅石凳上落座，许老师特意去接了北流泉的水烧来为我们泡茶。事实上，杜甫笔下"清渠一邑传"的泉水已然不是一千三百多年前的模样，它已由泉而成井。据许老师介绍，因历代扩建寺院，移土填渠，增建亭阁殿宇，遂成今日这般模样，但北流泉水一千多年来从未断过，至今仍是南郭寺的主要生活用水来源。

在古老的南郭寺内，喝北流泉的水，听许老师专业的讲解，与几位天水的文友畅谈文学与人生，这样的夜晚于南郭寺而言怕也只是倏忽一瞬间罢了，但于我而言却是人生中难得的回忆与风景。

每年的"四月八"是著名的南郭庙会。那一天，南郭寺内外人山人海、鼓乐喧天。许多人是专程来朝拜杜少陵祠的，拜杜甫，拜一介清贫文人，这是对千古诗圣发自内心的敬仰，也是对所有浪漫又苦难之灵魂的悲悯与慰藉。

去黑城子

从银川乘夜车到阿拉善左旗，夜晚的阿拉善左旗安稳祥和，满天繁星与小城的点点灯光衔作一体，通天扯地，如同梦幻。令人难以想象这里出城只不足一支烟工夫，通天通地便皆是巴丹吉林沙漠之统辖领域。我选择离长途汽车站最近的一家宾馆住下，为的是赶转天一早去往额济纳旗的班车。从阿拉善左旗去往额济纳旗的班车每天只有一趟，凌晨 5时 30 分检票，6 时准时出发，理论上如果天气晴好，不出意外，赶到额济纳旗政府所在地达来呼布镇需要十四五个钟头，也就是当天晚上八九点钟的样子。那次我去额济纳不是为了看胡杨，额济纳的胡杨其实比不上新疆的壮观；甚至弱水和居延海也不是我的目的，我最主要的目的是去看黑城子，对，就是去看黑城子，这座被废弃的西夏古城曾套牢我脑际多年，只有去了方能解套。

有一段时间，我去很多地方都会选择长途车，到了目的地再选择租车。好处在于，可第一时间与当地人乃至当地文化实现"零距离"接触。在长途车上，可领略不同乡音，可体味人生百态。就像那一回从阿拉善左旗到额济纳旗达来呼布镇，窗外全程都是黄沙跟戈壁，十几个小时漫长路程，伴我一路的就是当地人那或有趣或日常的言谈话语。那一次的中午饭是在中蒙边境一处边防营地的食堂里解决的。炊事兵的手艺不错，收费也不高，透过食堂宽大的玻璃窗，可以望见不远处有几匹军马在悠闲地踱着步子。

由额济纳旗达来呼布镇前往黑城子，需驱车涉过弱水，并经几十公里在戈壁上轧出的搓板路。车是国产长城越野，司机是当地人，对当地文化如数家珍，他告诉我，以前这一片戈壁滩曾是一片原始森林，诗人王维曾来过，还作过诗。这倒提醒了我，王维的确曾到过黑城子一带，并写诗云："居延城外猎天骄，白草连天野火烧。暮云空碛时驱马，秋日平原好射雕。"由此可见，在一千二百多年前，这里还是一片丰饶的平原，草木茂盛，野花飘香。其后四五百年间，这里依然适合人居，否则党项人也不会在这里修筑了一座能容纳数万人口的体量巨大的城池，而且是西夏王朝北方最大的城池。

城池被唤黑城，但当地人却始终称黑城为"黑城子"。一说是因当地人在历史上便习惯将城郭谓之"城子"，这不奇怪，比如我那年去吉林白城，当地人也都称白城为"白城子"；再一说是因当地蒙古族土尔扈特部落牧民喜欢将黑城子形容为大地的孩子，于是便在黑城后面添了一个"子"。

黑城子坐落于一片四周环沙的戈壁砾石滩上，一条干涸的河道从城南脚下由西向东蜿蜒而去。城外围有一片南北长约四十公里、东西宽约二十五公里的开阔地带，当地土尔扈特牧民称之为"额尔古拉"（意思是幽隐神秘的黑沙包）。据说，在重叠的黑沙包下埋藏着一座古老的城市，其规模不小于黑城子，但至今还未被最后确定，只是经常有牧民在这里捡到人的骨骸。专家曾对一些骨骸进行过分析，发现其有中亚一带民族的特征。不过这里沙包连绵，神秘莫测，连最有经验的牧民深入其中也有迷路的风险。据额济纳旗文物局考古发现，额尔古拉一带曾是汉王朝、西夏王朝的主要屯田区和居民区，由于沙化，有些房舍已深埋沙下几十米甚至上百米。翻开史书查询，汉武帝当年曾发戍卒十八万，于张掖、酒泉至居延一带戍守屯田，因而这里出现人口众多、商贾发达的城市并不奇怪。

现存的黑城子残城东西长四百七十米，南北宽三百八十四米，总面积约十八万平方米。城墙为夯土版筑，内有横木、绳索和荆棘相勾连，底厚十一米六，上厚三米五，高九米二。

我到黑城子的那个早晨，阳光灿烂，天空蓝得耀眼。从远处就能望见城外的一角，两三座佛塔比邻矗立，塔影和近景的胡杨枯木相互映衬，使黑城子别有一番沧桑、凝重的历史感。走进这座西夏废都，荒凉满目，残柱颓壁随处可见，斑驳的墙体留下岁月剥蚀的痕迹，而官邸、寺庙和民居的残垣断壁早已被流沙掩埋了大半，到处都散落着各种瓷器的碎片，有黑釉刻花，有白釉褐彩。令人不解的是，偌大的黑城子遗址竟然只有一个人负责看护，他就是黑城子的守护者——蒙古族土尔扈特部老人阿木古林。巧的是，司机与阿木古林系老相识，二人同为额济纳历史文化保护的志愿者。

走进阿木古林老人那座既是办公室又是寝室的蒙古包，听他为我讲黑城子的故事，既觉亲切，又感神秘。这些年来，最让阿木古林忧心的还是黑城子的命运。因为，黑城子毕竟是一座用泥土夯筑而成的城池，历经岁月沧桑和戈壁风沙侵蚀后，早已残破不堪。西边和东边的城墙已被风沙掩埋，有些地段的墙根也被风沙掏空，部分城墙摇摇欲坠，随时都有倒塌危险。阿木古林说："风沙是黑城子最大的敌人，如果不采取措施，再过一二百年，黑城子也许就会消失。"阿木古林老人同时对计划中的旅游开发可能对黑城子带来的破坏表示担忧。他说："游人太多会把黑城子毁掉。"阿木古林又说："黑城子不是一个人能守好的，我都快七十了，不知道自己还能在这里守多久。"

不过，一说起黑城子的典故来，阿木古林老人就一脸掩饰不住的兴奋。他给我讲起在额济纳土尔扈特人当中流传了数百年的有关黑城子的故事。相传古时，黑城子驻扎着一支军队，军队首领头戴黑盔，身披黑甲，脚穿黑靴，人称"黑将军"。后黑城子被敌军包围，因黑城子城内无地下水，军民饮水全赖城外不远处的黑河，如果黑河改道，黑城子就会不攻自破。敌军首领命令士兵连夜筑坝拦河，使河水改道。河水断流，黑将军在既无援军又无饮水的困境下，只好率众突围。突围前，黑将军将二十多车金银财宝和镇城之宝——西夏皇冠，全部投入城内的枯井中。为不使亲人遭受敌人的蹂躏，黑将军挥泪把自己的一双儿女推到井内，封土填埋。乘着夜色，黑将军身先士卒，带头冲出城外。传说黑将军的一双儿女后来变成了青白二蛇，守护着宝物，静等父亲归来。

沧海桑田，黑城子昔日的辉煌已无从领略。意大利旅行家马可·波罗曾在他的游记中记述了黑城子当年的繁荣景象。清代的《重修肃州新志》记载黑城子："肃军探哨至其地，见城郭、宫室。有庙、大堂上盖琉璃绿瓦，壁泥鹿毛粉墙，梁乃布裹沙木，围七尺许，有记称至正元年，知其为元朝故城。"足以想见，这座荒废的古城，在清乾隆年间，其遗存之规模依然宏大，建筑依旧精美。

据说，1909 年前后，俄国人科兹洛夫第二次来黑城子，就是寻找传说中黑将军埋藏在黑城子内的珍宝。他雇佣当地牧民挖掘了两个月，挖到一定深度后，便解雇了当地牧民，由他从俄国带来的队员继续挖掘。两名队员跳入坑里后，突然鼻子流血，昏迷不醒，其中一名队员当场死亡，另一名队员虽没死，却一直神志不清，只是翻来倒去地说"蛇，蛇……"，挖掘被迫停止，该洞穴于是被重新填埋。科兹洛夫回国后曾对人讲，黑城子的一口枯井内有两条大蛇守护，凡人不得入内。

科兹洛夫在一座佛塔内发现了刻本、抄本书籍两千余种，并发现三百张古佛画、大量木制和青铜材质的镀金佛像。另外，他还在一座公主墓中发现了画在丝绸、麻布和纸上的佛教绘画二十五幅，现都保存在俄罗斯圣彼得堡博物馆内。在他挖掘出的书籍中包括了著名的西夏汉文字典《番汉合时掌中珠》，后来人们据此解读了西夏文。来黑城子抢宝的外国人，除科兹洛夫，还有英国人斯坦因。斯坦因为寻黑将军的宝藏，到处乱挖，始终未能找到那口枯井，却挖出了大量西夏和元代的文书。

实际上，黑城子到底有多少未解之谜，谁也说不清，每一次大规模清理，都会有新的谜团出现。作为古丝绸之路上最大最完整的古城遗址，黑城子的研究价值不言而喻，继"敦煌学"后，有人也将对黑城子的研究谓为"黑城学"。

根据现存建筑可知，黑城子内佛教、伊斯兰教并存。我在阿木古林老人的陪同下登上城墙，进入佛塔，发现佛塔底部还有一洞穴。阿木古林介绍说，这里面原先放满了十厘米左右高的小塔。小塔四周还有坐佛雕像，玲珑逼真。如果打碎小塔，里面会有一张小纸条，上面印有西夏文字。这些小塔如今已被运走保护起来，额济纳文物所里面就有。

我从《西夏史稿》中了解到，这其实是一种早已失传了的"安魂"方式。在一千年前的西夏，佛教徒死后，生者会把死者的骨灰掺进黄泥里，然后制成小塔，置于佛塔之中，以求转世。小塔中的纸条上印着的是每位死者的姓名。

阿木古林对我说，每当刮风，都会有一些残缺的老物件被风从黄沙中卷出来，这么多年，他上交了多少有价值的老物件连他自己都说不清。最奇怪的是，黑城子的夜晚，常能听到喊杀声和哭泣声，断断续续，给人一种神秘莫测的感觉。一般当地人走远路，都会赶在天黑前过黑城子，绝不在这一带留宿。我问阿木古林老人怕不怕，阿木古林说："怕就不来了，有时候喊杀声响得厉害，我就从蒙古包里出来，看看是不是当年的黑将军又带着兵杀回来了。"

离开黑城子已是正午，阳光被径直泼洒在荒漠上，泼洒在黑城子的残垣断壁上，所见皆被热气包裹，有一种辣眼睛的感觉。临走，阿木古林老人送我一块石头，乍一看像鹅卵石，再仔细瞧却是打磨过的。他说这是当年打仗时弩弓和投石索发射的"弹药"，貌似普通石子，实则经过了人工处理。我将它置于我书房的书架之上，经常会拿在手里掂掂，不知怎的，眼前总会闪现一匹快马从黑城子城门中飞奔而出的场景，那是黑将军和他胯下的坐骑吗？

居延海黄昏

从策克口岸到居延海，三十五公里，越野吉普车差不多就是一脚油的事儿。十五年前我到过这里，印象中当时口岸内外都是轰隆隆运输煤炭的重型卡车，颠得板结的砂石路面都翻来覆去在颤抖。策克口岸进口货物主要是优质煤炭，产自蒙古国的南戈壁省及巴音洪格尔省的大型露天煤矿。记得当时还能望见附近有我方边防军的骑兵在巡逻，如今已然完全看不到了，随着策克口岸经济开发区快马加鞭地建设，这里平添了许多中原地区城镇的市井热闹，倒令人一时忘却了此地是蒙古高原阿尔泰戈壁腹地的一处边境口岸。上一次我是从居延海看过日出后到策克口岸来的，而这一次我却是从策克口岸下到居延海——去看居延海的黄昏。

第二次看居延海，内心却依旧激动，其实说悸动更准确。心像是被一只无形的手在掌控，攥住再松开，一揪一揪的；又似一波一波拍向居延海岸边的湖水，涌来又退去。这当然是因"居延"二字在中国历史上沉甸甸的分量。但居延海并不等同于居延，"居延"是一个庞大的历史人文概念，比如我们所说的"居延遗址"便横跨内蒙古和甘肃两省区，绵延数百公里，是古居延地区水域面积最广的湖泊。郦道元在《水经注》里将居延海解释为"弱水流沙"，汉代称为"居延泽"，晋代又称为"西海"，至唐代才通称为"居延海"。

大家都听说过"四海之内皆兄弟"这句话，但有关"四海"的指向却有争论，相对一致的看法是——东海和南海便是如今我国的东海和南海，北海是今天的贝加尔湖，而西海则是指居延海。据卫星照片和考古发现证实，居延海湖面曾达近三千平方公里，也就是说，居延海面积最大时有差不多三个香港那么大。它也因发源于祁连山脉的弱水流量大小而忽东忽西、忽南忽北变化不断，是一个神奇的"游移湖"。这一点从谭其骧先生主编的《中国历史地图集》中也可看出。居延海的位置、大小在不同历史时期都是有变化的。但至少从东汉末年开始，居延海旁便建起了城郭。魏晋时这座城郭被标为"西海郡"，十六国时期，居延海畔的西海郡先后成为前凉、后凉、西凉、前秦等四国的边关重镇。北魏时，它更名为西海镇，与张掖镇、酒泉镇并称北魏西部三镇。唐代在此建大同城，西夏时党项人在这里建黑水镇燕军司，即黑城子。马可·波罗经居延海前往大都时，称这座城池为"亦集乃"……城郭的位置随朝代的更迭而不断变化，但从今天的考古发现判断，皆没有超出居延海五十公里半径。

今天的居延海，实际上是东居延海，西居延海已完全干涸。上一次到居延海，黑河（弱水）上游分水工程刚开始实施几年，十五年的时光过去了，居延海水域面积从二十平方公里扩大到了六十三点三平方公里，尽管离它鼎盛时期的水域面积依旧相差甚远，但这已经相当于两个澳门的大小了，水滴石穿，十五年弱水的不间断注入，令这一古老的内陆湖泊重现了她的美丽姿容。

二十平方公里与六十平方公里对人的视觉而言实际上并无不同，都是烟波浩渺、水天一色。当然，芦苇更茂密了，水鸟也更多了，但这并非变化最大的，变化最大的还是居延海畔新建的各种人工建筑及"景观"——栈道、观景台、小卖部、休闲木屋、神话雕塑……乍一看倒以为到了某个平原湖区景点，但当我把目光移开，移向广袤的居延海湖面和无垠的天空时，瞬间便能切换到"居延城外猎天骄，白草连天野火烧"的大唐境界，不是穿越，却又胜似穿越。

黄昏的好处是游人稀寥。据说如今于"黄金周"来居延海看日出的人流堪比到泰山看日出的人流，但多数都是看过日出照几张相便匆匆奔向下一个景点，专程来看居延海黄昏的并不多。而想要体味彼时王维"大漠孤烟直，长河落日圆"的诗情画意，黄昏时来居延海其实是最好的选择。背后是大漠孤烟，眼前是长河落日，历史在此刻交汇凝结，足够厚重，也足够煽情。

有人说王维写的"长河"代指的是黄河，我不这样认为，一千三百年前弱水的气势与水流皆不输黄河，一路穿戈壁越沙漠，蜿蜒千里，尤其是注入居延海的弱水河洲地带，更是浩荡澎湃，颇具大河气派，恰逢黄昏，王维的《使至塞上》怕是一蹴而就：

单车欲问边，属国过居延。征蓬出汉塞，归雁入胡天。大漠孤烟直，长河落日圆。萧关逢候骑，都护在燕然。

这首《使至塞上》大开大合，意象密集。王维笔下的"属国"，应是指东汉时期的张掖居延属国，属凉州地。目前比较确定到过居延海的唐朝著名诗人有陈子昂和王维。二人都写下多首与居延海相关的诗赋，这也是为什么在居延海所在的额济纳旗文博馆有陈子昂与王维的专题介绍。从古至今有不少文人骚客的文字中都出现过"居延"，但却像我们如今文章里提到珠穆朗玛、说到巍巍昆仑，未必就一定登顶过珠峰、攀缘过昆仑一样。陈子昂逝于公元 700 年，而王维生于公元 701 年，二人无交集，把他们二人联系起来的只有居延海，没错，就是居延海。

我想，王维肯定是在一千三百多年前的某个黄昏来到居延海的。那一刻，风流倜傥的长安才子立于居延海畔，一边是万顷碧波，一边是大漠无垠，王维惊诧于自己眼前看到的一切。习惯了御史府中的锦衣玉食，习惯了长安城中的车水马龙，谁能体会彼时初走大漠的一代才子之心境？王维显然被眼前的这一切惊呆了，他笔走如风，不承想就成就了千古绝句。

　　王维到居延海，本是受皇帝委派慰问戍边官兵的，实际上也是变相地被挤出权力中心。有意思的是，朝廷似乎并不介意王维此去的行程。开元二十五年（737 年）春，河西节度副使崔希逸大败吐蕃，唐玄宗李隆基令王维出使边塞劳军，却被王维如行为艺术一般"转了向"。原本该一路向西的行程，他却由西转北，径向居延海而来。不过，那时候的居延还不像如今这般荒凉，系大唐北方重镇，与长安当然比不了，但到居延海，显然不能算苦差事，倒是别有一番风情，也间接成就了王维"准边塞诗人"的地位。参照谭其骧先生主编的《中国古代地图集》，王维出使劳军那年，唐朝版图北达贝加尔湖，突厥领地也成为唐朝疆域的一部分，突厥牙帐便位于今蒙古国杭爱山脉的东麓。相比于位于现今蒙古国西北部的杭爱山脉，居延海算是比较靠近长安的了。

　　上次我到居延海时，恰逢日出，曾见居延海湖面有数十只海鸥上下翻飞，真的好美。大概是由于每天都有人来此拍照，看到海鸥都会投喂些食物给它们，所以这些鸟儿每天日出时分便会如约而至。而黄昏的居延海是安静的，甚至是庄重的。海鸥们早已归巢，连居延海鸟类的"统治者"红嘴鸥也多半歇息了。夕阳下，居延海烟波浩渺，气象壮观。余晖中有一缕缕紫气于湖面隐隐生成，袅袅不绝，又神迹般化为无形。据说当年，匈奴的居延部落首领每当日落时分便会率众在居延海边举行祭祀。居延海原本便是仙地，《张掖县志·古迹篇》中谓居延海有"流沙仙踪，以耀其辉"。相传，西周末年，老子骑青牛西游，到函谷关为尹喜写下了著名的《道德经》后，便西行千里，没入流沙。原本要于漠北得道，结果却在居延海成仙。居延海自古就有白天鹅、白鹤生息，老子在此驾鹤而去的可能性还是很大的。至于说西王母与周穆王在居延海畔私订终身，就当是美丽的传说吧。

　　居延海边也有不少胡杨，但主要分布在注入居延海的活水——弱水两岸。弱水如今叫黑河，也叫张掖河，但我还是喜欢唤它弱水。晋人郭璞就《山海经·大荒西经》中"昆仑之丘其下有弱水之渊环之"一条目注释曰"其水不胜鸿毛"，故谓之"弱"。《十洲记》云："鸿毛不浮，不可越野。"在古代，弱水河道系自然形成，浅且宽，水流湍急，多旋涡，古人认为是由于水羸弱而不能载舟，故称其为"弱水"。胡杨林最茂密的地方就在弱水行将汇入居延海的河洲地带，从额济纳旗政府所在地达来呼布镇往居延海方向行走，每隔几公里就有一座桥，从一道桥到八道桥，每道桥都被茂密的胡杨林环抱，感觉上有点儿像《廊桥遗梦》里的麦迪逊县，那里有七座廊桥，这里则有八道"胡杨桥"。而过了八道胡杨桥，便是浩渺无垠的居延海了。黄昏的居延海与金色的胡杨林交相辉映，兼之不远处的漫漫黄沙，天与地浑然一片金黄，让人如陷梦境。

站在居延海畔，落日的余晖令我有一种莫名想要掉泪的冲动。思绪也像绿洲上大群的牛羊蜂拥而至。古人随遇而安，来也好，单车慢行，大漠孤烟是美，长河落日是情；不来也罢，苏东坡"蓬莱不可到，弱水三万里"。不像我们，面对居延海，面对弱水，来去匆匆，除去照相摆拍，好像在此也没有留下什么东西。

广府　太极　永年洼

　　到广府古城，最好是从古城的南门进，因为就在广府南门的不远处，有一代太极宗师杨露禅的故居。我对太极拳了解不多，倒未必是因为我不练太极拳的缘故，而是因为中国沿袭千百年所约定俗成的历史，往往文人是文人，武林是武林，相互融会贯通的内容有限。而事实上，太极拳最初从纯粹的"民间"走向所谓的"朝堂"，还是缘于有文人的重视和参与。"太极拳"的称谓便来源于推崇杨露禅为人和功夫的翁同龢。据传说那时杨露禅在北京闯出名堂，除去因他的拳法，也因他是练家子里少有能读书识文的。两代帝师翁同龢问他使的是什么拳，拳理是什么，杨露禅如数家珍滔滔不绝。翁同龢道："拳理与易理合，绵绵不绝犹如太极。就叫'太极拳'吧。"

　　杨露禅是"杨氏太极拳"的创始人。说起来宫白羽先生的小说《偷拳》和由此书改编而成的电影《神丐》以及前几年热播的电影《太极1》和《太极2》，都是在杨露禅学艺及闯荡京城的史实基础上虚构创作而成的。

　　我在杨露禅故居见到杨当年习武时用过的枪棒，也领略了一个武人读书的样式——杨总是会在习拳之余将读书作为休息甚至"调息"的一种方式。而说到读书，广府古城内还有一处建于清道光年间的深宅大院，那便是一百多年来与杨露禅齐名的一代太极宗师武禹襄（武河清）的故居。武禹襄故居位于广府古城的迎春街，占地面积九千二百平方米，建筑面积六千平方米。故居原有房屋七十五间，现存四十二间，分东、中、西三条南北轴线排列，其房屋错落有致，左右对称，崇脊飞檐，气势非凡，中华人民共和国成立初期曾多年作为永年县委（现为永年区委）所在地。武禹襄是"武氏太极拳"的创始人，也是杨露禅的故友。与杨不同的是，名门望族的武家自武禹襄开蒙便希望武禹襄能像他的两个哥哥那样考取功名，光宗耀祖。武禹襄的大哥武澄清系咸丰年间进士，官至河南舞阳知县；二哥武汝清乃道光年间进士，官至刑部四川司员外郎。武禹襄自小读书过目不忘，同时偏爱使拳弄棒，年少时便远近驰名；虽最终未能以科举名显，然武禹襄博览群书，其才干和志向为彼时当权者所器重，方圆数百里内的州府官宦皆曾出入于这座深宅大院，亲朋游说邀请其出山致仕，均被武禹襄以老母在堂需要侍奉为由而辞去。

令我印象很深的是武禹襄的书房。因为武禹襄有不止一个书房，有的应该是他两个哥哥为官前读书的地方，武禹襄在这座深宅大院里总是走到哪便读到哪，他既读经史子集，又潜心于研究拳理拳论，并结合自己多年习拳的实践体会，撰写了许多有关太极拳的理论著述，创立了"武式太极拳"的理论体系。写出了《太极拳解》《太极拳论要解》《四字秘诀》《打手撒放》《十三势说略》等影响后世的太极拳经典著作，这不仅对于武氏太极拳来说，对于中国太极拳而言也是最早的一批成系统的学术研究成果。

我从武禹襄故居的多个不同角度，都能遥望广府古城四围的城墙。没来之前的确很难想象，华北平原上竟会有这么大的一座保存如此完好的古城。仅古城城墙内的面积就有一点五平方公里，城内街巷纵横交错，经常会有人身着太极练功服、斜挎着太极刀剑与你擦肩而过，令你恍若走进了金庸小说的某个章节里面。在广府古城内开店的，多系本地土著，做生意之余也经常会和外地人聊一聊太极拳功法。我路过一家敞着门的特产店，就发现里面有两个人正在研习太极推手攻防，遂入内旁观，打拳的人之一便是此店的老板，而另一位则是从北京来广府交流拳法的太极拳爱好者。老板说自己小时候广府古城的城墙还能随便上，孩子们都喜欢在城墙上面玩耍，稍大些了，便每天都会去城墙上打拳，一般孩子们的家长都会一点拳法，有杨氏的，有武氏的，孩子们也就有学杨氏的，有练武氏的，从小就互相切磋。广府城墙原土墙为六里十三步，元朝时增为九里十三步，相当于今天的四点五公里。明嘉靖二十一年（1542年），知府陈俎调集周边九县劳工，历时十三年，将广府城墙土墙砌为砖墙，城高十二米、宽八米，四门筑有城楼，四角建有角楼，并有垛墙八百七十六个。而且在四门之外还建有瓮城，加上之前固有的地道等关防深锁，说广府古城固若金汤一点儿也不为过。事实上，广府古城也是解放战争中整个华北平原最后一座被解放的城镇。

当然，广府的出名，主要还不是因为环境的优美与城防的险固，追根溯源还是源于太极拳。广府只是个镇，却诞生了杨露禅和武禹襄两大太极拳门派的宗师，并衍生出了孙式太极拳和吴式太极拳两大太极拳门派。而在全国现有约定俗成的八大太极拳门派中，源于广府镇的竟占其半，怕是绝无仅有。杨式太极拳舒展大方，武式太极拳小巧紧凑，两种拳式均以柔中有刚、刚柔相济见长，被称为"活的雕塑，流动的音乐，体育运动的阳春白雪"。前些年由国家体育总局正式公布的八八式、二十四式以及在许多场合作为表演项目的太极拳招式，都是杨式太极拳或由其演化而来的。当年杨露禅曾把其子杨班侯送到武禹襄门下读书。武禹襄对杨班侯的评价是"读书不甚聪敏，习拳颇领悟"，便在辅导杨班侯读书的同时，亲自指导其太极拳法。所以后来名震北京四九城的杨班侯之拳技，除了得其父杨露禅真传外，也曾得益于武禹襄的点拨，杨班侯是唯一得到过杨氏、武氏两大太极门派祖师指点过的太极传人。

广府也的确人杰地灵。远在春秋时期，此地便为曲梁侯国的国都，战国时毛遂受封于此。北朝时期广府称广年，隋仁寿元年（601年），因为要避隋炀帝杨广的名讳，改广年为永年，所以广府古城又称永年城。

隋末，各地民变四起，华北窦建德举兵反隋，成立大夏政权，将广府作为大夏国的都城。如今在国内保存最为完整的广府明代府衙便是在窦建德所建万春宫原址上而建的。据明嘉靖《广平府志》记载，府署原建年月不详，于元末毁于兵火。如今的广府衙门是明洪武八年（1375年）由当时的知府史昭重建。万历十五年（1587年）、崇祯九年（1636年），知府蒋以中、程世昌均重修。清代，曾有十五任知府修葺或增添其建筑。1928年，当时的民国政府委任县长许之洲再次修建。复建后的广平府署建筑面积五千六百多平方米，有大小院落十九个，房屋一百六十余间。由照壁、大堂、二堂等官署和官宅组成，形成文东武西中轴对称的建筑格局。难能可贵的是，这座明代府衙基本上没有受到太多的人为毁坏而保留至今，这从侧面可见广府人对先人和历史的尊重及认知。

　　与国内其他保存较为完好的古城不同，广府古城外的护城河宽达八十至一百二十米，稍远有华北平原南部最重要的河流——滏阳河环绕。古城的四周则是广达四万六千亩的永年洼淀，淀内碧水风荷，雁戏鸟鸣，芦苇飘香，鱼虾共生。因而广府自古就有着"北方小江南"的美誉。从空中俯瞰，广府古城坐落于永年洼的中央，永年洼是继白洋淀、衡水湖之后的华北第三大洼淀，更是华北平原南部最重要的淡水湿地生态系统。清代直隶总督方观承曾有诗咏永年洼："稻引千畦苇岸通，行来襟袖满荷风。曲梁城下香如海，初日楼边水近东。似放扁舟尘影外，便安一榻露光中。帷堂患气全消处，清兴鸥鱼得暂同。"这该是当年广府古城及周遭永年洼的真实写照。

　　我在离开武禹襄故居时，见有一中年女子着一袭白色太极练功服在武禹襄当年练功的场院内正在打一套太极拳。左右有观者细声耳语，女子打的这套拳应是正宗的武氏太极拳。我看女子的拳路行云流水、颇有意味，竟也在一旁照猫画虎地支起身架。后知晓，打拳的女子系天津全运会太极拳银牌获得者，每年都会来广府古城与当地同道交流切磋。

2020 年 12 月 17 日，"太极拳"被正式列入联合国科教文组织人类非物质文化遗产代表作名录，这也是中国所有武术项目中第一个被列入世界"非遗"名录的。想来当年曾奠定广府古城千年尚武精神的夏王窦建德，还有文武双全的武氏太极拳祖师武禹襄，还有如今全球受众最广泛的杨氏太极拳祖师杨露禅，闻之亦必会无比欣慰吧。

永远的汨罗江

　　到湖南，可看的东西很多。湖南是一个了不起的地方，不光青山绿水，而且人杰地灵，自古以来涌现的文臣武将数不胜数。文臣武将之外，还有那么多的伟人。所以有人说，在湖南，光是看名人故居就能跑断你的双腿。

　　在一个春暖花开的日子里，我来到湖南，原本是要从长沙去岳阳看名楼的，却没承想在路上先看到了一条江。江算不上很宽，也算不上很长，却是注入洞庭湖的主要河流，这条江便是汨罗江。

　　吉普车停在汨罗江的桥头，大家不约而同地说："下去看看吧。"

　　公元前278年旧历五月初五，伟大的爱国诗人屈原，怀着未竟的报国之志，纵身于波涛汹涌的汨罗江之中，他自杀了。

　　千百年来，对于屈原的诗，对于屈原的死，对于屈原的理想抱负，人们有过许多探讨、许多争论。然而不管结论是什么，作为伟大的爱国主义诗人，屈原的地位是毋庸置疑的。他是位成就辉煌的诗人，同时也是一个仕途失意的政治人物，中华民族性格中作为基石的爱国主义的忠君思想，正是从他开始凝聚为一种品格，体现为一种形象的。与他之前和与他同时代的文臣武将有很大不同，屈原的爱国主义是纯粹的，实打实的，不附加任何条件的。他生为楚国人，死为楚国魂，对楚国怀有一种无法割舍的情感，对楚王他更是具有一种恨其不争但又爱之更切的忠君情结。他是后代百世争相效仿的人臣楷模，换句话讲，做臣子就应该如三闾大夫这样，真诚、忠贞、不媚上、不阿谀、不向恶势力低头，更不同流合污。如果没有靳尚、郑袖等人的蓄意谋害，如果没有楚怀王的偏听偏信，屈原很可能以一个成功的政治家身份出现在历史的舞台上，也许那样的话，战国时代后期的历史可能会改写，秦始皇统一六国的时间也可能大大推迟。但是，秉性与追求又决定了屈原不可能成为一个政坛上的宠儿。而作为文人，屈原的举止言行在政客们眼里又是那么天真，也过于坚持信仰和操守了。他不同于政客，也不同于一般文人的地方在于，他具有无比强烈的责任感，对民族、对国家，即使委屈、即使被放逐也毫不动摇。

那是早春的一天，流放中的屈原在江畔徘徊沉吟，一位渔翁看到了他，忙问道："先生，您不是三闾大夫吗？怎么会弄到这步田地呢？"屈原见这位渔翁须发皆白、精神矍铄，虽一副渔家打扮，却透出一股不凡气质，心知是一位隐于江湖的隐士，便答道："这世上一片混浊，只我一人干净，众人皆醉，只我一个清醒，故此遭到放逐。"

渔翁说："圣人不会拘泥于某一件事物，而能随世俗的变化而变化。世上全都混浊，你何不索性搅浑水？众人皆醉，你何不也适量饮点薄酒快活？"

屈原听后正容答道："我听说，刚洗过头要将帽子弹一下，以弹掉灰尘；刚洗完澡要将衣衫抖一抖，以抖去灰尘。我宁可跳进江中，葬身鱼腹，哪能让自己的洁白蒙上世俗的尘垢呢？"

渔翁微微一笑，一边摇着桨，一边唱着歌道："沧浪之水清时，可以洗我帽缨；沧浪之水浊时，可以洗我双脚……"渔翁划船离去，不再与屈原说什么。

在这里，屈原与渔翁之间的对话实际上代表着两种截然不同的人生观。屈原将这一段对话完整地保留在他的《渔父》里，表现了他坚持操守、坚持自我的顽强信念，实际上，屈原也确实做到了这一点。

显然，屈原是不符合现代社会价值取向标准的，因为他不懂得活着有时候是需要割舍，需要圆融，甚至需要放弃一些什么的。他似乎从不讲究什么策略，也许在他看来，做人，有一颗不贰的忠心也就够了。

其实，千百年来，在对待"怎么活着"这个问题上，人们的选择大相径庭。趋炎附势的有之，随波逐流的有之，佯狂玩世的有之，难得糊涂的更有之，而屈原呢？他选择的却是猛撞现实这一面南墙。

作为文人，不当官就归隐，似乎是历史上一个颠扑不破的规律。屈原如果选择归隐，那么他的结局也不能说不圆满，而且也有被重新起用的机会。即使是流落民间，屈原也会衣食无忧，屈原本是贵族出身，家道殷实。但他选择了死，因为这是他得以有别于他人，同时得以认同于自我的唯一选择。死只有一种，而活有千万种，可千万种的活并不能阻断死路的牵引。

站在汨罗江边，屈原想了些什么？史书上没给我们提供有关他父母妻儿的任何资料，我们可以相信，他是在想已经山河破碎的楚国。

人有一种能力叫作适应，适应环境、适应创伤、适应失败、适应耻辱，以至于最终适应所有不能适应的东西。

屈原可以适应许多，但他不能适应自己出卖自己的心灵、自己的节操，他自然就会痛苦，他当然也只能痛苦。

《九歌》中最后的一首，也是最悲壮的一首，叫作《国殇》。《国殇》的意思就是悼念为国捐躯的将士，屈原就是这样一位将士。他虽然没有死在前线，但他清醒地走向了牺牲，他无疑是文人中的一位猛士。

汨罗江见证了历史，潇湘大地承载了这位伟大的文化斗士。据说，之后很多年，每到端午来临，还有许多生活在汨罗江畔的百姓把包好的粽子投入汨罗江，以告慰一个宁死不屈的文人。

……

大家重新上车，却皆无言。司机一踩油门，吉普车箭一般地穿过了汨罗江大桥，而我们身后的汨罗江还在滔滔不绝地流淌，不舍昼夜。

傅山的道德洁癖

有一句话，原先听得比较多，那便是"领导也是人"。而当年说这话最勤的，往往是领导的下属以及某些领导自身。什么意思想必也不用科普，总之是给自己找理由、找台阶下的一句话。当年乾隆皇帝喜欢和珅，大抵也是因和珅总能时刻让其体会到"皇帝也是人"的妙处，毕竟人间享乐是最实在的，要不也不会有那么多天上的神仙放着好日子不过，非下凡来体验人间烟火。

喜欢书法的人都知道傅山在书法史上的地位。其实不光书画，傅山还习文尚武，对佛学道学皆有钻研，是远近闻名的医生，于内科外科儿科妇科都有建树，《辞海》"医学人物"中收入自传说中的岐伯、黄帝至今约五千年间中医中药学界重要人物不足八十人，其中山西仅有一人，即傅山。然而傅山却是个有道德洁癖的人，他临赵孟頫的字，喜欢董其昌的画，对北宋权相蔡京的字也有心得，但却对他们皆"另眼相看"。在他眼中，人格即字格，人格有问题，其他皆免谈。

傅山对赵孟頫其人尤深恶痛绝，对他弃宋降元无法原宥，一生皆以"赵厮"唤之，以"管婢"称赵妻管仲姬。而董其昌嘛，虽未变节，但其人贪恶，明万历四十四年（1616年），数万被逼无奈的民众包围董其昌家，放火烧之，就因董其昌横行乡里、欺男霸女、鱼肉百姓，虽为书画奇才，现实中却是不折不扣的地主恶霸。至于蔡京，其字固姿媚豪健，却系奸佞小人，于傅山而言，连提都懒得去提。

明亡，傅山穿朱衣，居山寺，改号"朱衣道人"，投身反清复明。顺治十一年（1654年），傅山事败下狱，成"谋逆钦犯"，虽遭酷刑，却坚贞不屈，绝食九日，濒临死亡，后经营救获释，此案曾轰动一时，被称作"朱衣道人案"。出狱后，他隐居太原城郊僻壤，自谓"侨公"，寓意自己无国无家，只是到处侨居，并写下"太原人作太原侨"诗句。康熙二年（1663年），顾炎武从江南来寻傅山，二人志趣相投，秘密商定组织山西票号作为反清经济来源；在山东领导反清的复社巨子阎尔梅也来拜望，并与傅山结为"岁寒之盟"；一代词宗朱彝尊慕名来访，与傅山在土窑内彻夜长谈……或许在傅山眼中，这些人才是人格与字格俱在的同道者。

傅山重医德，待病人不讲贫富，在相同情况下，优先穷人。对那些前来求医的土豪或名声不好的官吏，则婉辞谢绝。对此他解释道："好人害好病，自有好医与好药，高爽者不能治；胡人害胡病，自有胡医与胡药，正经者不能治。"由此我们也就了解，他为何对赵孟頫、董其昌等人耿耿于怀，因为傅山在道德操守与艺术成就二者，坚定地选择了前者。在子弟面前，他将赵孟頫称为"匪人"，傅山年少时临过赵字，成年后痛骂赵字，并一再告诫儿孙千万不可学赵字。

据说，康熙皇帝在国家日益强盛的康熙十七年（1678年）颁诏天下，令三品以上官员推荐"学行兼优、文辞卓越之人"，"朕将亲试录用"。有多人推荐傅山，傅山称病推辞。地方官奉命促驾，强行将傅山招往北京。至北京后，傅山继续称病，卧床不起。宰相冯溥并一干满汉大员隆重礼遇，多次拜望，傅山靠坐床头淡然处之。他以病而拒绝考试，又在康熙恩准免试、授封"内阁中书"之职时仍不叩头谢恩。康熙皇帝面对傅山如此之举并不恼怒，反而表示要"优礼处士"，诏令"傅山文学素著，念其年迈，特授内阁中书，着地方官存问"。

傅山的道德洁癖表面上是对他人有道德要求，实则他对自己的要求更甚。对自己能够抵抗抑或抵制的，他坚决抵抗和抵制；对于无法抵抗的，他选择不合作与不理会。我们不能说傅山是道德完人，也难说其理念皆合乎历史发展，但他的坚持与操守对后世却是弥足珍贵的。

事实上，我们已然越来越不习惯于对他人做道德评判，尤其对名人，仿佛许多事情都是可原谅的，仿佛在成就面前，道德是不值一提的。面对金钱、名利、权贵，道德评判正变得虚幻且软弱，然而，一个人的成就真的会与其道德品行无关吗？我以为即使做不到傅山的疾恶如仇，也应做到傅山所自勉的那样，"既是为山平不得，我来添尔一峰青"。

辑二：天祝　天堂　天尽头

鞍马铿锵定军山

在中国诸多的名山中，定军山实在算不上是多么出名的一座。虽不那么出名，却很知名，至少在历史上，定军山是一个响当当的名字，就如同它坚硬的岩石，敲一下，有金属的声音。或许您还不知道，咱们中国人拍的第一部电影就是《定军山》，它是由北京丰泰照相馆于1905年拍摄的，由著名京剧老生演员谭鑫培先生主演，此片无剧本，是一部无声戏曲功夫片，谭鑫培先生在影片中表演了"请缨""舞刀""交锋"三个武术场面，他也成为中国第一位走上银幕的演员。影片上映后在北京曾出现过万人空巷的盛况，也使定军山的名字一时间家喻户晓。人们谈定军山，说老黄忠，也聊谭鑫培先生的身手。电影《定军山》的出现也使传统京剧《定军山》再度变得火爆。

京剧《定军山》是戏曲舞台上一出久演不衰的传统剧目，一代京剧大师谭鑫培、言菊朋、马连良都曾主演过《定军山》。当年马连良出演的老黄忠，曾让北京城的戏迷如痴如醉，马连良在戏中的唱段如今已成经典："师爷说话言太差，不由得黄忠怒气发。一十三岁习弓马，威名镇守在长沙。自从归顺皇叔爷的驾，匹马单刀取过了巫峡。斩关夺寨的功劳大，师爷不信你在功劳簿上就查一查。非是我黄忠夸大话，铁胎的宝弓手中拿。满满搭上朱红扣，帐下儿郎个个夸。二次再用这两膀力，人有精神力又加。三次开弓秋月样，再与师爷把话答。"定军山一战，诸葛亮利用激将法激活了老黄忠，也让黄忠黄汉升的威名从此享誉天下。就在定军山下，黄忠用他的大刀杀退了曹操手下的大将张郃，又斩下曹操手下另一员得力战将夏侯渊的首级，京剧《定军山》主要就是表现"黄忠刀斩夏侯渊"这一情节的。

《三国志·夏侯渊传》中记载："太祖还邺，留渊守汉中，即拜渊征西将军。二十三年，刘备军阳平关，渊率诸将拒之，相守连年。二十四年正月，备夜烧围鹿角。渊使张郃护东围，自将轻兵护南围。备挑郃战，郃军不利。渊分所将兵半助郃，为备所袭，渊遂战死。"《三国志·先主传》中这样记述："二十四年春，自阳平南渡沔水，缘山稍前，于定军山势作营。渊将兵来争其地。先主命黄忠乘高鼓噪攻之，大破渊军，斩渊及曹公所署益州刺史赵颙等。"

我来汉中，就是专程探访定军山的。出勉县县城向南约四公里，但见山势绵亘，峰峦起伏，山环水抱，古柏参天，乔木森森，层林叠翠，云烟缭绕，当地人对我说，这便是定军山了。据说黄忠斩夏侯渊处在半山腰上，而武侯墓则就在定军山的山脚下。

定军山因一个人的名字而走进了中国电影史，他是黄忠；定军山又因另一个人的名字而被写进了各种历史读本，这个人的名字就是诸葛亮。

公元 234 年秋，诸葛亮积劳成疾，病卒于北伐前线的五丈原。临终前有遗命将他的遗体归"葬汉中定军山"，"因山为坟，冢足容棺，殓以时服，不须器物"（《三国志·诸葛亮传》）。这是目前有关诸葛亮归葬之所最为权威的说法。不过，在汉中地区的勉县，不少当地人对此却有另外的看法，这里有这样一个流传很久远的民间传说：当时诸葛亮在五丈原的遗言是，在他死之后，装入棺材，命人用绳子绑好抬着从褒斜道撤走，绳子断于哪里就将他葬于哪里。话说蜀军一行人抬着诸葛亮的棺材走了很长时间，当走到定军山时，抬棺之绳突然断裂，蜀军遂按照诸葛亮的遗言将其葬于此地。抬棺之人将棺材放好后便分头到附近人家寻找挖墓工具，当他们离开不远时，突然听到山崩地裂般的一声巨响，急忙回头往停放棺材之处查看，只见定军山山头已经垮塌下来，把诸葛亮的棺材埋了个严严实实。蜀军借来工具后，将垮下来的石土加以修整，遂成为现在定军山下的武侯墓。

　　诸葛亮的一生充满传奇色彩，其人也颇为神奇，其事也令人感佩，然而，纵观诸葛亮的一生征战，料事之神，用计之奇，无人可企及，但具有决定意义、真正可以称得上完胜的战例却并不多。诸葛亮受命于刘备危难之际，走马上任后便弃新野、走樊城，初期基本上处于游动状态，赤壁大战显示了诸葛亮杰出的军事领导才能和过人的智慧，但毕竟该战役是借助东吴的人力物力来进行的。后来，入川作战，刘备有庞统与法正的辅助，诸葛亮基本上没有插手。渡泸水擒孟获，是平定蜀汉内乱、稳定后方之战。而出祁山北伐，屡次难有进展，更是诸葛亮抱恨终生的遗憾。所以说，定军山一役，可谓诸葛亮军事征战中非常重要的一仗，打得不仅干脆利落，而且打得曹操损兵折将却没有一点儿脾气。当时的情况是，拿下定军山就等于拿下了整个汉中，而拿下汉中就使得蜀汉有了北部屏障，进可攻，退可守，是真正具有战略意义上的决定性战役。而且，我们分析一下就不难看出，诸葛亮把他一生与蜀汉帝业的荣辱兴衰紧密地联系在一起，他未定中原，魂魄也不甘回归故土，选择定军山为葬身之地，可谓用心良苦。定军山虽归属于蜀汉管辖，但在地理划分上却并非蜀地，而是巴蜀与关中、中原之间的桥梁，葬在这里，既可以北望中原，又可以南顾蜀汉，正所谓"生为兴刘尊汉室，死犹护蜀葬军山"呀！所以，在《三国演义》第一百一十六回《钟会分兵汉中道 武侯显圣定军山》中，死去的诸葛亮还会在定军山显圣，把钟会吓个半死。这一回说的是钟会得了阳安关，连日闻阳安关西南方向喊声大作，不得安寝，遂使人探之，并无异样，于是钟会亲往西南方巡哨，见一山，"只见杀气四面突起，愁云布合，问向导官曰：'此何山也？'答曰：'此乃定军山，昔日夏侯渊殁于此处。'会闻之，怅然不乐，遂勒马而回。转过山坡，忽然狂风大作，背后数千骑突出，随风杀来。会大惊，引众纵马而走。诸将坠马者，不计其数。及奔到阳安关时，不曾折一人一骑，只跌损面目，失了头盔。皆言曰：'但见阴云中人马杀来，比及近身，却不伤人，只是一阵旋风而已。'会问降将蒋舒曰：'定军山有神庙乎？'舒曰：'并无神庙，惟有诸葛武侯之墓。'会惊曰：'此必武侯显圣也。吾当亲往祭之。'次日，钟会备祭礼，宰太牢，自到武侯墓前再拜致祭。祭毕，狂风顿息，愁云四散。忽然清风习习，细雨纷纷。一阵过后，天气晴朗"。后来，诸葛亮于夜间在钟会帐中显灵，于梦中告诫其要善待两川百姓。由此可见，诸葛亮已料定蜀汉已不可保，他惦记的还是蜀汉百姓的安危。

如今定军山下的老百姓说起黄忠，说起诸葛亮，说起三国故事来，一个个都不亚于讲评书的单田芳与袁阔成，尤其是《定军山》里面的唱词，谁都能亮开嗓子吼上几句，那架势，那神情，有板有眼，感觉一点儿不输给舞台上专业的演员，唱得十分地道。

"这出戏唱的可是我们这里呀！"有当地人说道。

在古色古香的定军山镇街上行走，耳畔却传来一阵紧似一阵的锣鼓点，是《定军山》里面的唱段。我如同是当年站在定军山前手足无措的钟会，也搞不清这唱段是从哪里传出来的："站立在营门三军叫，大小儿郎听根苗：头通鼓，战饭造；二通鼓，紧战袍；三通鼓，刀出鞘；四通鼓，把锋交。趋前个个俱有赏，退后项上吃一刀。就此与爷我归营号，到明天午时三刻成功劳。"我仿佛看见了当年的老黄忠，提宝刀，策良驹，银须飘飘，战袍猎猎，但见其刀锋指处血光迸溅，左冲右突好不痛快，令观敌阵的曹孟德惊出一身冷汗，惊呼："难道这就是长沙城里不显山不露水的老黄忠吗！"

离开定军山老远了，还是能够听到有一种声音不断地传来，传入耳际，令我不由得一再驻足回头张望，连绵起伏的定军山已被云霭所笼罩，增添了儿许神秘，传出来的声音，不绝如缕，叮咣作响，我潜心细听，原来是鞍马铿锵。

藏东散记

昌都的路

昌都地区只有一条标准的柏油路，那就是从邦达机场通往昌都县城的邦昌公路。邦达机场海拔有四千三百多米，是全世界海拔最高的机场，如果幸运的话，下了飞机你可能会抓到一把漂亮的云彩。

坐上"沙漠王"，沿着盘山公路不停地跑上两个多小时，就会看到藏在横断山脉里面的昌都县城了。尽管我还在回味方才"沙漠王"绕过澜沧江大峡谷时的惊险，但时间久了，便会发现，在昌都地区十五个县十二万平方公里的广袤地域内，似乎再也找不出一条比邦昌公路更好的路来了。

听当地的藏族朋友讲，拉萨那边的司机如果开车往昌都来，往往都是在进入横断山脉之前便把货物卸载到昌都司机所驾驶的车上。昌都的路可不是闹着玩的，每年掉进山谷里的车都不少，我在许多路段都看到过立在悬崖峭壁旁的经幡，据说，立经幡的地方都曾经有车掉下去。

路是真险，但路旁的风光又真美，都是那种让人想不到用什么词来形容的美，这种美足可以抵消对险峻路况的恐惧。金沙江、澜沧江、怒江，三条大江把昌都的山山水水滋润得有声有色、美不胜收。

与山里的路相比，昌都县城的路要好跑许多，花五块钱，就可以打一辆车跑遍大半个县城。而且这里的藏族司机在绕行齐齿街的时候总会有意识地把车速放慢一些，让客人好好地看一下这条古老的街道。街上那三三两两说说笑笑的年轻喇嘛和盛装而过的健康美丽的康巴姑娘，都让人感觉到这里不愧被称为"藏东拉萨"。

在齐齿街靠近扎曲河大桥的地方，我见到了一辆刚刚从成都开过来的长途客车，已然看不出本色的车身让人误以为这辆车刚参加完从巴黎到达喀尔的越野拉力赛。没有人会想到这辆车从成都开出后，沿川藏公路整整跑了六天才跑到了昌都。客车司机是成都人，他说他的车过雀儿山和达玛拉山的时候都遇上了雨，只能停车歇脚，实在没得办法。

好在昌都县城里有不少四川人开的火锅店，客车司机不怕辣，想出一身臭汗散散自己的一身霉气。昌都的火锅店都流行吃"跳跳鱼"，辣椒和调料是从四川运来的，鱼就是澜沧江里的，肥着呢！

乘着歌声飞翔

听李娜唱《青藏高原》，听朱哲琴唱《阿姐鼓》，都曾经感觉特好。但那是没有到过西藏的时候，到了西藏，却发现这些歌只能在西藏以外的地方听。

李娜的声线高亢清亮，但却少了几分飘忽空灵；而朱哲琴给人的感觉则过于唯美，《阿姐鼓》那首歌一听便知是不属于高原的外人创作出来的，形式上很精致，可不太真实。西藏的女人不这样唱歌，她们的歌声就是她们日常生活的一种延伸，乍一听，并不是很动人，只有在你完全熟悉了酥油茶的奶香与青稞酒的麦香之后，你才会真正被她们的歌声所打动。

一百二十多万平方公里、三百多万人口的西藏，平均每平方公里只有不到三个人，对于每一个生活在这里的人来说，都仿佛拥有无边无际的空间。在这样一个广博的空间里，他们天然地学会了歌唱，而他们的歌声也天然地与他们周遭的天地万物融为一体，有如天籁。

在藏东的那些日子，我似乎每天都生活在歌声里。我周围的藏族朋友都是能歌善舞的好手，他们给我唱《白塔》，唱《深情的弟弟》，唱《向往雄鹰》，唱《康巴汉子》，为了尽情地享受这歌声，我的胃不知多灌下去多少青稞酒跟藏白酒。因为，只有在你一杯接一杯喝下敬到你面前的青稞酒之后，他们才会把你当作真正的朋友，才会不断地把更美、更动听的歌声献给你。

最令人难忘的是我们带着帐篷与食物（还少不了大桶大桶的青稞酒与藏白酒），驾驶越野吉普到海拔五千米的横断山脉深处去"耍坝子"。普布、朝荣、蒙哥——一帮健壮的藏族小伙子，巴桑、卓嘎、格桑——一群美丽的藏族姑娘，他们围着篝火跳起了古老的锅庄舞，唱起了古老的藏族民歌。夜空中飘荡着歌声与笑声，还有酥油茶跟青稞酒的香气，我醉了！

远处是月亮与星空，近处是雪山跟湖泊，身旁是帐篷和篝火，脚下是遍地野花。对我来说，真希望时间就此停滞，我愿乘着歌声飞翔，飞过雪山，飞到那歌儿中传诵的"香巴拉"。

强巴林寺

强巴林寺是藏东最大的寺庙，光喇嘛就有一千多人。

与青海的塔尔寺及拉萨众多著名的寺庙相比，强巴林寺的名气算不上大，再加上地处藏东，游人不多，这里从表面上看去似乎显得有些清冷。但在我感觉，这种不太为人所知的状态倒也许更原始地保留住藏传佛教里更本真的一些东西。

我去强巴林寺那天，天下着小雨，往山上去的路泥泞坑洼。但还是有不少虔诚的朝拜者与我同行。那种五体投地的膜拜，不置身其间，不会有深的体会。

强巴林寺供奉的是强巴佛，每年藏历二月十五日，这里都要举行盛大的迎请强巴佛仪式，其壮观场面，从几位身临其境的朋友那里已听到很多。不过，也用不着遗憾没有亲眼看到当时的盛景，就像我，能够置身于强巴林寺有上百盏酥油灯照亮的经堂内，默默地静听几百名喇嘛齐声诵经，直到这诵经在那一刻把我所能感知到的世界完全吞没，我已经领略到一种从未有过的力量所带给我灵魂深处的冲击与震撼了。

没有赶上祈祷法会，也没有看见吉庆神舞，但却看到了喇嘛们辩经的场面，据说这也不是能经常看到的。站在这些喇嘛的周围，听他们借助各种身体动作来进行对佛理跟教义的辩论，我忽然感觉，执着，其实是成就一切理想的基础，这种执着，可以帮你战胜一切外在的困苦，而实现自己生命与精神的超拔。

快要离开的时候，在藏族朋友的帮助下，我有幸与寺内的一位上师活佛合影留念。其中还有一个小小的插曲，我那曾经一直反应灵敏的照相机闪光灯在自拍时老半天不闪，当我不得不准备放弃的时候，它却闪了，活佛与我相互会心地笑了笑。

敦煌三题

黄昏

我是在黄昏时分来到敦煌的。

当一个人的眼睛长时间被戈壁与骆驼刺所构成的单调色彩所笼罩，却蓦地在漫漫黄沙中间望见了树木、庄稼、村落还有袅袅飘散的炊烟时，这个人的感觉不可能不奇异，也不可能不兴奋。敦煌，便是这样突然间呈现在我面前的，它使我疲惫的神经一下子就活跃了起来，视线中的景物好像也变得柔和了。这是一种奇迹。其实，敦煌城的存在本身就是一种奇迹。

倘若不看史书，大约不会有人相信这里也曾经金戈铁马，也曾经喧闹繁华。敦煌，这个建在沙漠里的城市，曾以沙州这个名字成为中国历史上西凉王国的国都。那是公元400年的时候，都城位于甘肃武威的北凉王国分裂，大将李暠在敦煌建立起了西凉王国，敦煌由此也进入了中国历史上的都城之列。

在黄昏时看敦煌是最有韵味的。黄昏的敦煌城有点儿像是你梦中的某个情节，虚幻得有一点儿不真实，城外的三危山在夕阳里泛着一种古老的褐红色，犹如一个看破尘世的老人，就那么一任自己苍老着，就那么一任自己与世无争着。三危山与黄昏共同完成了一幅野兽派的绘画，浓重的油彩，在敦煌这张画布上正一点点地铺展开。

莫高窟

我从嘉峪关转车，邻座是一位年轻姑娘，她是莫高窟的导游。她告诉我，如果没有莫高窟，敦煌城应该早就不存在了。

因为一座石窟，敦煌城千百年来与大自然做着殊死的搏斗，恶劣的环境并没有令敦煌人后退一步，因为莫高窟，敦煌人与敦煌城共同坚守着地图上数千平方公里荒凉中的那一个代表文明的点。

不明白当年为什么有那么多虔诚的僧人从遥远的繁华之地跑到这里来经年绘画，一日复一日，一年复一年，一代复一代，不为钱财和仕途，只为信仰。

只为信仰活着并画着。

莫高窟的名气有一大半来源于藏经洞。藏经洞是王道士发现的，就是那个把许多无价之宝以便宜得令人难以置信的价格卖给外国人的王道士。他很勤劳，每天都要去打扫洞窟，藏经洞的夹壁墙就是王道士在一次不经意的打扫时发现的。王道士不知道洞里那些东西的价值，他把换来的钱都用作维修莫高窟中那些个摇摇欲坠的佛像了。在一个兵荒马乱的世道上生存，连生活费都拿不到的王道士实在想不出还有什么别的办法可以得到维修莫高窟的费用。

从某种意义上说，王道士不该受到指责，他只是一个没有文化的农民，为什么没有人去指责那些官员，把这么重要的地方委托给一个清贫道士的官员？王道士的思想其实简单得就像是敦煌周边的一颗沙砾，他活了，尽本分了，好心抑或无奈办错事，连圣人都是难免的，何况只是一颗沙砾呢？

在莫高窟的面前，其实，我们都只是些……沙砾。

鸣沙山与月牙泉

黄昏的时候上鸣沙山最好。由于敦煌与北京有三个多小时的时差，这里直到晚上九点太阳才开始落山。所以，黄昏对于敦煌来说是一个漫长的行进过程，它令你多少会有一种时间被凝固了的感觉。

鸣沙山上牵骆驼的人都是来自陇南山区的农民，他们千里迢迢地跑到敦煌来赚钱，他们和骆驼都不明白，这荒凉的沙漠怎么就会吸引那么多的人跑来花钱。

不明白的其实还有月牙泉。一汪因过量开采地下水而面临枯竭危险的泉水，在它的岸边，人们建了一堆不伦不类的仿古建筑，看上去，不美。

所谓名胜，有时候和人一样，本质上并不需要有多么出色，要的只是某种"另类"。就像月牙泉，这个世界上有那么多的湖泊泉水，但是它们好像都不是生在沙漠里的，而月牙泉不幸生在了沙漠里，于是，它便成了一个苦孩子；而现在，人类又把它精心装饰起来，它于是变成了一个多少有些滑稽的孩子。

阳关　玉门关　魔鬼城

阳关

　　连小学生都知道"阳关大道"这个词，都知道王维的《送元二使安西》，都知道"劝君更尽一杯酒，西出阳关无故人"。

　　从玉门关到阳关，车子在戈壁滩上跑了整整三个小时，两个关隘把当年的丝绸之路一分为二，一条是古丝绸之路北道，一条属古丝绸之路南道。当年，王维的朋友元二走的肯定是北道，当他西出阳关的时候，不知耳边是否又响起《送元二使安西》的歌吟？

　　如今的阳关，只剩下一个土包，如同一个小山峦耸起在戈壁滩上，那么无助，又那么孤独。倒是在离阳关原址八百米处新建的"阳关博物馆"看上去气势恢宏，但好不好看，是否违和，怕是就见仁见智了。

　　王维在渭城喝酒的时候，阳关这里还是人来人往、车水马龙，阳关见证了盛唐的强大，也受尽了后世的冷落，像个被母亲狠心抛弃的孩子，在茫茫大漠之中无依无靠。

　　谁说诗人没有用，谁说文字的力量顶不上金钱的力量？感谢王维，感谢诗人，在阳关脚下，我打开了一罐啤酒，把它们一半喝掉，一半洒在了沙土里。

　　洒在沙砾中的酒几乎是在瞬间便蒸发掉了，消失得那么干净。其实，在这个世界上，没有什么东西可以永恒，如果说有，那么只有两样，一个是自然，一个是文字所能传递的力量。

玉门关

"黄河远上白云间，一片孤城万仞山。羌笛何须怨杨柳，春风不度玉门关。"这不是王之涣最好的诗句，但却是王之涣流传最广的诗句。据说有一回，王之涣和高适、王昌龄一道去酒馆喝酒，酒馆的老板当然不知道这三位客人都是赫赫有名的大诗人。诗人喝酒是要有歌女给助兴的。三个人打赌，最漂亮的那个歌女吟唱谁的诗，他们就拜那个诗人为师，结果，最漂亮的那位歌女唱出的是"黄河远上白云间"……

都快一千三百年了，提起王之涣的名字总是会让人想起河西走廊，想起孤独的玉门关。

如今的玉门关，只剩下了一座土垒的四方城，在茫茫荒漠之中，它是最高也是最显赫的建筑。遥想当年，这里却是通衢要道，作为汉长城西部最重要的关隘之一，来自中原、西域、中亚、波斯、罗马的客商从此出出进进，玉门关内外昼夜响彻声声有节奏的驼铃。玉门关也是曾经沧海、阅尽繁华。

为什么叫玉门关，因为这里曾经是西域上好玉石的集散地，西域的珠宝商人把玉石运往中原，再运走中原的丝绸和瓷器，来来去去走的都是玉门关。玉门关是物品集散的地方，也是来往的客商与官吏打尖歇脚的地方。这里有的是好酒，可以让一路风尘的人喝个痛快，出了玉门关，就望见西域了；进了玉门关，那长安还会远吗？

一千三百年前的玉门关，城内不仅有酒，有客栈，还有黄头发、蓝眼睛的歌女，还有操着各种语言跟你比比画画的商贩，玉门关的这扇门沟通了东西方两个世界。

玉门关，令进进出出的人都想起了家。

然而，如今这里却是荒漠，玉门关，有谁能够体会你此刻曾经沧海、阅尽炎凉的心情。

魔鬼城

所谓魔鬼城，实际上是一大片雅丹地貌群，因地质地貌奇异，刮风的时候声音有如鬼哭狼嚎，因而得名。

魔鬼城离敦煌大约有一百八十公里，与新疆的罗布泊基本上已连成一体。坐越野吉普车驰骋在魔鬼城的沙漠里，绝对是生命的另一番感受。你的视线前方明明是沙漠，却总觉得有一大片湖泊，这是海市蜃楼现象，可以说，驾驶吉普车的司机常年在这里跑，看见的东西千奇百怪，还看见过埃及的金字塔呢！

张艺谋拍《英雄》，把大队人马拉到了这里，那些明星大腕据说看到魔鬼城个个嘴巴张得老大，他们也惊讶于魔鬼城的气势磅礴。电影特技里把假的弄成真的、黑的变成白的的"英雄"们拿着宝剑吊着绳子装模作样地"飞"来"飞"去，显得是多么可笑。张艺谋用魔鬼城去唬买票的观众，可假若有一天，连魔鬼城这样的地方都被我们"人定胜天"地改造了，"英雄"们又去哪里找用武之地呢？

晚上，寄宿在离魔鬼城不远的魔鬼城雅丹地貌管理处，和管理处的几个人借着昏暗的汽灯聊天，听着外面的风声响成一片厮杀声，犹如正在发生一场世界大战，只是这场战争，人类不是主角。

人类的渺小，必须要有参照物。人与自然的搏斗从来都是残酷的，从前是自然残酷，现在则是人残酷。我觉得那些在功名利禄上贪得无厌的人，真应该到这里看一看，不是来看"魔鬼"，而是来感受大自然的神奇和博大，因为在大自然的面前，倘使真有"魔鬼"，亦只存在于某些贪婪人的心里。

天祝　天堂　天尽头

一

十七年前，没错，整整十七年前，我穿过兰州熙熙攘攘的东方红广场，走在长得仿佛永远也走不到头的平凉路上，将从天津户外店买来的瑞士产帆布双肩包的带子紧紧系在腰间，夹杂于二十几个扛着大包小包、用陇西方言兴高采烈抢着讲话的老乡中间，一同拥进兰州长途汽车东站那略显逼仄的候车厅，开始了我的河西走廊之旅。

选择乘长途车穿越河西走廊，于我是不经意间冒出的一个念头，有点儿愣头愣脑，却又实实在在。与其他那些时不时冒出的念头迥然不同，它没有习惯性枯萎，亦不曾"胎死腹中"，且日益顽强到难以摘除。很长一段时间，它都令我心心念念、坐立难安，直到瓜熟蒂落，才仿佛终于给了自己一个交代，内心陡然平静。没错，十七年前，我坐在对号入座的长途车座位上，气定神闲，望着窗外杂乱的游走人群，竟丝毫不觉陌生，甚至恍若熟稔的邻人，令我放松且安适。那些行将与我同路去往312国道沿线村镇的老乡，将笨重的行囊交予驾驶员，由驾驶员根据他们乘车距离远近及行李大小决定是塞入行李箱还是缚于车顶的行李筐内。他们于我是异乡人，也是我仿佛熟稔似邻人的同路人。汽车启动，驾驶员只熟练地打几个转弯，便将车子拐上了黄河铁桥，除去我目光投向窗外面的黄河，其他人或闭目养神，或手捧一册杂志翻看，那是车站书摊上卖的，记得是两元一本。

第一站是古浪。因我要去看西路军古浪战役遗址，仅争夺古浪县城，红四方面军主力红九军就打光了两千多人。第二站是永昌。出发前就与永昌县文化馆宋国荣先生电话联系好，由他陪我去看古罗马人后裔居住的者来寨村，宋先生本人我感觉就是古罗马人后裔，我见过他照片——金黄色头发披肩，一双蓝色眼睛闪亮，活脱脱欧陆人样貌。永昌并且还是天津相声大师马三立先生的故乡。第三站是张掖，去看西夏大佛寺。第四站是酒泉，去看夹边沟农场。这是我来甘前的临时决议，说来也巧，在那之前正好收到过《山西文学》惠寄的 2002 年第 6 期杂志，上面有山西作家杨得志的《夹边沟》。据我所知，那该是国内第一篇有关夹边沟农场的纪实文学，读后的震撼与惊悚至今记忆犹新。而夹边沟农场原址就在离酒泉城区二十公里的三墩镇，那里有段叫夹山长城的明长城，刚好也是我想看的。而最后一站，便是河西走廊的终点——星星峡，那已经算是新疆了。事实上关于河西走廊的说法一直有两种，一种是狭义的，从乌鞘岭至玉门；一种是广义的，从兰州的黄河以西至星星峡。

　　抱歉，那次河西走廊之行我"跳过"了天祝，没有给天祝预留时间。尽管自小便喜欢人文地理的我在彼时已对天祝有所了解，知道天祝的魅力肯定会大过我要去看的那些个地方，但七千多平方公里的天祝不仅地域辽阔，且辖区基本上是由森林、草原和可耕田组成，绝少荒漠与戈壁，需要盘桓驻足的地方太多，无法"蜻蜓点水"，难以走马观花，于是我将天祝作为我下一趟河西走廊之行的首选，却未料想这一隔便是十七年，似乎连天祝都已经等不及了，它开始召唤我。说实话，2019 年的天祝之行，于我而言有一点儿突然，亦有一点儿梦幻，来自天祝的召唤恍如发自美丽的马牙雪山之巅，显得悠远又空灵。

　　十七年前的我比现在英俊，也比现今勇敢和决绝。那时我觉得自己还有大把时间可供胡思乱想甚至挥霍，就像我从张掖长途汽车站等夜车前往酒泉时，当所有人都盯着屏幕看韩日世界杯意大利队与韩国队比赛的时候，我却在埋头写一组关于卫青的诗。虽在六月，但屋外夜里呼啸的风声显得无比沉闷，还间杂有几丝细雨，犹如卫青率众追赶匈奴和月氏的败兵，他的坐骑正挟风带雨掠过广袤的河西。

二

马牙雪山、松山滩草原、天堂寺、松山古城、冰沟河森林……当一帧帧美丽图画从武威市作协主席、甘肃小说"八骏"之一的李学辉先生的手机传到我手机上时，天祝一下子便击中了我。是啊，大美天祝！天祝有大美而非小美。那些云朵，仿佛用手就能抓来几缕；那些花儿，恍若可以嗅到其花心深处的奇绝芬芳……没错，那一刻，我能想到送给天祝的只有一个词——天堂，尽管彼时我尚不知天祝有一个美丽的乡镇就名唤"天堂"。没错，是天堂，虽然我说不清天堂应该长啥样儿，但天祝，或许就是了吧！作为安多华锐藏区核心区，古代藏族安多部落的头领一定是被神灵所点化，率族人安居于此一方美丽山水。在如我这般过客眼中，天祝的美简直如有天助。旅行轿车方驶入天堂镇界内，我一眼就瞧见了道旁路牌上所标注的四个大字——"穿越天堂"，内心一下子便被一种剧烈的喜悦所贯通，充盈而饱满。

位于天祝县城西十一公里的石门河峡口内侧的石门乡，北靠高耸的马牙雪山，南临石门河。这里的石门寺据说是藏传佛教格鲁派领袖、著名诗人、六世达赖喇嘛仓央嘉措后期主要驻锡地，长达二十五年。也就是说，自1706年仓央嘉措于青海湖畔遁形到1746年于阿拉善圆寂的四十年中，大师多一半时光是在石门寺度过的。

关于六世达赖喇嘛与石门寺的渊源，在安多华锐藏区和内蒙古阿拉善广为流传：公元1706年，因蒙古军队首领拉藏汗与藏王第司·桑杰嘉措不和，蒙藏军队发生冲突，第司被杀，六世达赖仓央嘉措被送往北京，行至青海更尕诺尔时，于风雪夜中遁去。他先往青海各地，复返西藏，最后辗转到阿拉善。1720年5月仓央嘉措去青海赛科寺，冬初返阿拉善。次年夏返赛科寺。因天祝石门寺僧众再三恳请，于七月初三日驾临石门寺。1727年重修石门新寺，并亲自担任该寺寺主，名曰"达宝佛"。1746年，仓央嘉措在内蒙古阿拉善左旗承庆寺圆寂，享年六十三岁。如今，石门寺中仍保留有五世达赖亲手雕刻的十一面象牙观音佛像，六世达赖的斗篷和画像，一世贡唐仓和五世东科大师的帽子，华锐饶布萨的骨灰塔、坎肩及墨迹等珍贵宝物。我在石门寺时，仓央嘉措的诗句一直萦绕于我的脑海，而这些诗句都是我读过的、日常就挂在嘴边的，而当离开，却又想不起来了，似乎就从未记住过，能记起的只剩下那几句流布四海的"金句"。

三

乌鞘岭是我国地形第一级与第二级阶梯的边界，是内陆河流域和黄河流域的分水岭，也是季风区和非季风区的分界线。它在地形上不仅位于黄土高原、青藏高原、内蒙古高原交会处，在气候区划上也是高原亚干旱区、中温带亚干旱区、中温带干旱区三大气候区交界处，还是中国历史上的重要地标。而乌鞘岭气象站不仅是国内不多见的新中国成立前就有的气象站，它在抗日战争中也为抗战做出过很大贡献。

在前往乌鞘岭气象站的路上，诗人、天祝县文联主席仁谦才华先生一直在给我讲解着乌鞘岭悠久的人文历史以及绵延的明长城两侧所发生过的故事。乌鞘岭一带的明长城是抵御蒙古骑兵的重要屏障，长达二十公里的乌鞘岭隧道当时则是全国最长的铁路隧道。而我们的目的地乌鞘岭气象站，是国家基准气候站，常年只有四人坚守，而其服务的气象面积却覆盖了大半个中国。

乌鞘岭年平均气温 0.3℃，水沸点只有 82℃，"盛夏飞雪，寒气砭骨"。寒冷、缺氧不是最熬人的，最熬人的还是孤独、寂寞。在气象站最高点，我看到一条狗匍匐在角落里，显得安静而怡然。气象站"80后"站长杨文清告诉我："这原是一条流浪狗，不知怎么就跑到这么高海拔的地方来了，像这样自己跑来的流浪狗我们已经收养了五六条。"除了流浪狗，气象站还收养了几只流浪猫。气象站有时只有一两个人值守，常年见不到一个外人，这些猫狗遂成为他们最好的精神慰藉，而他们也让流浪的生命有了属于它们的一个赶都赶不走的家。"我每回夜里顶着刺骨寒风出去查看户外气象数据，回来的时候，这些猫狗都会欢欣鼓舞地迎接我，我坐下休息，它们还会跳到我的腿上，用身子来温暖我。"这是我在高寒的乌鞘岭上听到的一个非常温暖的故事，事实上，它也是我在 2019 年所听到的最温暖的故事之一。

四

多识仁波切，是我来天祝前便敬仰的一位上师，看过他的《爱心中爆发的智慧》。他是安多华锐藏区天堂寺第六世转世活佛，同时也是雪域当代深孚众望的学者和教育工作者。天堂寺位于天祝县西部的天堂镇，东、西、北三面靠山，海拔两千二百米，气候宜人，人称"天祝的江南"。据说在几年前，天堂寺附近大通河涨水，冲出一块奇异的白色巨石，附近两个村子都说石头是他们的，为此争执不休。多识仁波切活佛就说，既然是"神石"，就把它搬到天堂寺吧，供奉起来，让信众朝拜。于是，现在天堂寺院内就多了一块经幡环绕的白色奇异神石。

转过天堂镇唯一的主街，便是天堂寺了，我一眼便望到高高的山坡上金碧辉煌的金顶。藏区寺庙位置的选择通常都有讲究，多数在采光好景色也佳的位置，很多就修建于半山腰上，远离尘嚣，这样喇嘛们可以专心清修。

天堂寺历史悠久，规模宏大，是甘肃境内第二大藏传佛教格鲁派寺院，仅次于拉卜楞寺，但它的建成比拉卜楞寺还早八百多年。进到大门后，喧嚣声蓦然被隔绝，而我则犹如站上了大地之巅，侧耳倾听，梵音恍如天际传来的吟唱或低语。继而进入在多识仁波切活佛主持下修建的高为三十五米的宗喀巴大殿，其中有堪为世界之最的高二十三米、宽九米五二的木雕鎏金宗喀巴佛像。殿中还有四千尊铜佛及二十一尊木佛像，蔚为壮观。置身殿内，时光仿佛一点点慢下去，眼前的宗喀巴佛像卓尔不群。虽遗憾未能见到多识仁波切活佛，我却在寺内看到很多年轻的喇嘛，他们谦恭且快速地行走，一闪而过的感觉，每个人的脸都如尘土一般朴素而严肃，不知怎么，我的心头陡然就滚过一阵阵温热。

五

松山古城位于松山滩草原深处，差不多是我看到的国内保存最为完整的古城之一，比我当年在内蒙古阿拉善盟额济纳旗看到的黑城遗址保存得要完好，只是规模比黑城小。明代这里曾是中央政府与蒙古北元后裔长期争夺的地带，而松山城就是明政府为防范北元后裔骑兵南下侵扰而修建的。

沉积的黄沙和断裂的古城墙，仿佛都在诉说着五百年前的故事。立于古城中央，我梦想自己就是此地头领，想象那满目废墟下曾有的酒肆和客栈，皂吏和百姓，鲜艳的旗帜和破败的民居，想象大门被守城兵丁吱吱呀呀地打开，大风进出，尘沙飞扬，一匹快马如离弦之箭被射进城内，快马是"达隆仓的马"，它来自河西走廊深处某个硝烟正浓的地方。

松山滩草原总面积一千平方公里，这里是天祝最大的草原盆地。历史上有名的"达隆仓的马"就在这里诞生，此马比其他马种更善跑，是战马首选。这里还是白牦牛的重要生长地。白牦牛只产于天祝，天祝的好草好水孕育了这一美丽而坚韧的物种，当然，陪伴白牦牛成长的一定少不了身材高挑、眉目传神、两腮绯红的天祝姑娘。

遗憾的是，我们没能赶上一年一度的"六月六"松山滩草原赛马盛会。据说参加赛马的藏族小伙子个个英俊威武，腰间插着绿松石镶嵌的藏刀，全身上下毡靴毡衣狐皮藏帽，色彩艳丽、夺目耀眼。

松山滩草原属干旱草原植被，多草本植物和灌木，地势开阔平缓，气候宜人，水草丰美，景色秀丽，是放牧、游玩、赛马的绝佳所在。

那天来松山滩草原，赶上了连绵雨，心里小有遗憾。可在吃了手把羊肉，喝了青稞酒，现场听藏区说唱艺术非遗传承人说唱《格萨尔》，却蓦然发现，雨中的草原真是别有一番景色与情趣啊！

记得那天的雨一直缠绵地下，大些时，雨滴像一枚枚石子敲在毡包上；小些时，又像炉火上滚热的羊肉汤发出噗噗的声响。帐篷的窗子和门都是打开的，横穿的风中飘荡着浓郁的肉香。感觉就在不远处，有一条湍急的河流不住作响，不知道是否那就是传说中的黑马圈河。诗人仁谦才华带着我们喝酒，令我想起一首诗："在帐篷的舞蹈和歌声中，醉酒的人都是干净的……"没人注意到，微醺的我悄悄走出帐篷，顶着小雨，向不远处高高的一处山坡走去，在半坡的地方，我坐下，坐在没过脚踝的青草中。那些帐篷瞬间都变得渺小，似乎还能听到从帐篷里传出的歌声。目光转向草原更深处，雨滴中我竟然看到了几只美丽的蝴蝶在雨丝中穿梭，仿佛要飞向远处的山顶。山顶的草木郁郁苍苍，我的眼中早已没有了蝴蝶，只有山顶上方不断幻化的天穹，就像看到了天的尽头。

"一代天骄"的灵魂归所

从呼和浩特出发，沿着阴山山脉一路向西，便进入了内蒙古自治区最富庶的河套大平原了。从这里拐个弯，跨过黄河再一路向南，便是充满神秘与传说的鄂尔多斯高原。此行，我们的目的不是来鄂尔多斯体验"歌海舞乡"之盛况，也不是来聆听高原上百灵鸟的歌唱，而是来重温一段并不十分遥远的历史，拜谒一个伟大的生命——"一代天骄"成吉思汗的灵魂归所。

是重温，更是寻访；是拜谒，更是敬仰。

于是，我们染着一路风尘，走进了鄂尔多斯的蓝天白云，走进了鄂尔多斯的苍茫与奔放；于是，我们捧着一颗真诚的心，走近了成吉思汗的博大与梦想，走近了七百多年前的铿锵与辉煌。

公元 1204 年，欧洲大陆上的第四次十字军东征宣告结束，此役，十字军从威尼斯王国出发，直接攻击东罗马帝国的君士坦丁堡，经过几番拉锯战，十字军最终攻陷了位于欧洲大陆东端的君士坦丁堡，东罗马帝国宣告灭亡。十字军从此被神化为世界上的"不败之师"。而两年后，在遥远的东方，在蒙古高原的斡难河（今鄂嫩河）上游，来自游牧的蒙古民族各部落的首领汇集在这里，举行了一次盛大的集会，在此次集会上，孛儿只斤部落五十岁的首领铁木真被推举为大可汗，称为"成吉思汗"，意思是"像海洋一样深远和伟大的君主"。

这个世界上谁最伟大？在十三世纪之前，欧洲的教科书上写的是亚历山大，是恺撒；而在十三世纪之后，欧洲人却把"世界大帝""世界征服者"等这样无比尊贵的称号"授予"了一个东方草原上骑在马背上的牧人。没错，这个从茫茫的蒙古大草原深处驰马而来，曾经放过马、赶过羊的牧人，让整个世界都因他而改变了模样。由他亲手创立的蒙古汗国西到地中海，东达日本海，北至西伯利亚高原，南抵印度河流域，横跨欧亚两大陆，版图面积广达三千余万平方公里。这是人类有史以来、迄今为止所建立的最为庞大的帝国，西方世界头一次在一个来自东方游牧民族的牧人面前折服了。而这个牧人的名字就是成吉思汗。成吉思汗的伟大不仅在于他进行了那个年代里人类最大规模的军事远征，他更了不起的地方还在于，他用他出色的军事天才和前瞻眼光，使他的事业并没有因为他的离去而夭折，而前功尽弃，如亚历山大、恺撒那样，在他们死后他们的帝国都变得四分五裂。在成吉思汗死后，他的子孙们实现了他当年的梦想，统一了中国，建立了元朝，使蒙古民族在最短的时间内完成了由奴隶制的游牧社会向封建社会的转换。所以，当那个叫马可·波罗的意大利人来到中国的时候，他所看到的是一片繁华盛景；在他的眼里，元大都（北京）无疑是这个世界上最繁荣、最美丽的城市，而"一代天骄"成吉思汗，他的足迹虽纵横万里，但他却把自己的魂魄留在了东方，留在了鄂尔多斯，留在了这个鸟语花香、曾令他流连忘返的地方。

鄂尔多斯，曾经是内蒙古伊克昭盟的别称，位于内蒙古自治区的南部。它地域辽阔，物产众多，地下更是埋藏着丰富的宝藏。古老的鄂尔多斯，到处都有神奇的传说；美丽的鄂尔多斯，到处都有迷人的故事。因为，"一代天骄"成吉思汗的灵柩就安放在这片圣洁而温馨的土地上……

成吉思汗，名铁木真，乞颜部孛儿只斤氏人，公元 1162 年诞生在蒙古高原的斡难河（今鄂嫩河）畔的部落贵族世家。父亲为也速该，母亲为河额仑。说来有意思，当年，成吉思汗的父亲在一次部落征战中斩杀了另一个部落的著名首领，这个曾被人们称为"草原上的雄鹰"的部落首领名叫铁木真，成吉思汗的父亲于是便将自己新生的儿子起名为铁木真，他希望自己的儿子也成为"草原上的一只雄鹰"。铁木真没有辜负父亲的希望，他不仅成为"草原上的一只雄鹰"，而且成为翱翔在欧亚两大陆上空的一只雄鹰。当时，蒙古各部争雄，蒙古草原天旋地转，毡帐民族命运多艰，庶民百姓水深火热。成吉思汗顺应民心，身经百战，终于在1206年统一了蒙古各部，为蒙古民族的形成和社会发展做出了巨大贡献。他击败金国，征服西夏，为元朝的建立并最终统一中国奠定了坚实的基础。他和他的子孙们曾先后进行远征，创建了横跨欧亚两大洲的蒙古汗国，创造了军事史上的奇迹。公元1227年，成吉思汗在征伐西夏的战争中病逝于甘肃省六盘山下的清水县，享年六十六岁。

那么，成吉思汗这位"天之骄子"为什么将自己的英名赐给了鄂尔多斯？在鄂尔多斯还有一段美妙的传说呢！

想当年，成吉思汗率军征伐西夏时，途经鄂尔多斯高原，目睹这里水草丰美、花鹿出没，心里特别高兴，留恋之际，失手将马鞭掉在了地上。部将刚要拾起马鞭，却被成吉思汗制止了，并即兴吟诗一首："花角金鹿栖息之所，戴胜鸟儿育雏之乡，衰落王朝振兴之地，白发老翁享乐之邦。"由此，便产生了鄂尔多斯特殊的历史。

鄂尔多斯部，原为成吉思汗宫廷守卫者，后来又守护和祭祀成吉思汗的陵寝——"八白室"。而"宫廷"和"室"在蒙古语中都称为"斡耳朵"。"鄂尔多斯"这一美名，就是在这样一种背景下产生的。因为在蒙古语中，"鄂尔多斯"就是拥有"众多宫殿"的意思。所以，没有"一代天骄"成吉思汗，便没有鄂尔多斯一说。鄂尔多斯文化，无论过去、现在还是未来，都与成吉思汗这个伟大的名字紧紧联系在一起。

成吉思汗的陵墓，最初是在蒙古高原的北部。因为是由八顶白色的蒙古包所组成的，所以又称为"八白室"。

明朝天顺年间，守护成吉思汗陵寝的鄂尔多斯部从北向南迁徙到了鄂尔多斯高原，"八白室"也随之迁来，原供奉在达拉特旗境内；清朝初年，又将"八白室"移至郡王旗，即今鄂尔多斯市的伊金霍洛旗境内。

成吉思汗陵是世界上绝无仅有的蒙古帝王祭奠圣地。来到成吉思汗陵，那恢宏的气魄，那庄严的氛围，令人为之肃然；成吉思汗横刀立马的铜像，更是让人心存敬仰。拾级而上，在苍松翠柏之间，展现出一条通往成吉思汗陵宫的凿石步道，每段由九级台阶组成，共有九十九级台阶。当初，成吉思汗曾对天弹洒九十九匹白骒马的鲜乳以祭天，如今，九十九级台阶更是寄托了后人对"一代天骄"的无限敬仰。

登上九十九级台阶，三座相互连接的蒙古包式陵殿巍然屹立，洁白的墙壁，朱红的门窗，金黄琉璃宝顶辉煌夺目。而步入成吉思汗陵的大殿，你一定更会被震撼，它让你在一瞬间便能够感受到一种博大和气魄——在高达五米的汉白玉成吉思汗雕塑的背后，是凸凹起伏的欧亚大陆地形图，高山、平原、河川和海洋统统留在了他的身后，这是他和他的战士曾经跃马扬鞭的疆土，属于他，属于他英勇的战士们，属于一个曾经崛起的东方。

站在成吉思汗陵，极目远眺，是起伏的丘陵，是星星点点的绿洲，而在八百多年前，这里曾经郁郁葱葱，开满了鲜花。牧民、战士在这里跃马扬鞭，"一代天骄"在这里流连忘返，鄂尔多斯从此变得与众不同。

九曲黄河，如一张被拉开的弯弓，从东、西、北三面环绕着鄂尔多斯；万里长城，像一条银色的弓弦，从南边横断鄂尔多斯。这种封闭式的地理环境，为鄂尔多斯蒙古民族传统文化的完整保留和继承发展，提供了得天独厚的条件。或许，成吉思汗早就对这块土地情有独钟，他的陵寝只有停放在这里才会安稳，他的灵魂只有嗅到了这里泥土的芬芳才会找到归所，"一代天骄"的英名令这里的天空都变得更加宽阔，令这里的土地也变得愈发厚实……

　　天空无言，大地无语，成吉思汗陵如一个有生命的巨人端坐在鄂尔多斯高原，端坐在天空与大地之间。

霍去病的酒泉

　　中国的历史源远流长，但历史的发展却不是一条直线，而是曲线或者抛物线。比如说，中国曾经是一个胸怀四海的国度，尚武之风曾经非常浓郁，但自唐和五代以后，武将明显呈退化之势，简直一代不如一代，不要说为国家开疆拓土，就是自保都显得勉为其难。但两千年前的时候不是这样，仅仅是为了几匹汗血马，大将李广就两次万里征伐；仅是因为几个被劫持到中亚的中国商人，西汉大将军陈汤就率兵西征万里，不仅如此，陈汤还向全世界发出了"明犯强汉者，虽远必诛"的豪言壮语。而霍去病则无疑更是这些武将中的佼佼者，甚至可以说他是中国的战神。

　　霍去病只活了二十四岁，他带兵征战的历史前后只有两年左右。然而，就是这短短两年的时间，他却将匈奴人彻底赶出了河西走廊，赶到了离中国千里之外的漠北，完成了此前两百年中国人没有完成的伟业。公元前 121 年，年仅二十岁的骠骑将军霍去病率兵出临洮，越过焉支山，开始了他对匈奴的一连串打击。

　　在霍去病领兵到来之前，河西走廊无疑是匈奴人的天下，而霍去病来了，他带兵横扫河西走廊，据说，当时匈奴人只要一听到霍去病的名字就会大惊失色。

　　"失我焉支山，令我妇女无颜色；失我祁连山，使我六畜不蕃息。"这是何等凄凉的悲吟，焉支山上有上好的颜料，曾是匈奴妇女最好的化妆品，而霍去病来了，匈奴人只有逃往漠北，只有天寒地冻的漠北才能挡得住霍去病的战马。

霍去病的大军曾经多次驻扎于酒泉。只是在西汉时，酒泉还没有人家，更不要说有什么繁华市镇，有的除了驻扎在这里的西汉大军，就是风沙，就是戈壁，当然，还有一眼泉水——这是十万大军的水源呀！

霍去病把酒泉作为他的前进基地，从这里不断地对匈奴残部进行打击，战果辉煌。汉武帝为此拨银十万、赏赐御酒，犒赏三军。霍去病想把酒赏给壮士们分喝，可他有十万大军，御酒却很少，如何分配？有人建议从各军中遴选出代表，众将却为了代表名额争执不下，霍去病灵机一动，他命人把御酒通通倒进了那眼泉水里，然后传令三军将士在泉水边集合，十万将士便围聚在泉边痛饮，以后，这个地方就被命名为"酒泉"了。

我到酒泉后专门到泉湖公园里去找那眼"酒泉"，在"酒泉"旁，有许多人在乘凉、聊天，还有人在售卖有关霍去病与酒泉的故事和传说的书籍，当地人就把这眼泉水称作"霍去病的酒泉"。

自古英雄出少年，也只有少年英雄才会如此一往无前，才会如此令人想念。

唐代诗人王翰的那首著名的《凉州词》其实就是写酒泉的——

葡萄美酒夜光杯，
欲饮琵琶马上催。
醉卧沙场君莫笑，
古来征战几人回。

酒泉盛产葡萄美酒，也有品质上好的祁连山老山玉制成的夜光杯。当然，这里还有醉卧沙场的年轻的霍去病。

永昌的"古罗马军团"

一

公元前 60 年，当时欧罗巴大陆上最强大的古罗马帝国进入了由恺撒、庞培、克拉苏"三巨头"共同执政的时期，为了缓和矛盾，"三巨头"于公元前 56 年在路卡会晤，达成了新的权力分配方案：恺撒兼任高卢总督，庞培兼任西班牙总督，克拉苏兼任叙利亚总督。这次权力分配在一定程度上稳固了古罗马帝国的上层统治，但同时也为新的侵略战争埋下了伏笔。公元前 54 年，不满足于仅仅占有一个较为贫瘠的叙利亚的克拉苏发动了对帕提亚（中国古书中称其为安息，即今伊朗一带）的大规模战争（卡莱尔战役），史称"古罗马军团东征"。

但卡莱尔战役以古罗马军团的失败而告终。古罗马帝国的军队在中亚草原留下了两万多具尸体，另有一万多人做了俘虏，克拉苏也被俘，被帕提亚国王用熔化的金液灌进喉咙而被活活烧死。只有克拉苏的长子、第一军团司令普布利乌斯率领六千余人突出重围。由于帕提亚的西边、北边与古罗马帝国接壤处都有重兵把守，这支突围的古罗马军团只能一路向东逃走，以至于离他们的祖国越来越远，最终竟然从欧洲历史的记载中"神秘消失"了。

根据古罗马历史学家阿庇安在公元 1 世纪写成的《罗马史》记载，克拉苏率大军入侵帕提亚，绝大部分被杀或被俘，只有约一万人突围而出，不知去向。阿庇安写《罗马史》的时候距离卡莱尔战役的发生尚不足百年，显然这支突围的古罗马军团再也没能回到欧洲。从此以后，这支古罗马军团的去向便成了古罗马史、古欧洲史研究中的"悬案"之一，所有涉及这段历史的书籍都没能提供比阿庇安的记载更为详尽的记述，至多也就是说这支古罗马军团在遥远的东方"神秘消失"了。

在卡莱尔战役过去三十四年后，也就是公元前 20 年，古罗马帝国与帕提亚签订了和约。当时，古罗马帝国要求帕提亚遣返卡尔莱战役中被俘的士兵，同时在帕提亚等国的协助下开始寻找普布利乌斯以及突围的第一军团的下落。然而，时过境迁，普布利乌斯和他率领的六千余名士兵如同散尽的硝烟早已无影无踪。

但是，古罗马帝国的执政官们不知道，就在这一年（公元前 20 年，中国西汉王朝汉成帝鸿嘉元年），也就是整个欧洲大陆都认为普布利乌斯及其率领的六千余名古罗马士兵于东方"神秘消失"的时候，在遥远的东方，在那个强大的被古罗马人称为"秦"或者"秦汉帝国"的版图上，突然间新标出了一个被命名为"骊靬"的县，这个西汉王朝新成立的县就位于这个古老东方帝国与西域之间的河西走廊的中部（今甘肃省永昌县境内）。

在中国古代典籍中，多称古罗马帝国为大秦国，或者骊（音"lí"）靬（音"jiān"）、犁靬、黎轩、力乾、犁犍等。司马迁在《史记》中就把古罗马帝国称为黎轩。《汉书·张骞传》中在写到张骞出使西域后向汉武帝报告西域见闻，汉武帝"因益发使抵安息、奄蔡、犁靬、条支、身毒国"。唐代大学者颜师古在这段话的下面注解说："犛靬，即大秦国也。张掖骊靬县，盖取此国为名耳。"这里所说的"张掖骊靬县"即是指西汉时所设的骊靬县。清代康熙年间的大学者惠栋在《后汉书·地理志补注》中，在"骊靬县"后面更是加了一句石破天惊的话："县本以骊靬降人置。"清代《乾隆府厅州县志》则说："汉骊靬废县，在永昌县东。'按

《说文》记载：骊靬县在武威县，盖骊靬国人降，置此县以处之也。"而《辞海》中释"骊靬"一词则是："古县名。西汉置，在今甘肃永昌南。西域骊靬人内迁居此，故名……"

如果我们把上述从西汉以降至现代的大量古代典籍中的话翻译成白话连贯起来就是——骊靬，就是古罗马帝国的代称；位于河西走廊张掖郡的骊靬县，就是取古罗马帝国的国名为县名，当初设县就是为了安排古罗马帝国的降兵而专门设置的。

可问题来了：在中国历史上，中国的各个王朝都没有与古罗马帝国的军队直接发生过战事，那骊靬县的古罗马降兵又是从何而来的呢？其实，这刚好验证了古希腊著名历史学家普鲁塔克所说的那句名言："真正的历史往往存在于被人们所忽略的细节当中。"

据班固《汉书·陈汤传》中记载，公元前36年，汉西域都护甘延寿、副校尉陈汤率领四万余将士讨伐郅支单于（所辖地域在今哈萨克斯坦境内），战于郅支城（今哈萨克斯坦江布尔城）。陈汤等人在这里发现了一支"非常奇怪的军队"："步兵百余人，夹门鱼鳞阵，讲习用兵"；"土城外有重木城"。这种用圆形盾牌连成鱼鳞形状进行防御的阵势以及修"重木城"的做法，在那个年代只有古罗马军队采用。为此，有欧美专家认定这就是于卡莱尔战役中突围并"失踪"达数十年之久的古罗马第一军团的残部，他们或是已经归附郅支单于，或是被郅支单于雇佣来与汉王朝军队作战。陈汤所率的汉王朝军队最终以"生虏百四十五，降虏千余人"而大胜。于是，便有了史书中所记载的汉王朝在今甘肃省永昌县境内置骊靬县，专门安置这批古罗马军队战俘的记述。

二

从兰州到永昌差不多有四个小时的车程。当我的双脚刚刚踏上永昌的土地，就被永昌南门那座花岗岩雕塑所深深吸引：高高的基座上耸立着三尊古代人物的全身像，目光深邃地眺望着远处的祁连雪山：从着装、发式看，中间一位肯定是汉代的长者；而从另外一男一女壮硕的身材、深凹的眼窝和卷曲的头发看，显然是代表了来自异邦的朋友。永昌的朋友告诉我，这座雕塑名为《骊靬怀古》，就是为了纪念历史上骊靬建县促进中外民族大融合而专门建成的。看来，永昌人并没有忘记那段历史，可我最关心的是永昌还有没有"欧式居民"，他们的生活和工作现在又是什么样的。

在朋友的帮助下，我专门去查阅了一部分存档的永昌县志，方得知永昌县在清乾隆以前一直都没有县志。乾隆五十年（1785年）修的《永昌县志》关于该县少数民族的记述，说永昌除了蒙古族、回族以外，尚有番族五种，计"黄毛番""夹科番""元旦番""挂匠番""西纳番"男女共七百余口，其中"黄毛番"有一百多人。

这一百多人居住在何地，去向如何，县志中没有记载。不过，关于黄毛番子的传说在世代居住于永昌的一些老年人嘴里还能够听到。

比如焦家庄乡者来寨村一位蔡姓老人就告诉我，他听老辈人讲，几百年前者来寨村住的都是黄毛番子，因肤色非常白，也叫白番子。后大寺村的一些老人也有此说，他们对我说，过去，有的父母在小孩子啼哭时常说"黄毛子来了"，以吓唬小孩儿，使其停止哭叫。"深目高鼻多须"的黄毛番子也好，白番子也罢，实际上在我看来说的可能都是那些古罗马降兵的后裔，是那些他们身边的"欧式居民"。只不过，这些"欧式居民"在永昌人的眼里早已不是什么"异类"，而成为他们当中的一部分。

听说永昌还有一个骊靬文化研究会，我在朋友的陪同下急急赶去，没想到，刚到那里就"碰"到了一个"原汁原味"的"欧式居民"——宋国荣。

来永昌前，我曾与宋国荣通过电话。初见宋国荣，让我着实吃了一惊。四十五岁的宋国荣不仅身材高大，皮肤白皙，而且高鼻大眼，眼窝深凹，眼球呈淡淡的浅褐色，最引人注目的还是他那一头披肩的金发。

更令我惊奇的是，他不仅头发呈自然卷曲的金黄色，而且脸上的胡须、身上的汗毛都呈卷曲状，乍一看，简直就是一个来自地中海沿岸的欧洲人。宋国荣自己说，他曾经在几年前进行过血检，证明自己有90%以上的欧罗巴血统。

宋国荣是永昌县文化馆的一名干部，同时也是永昌县骊靬文化研究会的常务理事。骊靬文化研究会是一个民间组织，成立于1998年，一无经费二无专职人员，宋国荣兼着馆里的许多杂事，可他说自己最喜欢做的工作就是研究骊靬文化。

"我们这里偏僻，过去根本没有见过外国人，所以，大家并不知道谁谁谁（比如说我吧）长得像外国人。改革开放后，人们的视野宽了，大家就都知道了，可很多身上欧洲人特征明显的人却故去了。由于没有资金，流传在民间的一些反映骊靬文化的民俗以及民间舞蹈也得不到整理，我真着急呀！"

其实，让宋国荣着急的还不止这些，宋国荣说他现在从事的这项事业不仅需要资金，还需要广泛的参与和理解，最紧迫的是应对骊靬遗址遗物的保护进行立法，否则很多有价值的东西都会被人为毁掉。宋国荣对我说起他亲历的一次古墓葬的发现。他回忆说："二十多年前，有一次，我在离我老家村西北一公里左右的北古城平整土地时，突然发现了一个分前后室的古墓。我记得很清楚，前室放着许多供品，有灰陶罐、陶灶、陶仓等，四件是完整的，其他的都打碎了；后室有一具完整的人体骨骼，骨骼下面铺着一层芦苇。当时，在头骨附近发现一撮毛发，是棕红色的或者是棕褐色的；同时，在骨骼旁边还发现了一粒铜纽扣，但不一会儿这些东西就都被风化掉了。"

设想一下：在距今两千多年前的西汉王期，在中国西北部的河西走廊，有一天，当地平线的尽头突然出现了几千名"高鼻深目多须"的异国大汉，他们操着我们听不懂的语言，穿着我们从来没有见过的服装，他们不是来打仗的，也不是来旅游、经商的，而是被汉王朝政府安排在此定居的。一个民族要创造出雄伟宽广的文化，没有雄伟宽广的气魄不行。如苍天，万物能容；如大地，万物能载。一个能够为千余名归降的异邦人设专县以保护的民族，无疑是一个拥有这种气魄的民族。

三

者来寨村，南枕祁连山，北靠一眼望不到边的者来滩。现有七十三户人家不足三百口人。说它神秘，是因为两千多年前，这里曾经是匈奴极具传奇色彩的折兰王的王府所在地。"者来"就是由"折兰"一词谐音而来。说它有未解之谜，也是因为在两千多年前，汉王朝军队赶走了这里的匈奴人，之后又把这里作为安置古罗马战俘的骊靬城所在地。被中外专家确定为"骊靬遗址"的地方，就位于者来寨村的中心，长近十米、高一米有余，呈 S 形；由黏土夯垒，至今依然十分坚实。应该说，者来寨村是最能够透露当年古罗马人奥秘的地方了，因为在当年，最早来到中国的古罗马人就是在这里繁衍生息的。

由于直到现在还没有进行过有组织的挖掘，者来寨村尚没有出土大宗文物，但以前村里挖渠时曾经挖出数具体格魁梧的尸体骨架和一口铁锅。那口铁锅带有边沿和花纹，与本地的铁锅样式明显不同。村长张建兴对我回忆道："上世纪 70 年代初，骊靬古城墙有三层楼那么高，城墙上面也很宽。小时候，我们总在城墙上面玩。记得有一次，大人们到这里取土垫猪圈。可城墙上的黏土特别难铲，怎么挖也挖不动。于是就有人拿来炸药炸。只听轰的一声巨响，把城墙炸出来了一个大洞。谁都没有想到，洞里炸出了许多麻钱（铜钱），足足有一小土车。"遗憾的是，五十年过去了，当时遍地都可以找到的"麻钱"，历经沧桑，随着时间的流逝，这一极有价值的实物如今却再也见不到了。

在生活中，常常有人用"黄毛丫头"一词来形容小女孩，可者来寨村村民叶兰香的两个女儿不仅头发黄，而且相貌也与欧洲人的脸形很相似。深入了解才得知，原来叶兰香那一头乌黑的秀发其实是刚刚染过的。叶兰香家的邻居说，要是不染的话，她看上去跟电视上的外国人差不多。

虽然在这古罗马人来到中国后最早的栖息地并没有见到"不加伪装"的"欧式居民"，但在者来寨村，我却看到了被称为骊靬文化遗存重要表现之一的"节子舞"——几个汉子围在一个空场中央，十分欢快并有节奏地跳起了舞蹈。据说这种永昌农村独有的舞蹈，与意大利保存至今的一种民间舞蹈十分相似。

其实，保存在永昌一带具有骊靬文化遗风的还不止"节子舞"。据介绍，永昌乡间一些农民在牧牛时，喜欢把公牛弄到一起来进行"角斗"，当地人俗称为"抵牛"——把牛群赶到屠宰过牛的地方，让牛群嗅着血腥开始发狂、奔突、吼叫，当地人把这种活动叫作"疯牛扎杆杆"。有专家据此认为，这是古罗马斗牛遗风在永昌的延续。而每逢过春节，永昌民间不少人家用发酵的面粉做成牛头形状的馍馍，俗称"牛鼻子"，用来祭祀祖先，这一风俗一直保存至今。

……

毋庸讳言，尽管海内外学者都把永昌县者来寨村作为西汉骊靬古城的遗址所在地，但有关普布利乌斯和他的古罗马第一军团的下落到底在哪里仍然存在着争论，这或许正是历史的魅力所在。

美洲的玛雅文化已被人类研究了数百年，可它依然充满神秘。骊靬文化从提出到确立至今不过才四十几年的时间，它的神秘还远没有被我们全部认识和领悟。不过，只要你来到了永昌，来到了这个当年古罗马人曾经繁衍生息的地方，就会跟我一样被它的辽阔、苍茫和深沉所吸引。看那平川，那或许就是当年骊靬人驰马和练兵的大平川；看那群山，那或许就是当年骊靬人攀缘和伐木的山峰，在重重叠叠的神秘之外，我在这里感到的还有历史所给予我们中华民族的另一种宝贵馈赠：开阔和自信。

额济纳，你的名字叫坚强

额济纳绿洲位于巴丹吉林沙漠的腹地，这里有世界上仅存的三大野生胡杨林之一的额济纳胡杨林群。胡杨，又名胡桐，蒙古语叫"陶来"，是当今世界上最古老的杨树品种，被誉为"活着的化石树"。

看过电影《英雄》的朋友一定会对电影中的一个画面印象深刻：章子怡在一片如同梦幻般的树林里面"飞"来"飞"去，天是金色的，地是金色的，树是金色的……那可不是用电脑特技制作出来的，那一幕就是在额济纳旗的达来呼布镇四道桥的胡杨林里拍摄的，电影让更多的人知道了胡杨林与额济纳。

从阿拉善盟的盟委所在地阿拉善左旗到额济纳旗的达来呼布镇，坐了十几个小时的长途汽车，在这十几个小时当中，我眼中看到的几乎全都是黄沙与戈壁。所以，当长途汽车驶入额济纳旗政治文化中心——达来呼布镇的时候，我的眼前猛然一亮：成团的红柳、成片的胡杨林扑面而来，大紫，大黄，大绿，色彩简直浓得化不开，我仿佛从一个由戈壁与沙漠构成的灰黄单调世界一下子闯入了一个神奇曼妙的彩色世界。

漫步在茂密的胡杨林中，仿佛进入了神话般的仙境。茂密的胡杨千奇百怪，仪态万千。粗壮的几个人都难以合抱，挺拔的有七八丈之高，怪异的似苍龙腾跃、虬蟠狂舞，令人惊叹不已。仅那密密匝匝的树叶，也是独具风采：幼小的胡杨，叶片狭长而细小，宛若少女妩媚的柳眉，人们常常把它误认为柳树；壮龄的胡杨，叶片又变成卵形或三角形，犹如大兴安岭的白桦；进入老龄期的胡杨，叶片才固定为椭圆形。更有甚者，在同一棵胡杨树的树冠上，会同时生长着几种不同形状的叶片，可谓奇妙绝伦。

经过春风的滋润，经过夏天的洗礼，漠野里吹过清凉的秋风时，胡杨林便在不知不觉中，由浓绿变得浅黄，继而变得金黄了。

登高远眺，金秋的胡杨林如潮如汐、波浪翻滚，斑斑斓斓的似漫及天涯，仿佛一片金色的海洋。额济纳绿洲一派金碧辉煌的景象，让人心旷神怡。

每年农历九月中旬，一经霜降，额济纳的胡杨林便如北京香山的红叶一般火红，像是在熊熊燃烧。而每一棵高大的胡杨树枝头，间或又有浅绿、淡黄的叶片在闪现，错落有致，色彩缤纷。秋风乍起，胡杨金黄的叶片，飘飘洒洒地落到地面。大地如铺上了一层金毯，辉煌而华贵。尤其于夕阳西下之际，落日苍茫，晚霞一抹，胡杨林由金黄变成了金红，最后则化为一片褐红，渐渐地融入朦胧的夜色之中，无边无际。

"山不在高，有仙则名；水不在深，有龙则灵。"物显地赫，伴以金秋胡杨的超凡脱俗，额济纳自然也声名远播。在额济纳二百六十七万亩的天然林中，生长着一棵被当地人称为"神树"的胡杨树。这棵"神树"位于达来呼布镇以北二十五公里处。其高二十三米，主干直径两米多，树围六米半，得六个人手拉手才能合抱。

胡杨是额济纳绿洲的主体。三百多年前，蒙古族土尔扈特部落初到额济纳绿洲，因胡杨密集，枝干横生，骆驼和马匹等牲畜难以入内觅食，土尔扈特人便分片焚烧胡杨林。几年后，当他们再次游牧到这里时，几乎所有胡杨树都已化为灰烬，地面上长满了鲜嫩的牧草。但唯有一棵高大的胡杨树，依旧枝繁叶茂、苍劲挺拔。土尔扈特人深信这是神灵在保佑这棵树。于是，在几百年的时间里，这棵胡杨树被额济纳土尔扈特人供奉为保佑他们的"神树"。

"神树"位于一片茂密的红柳丛中，看护它的是一位土尔扈特老大妈。老大妈向我介绍说，这棵有八百多岁的"神树"，一直保持着旺盛的生命力，不仅没有衰落的迹象，而且从"神树"发达的根系中，又分出了五棵粗壮的胡杨树。土尔扈特老大妈称它们为"母子树"。现在，"神树"已经形成了一个庞大的家族，茂盛地耸立于沙丘之间，覆盖面积达五百多平方米，从几公里以外的地方望去，感觉颇为壮观。

额济纳的胡杨林，主要分布在弱水（黑河）流域。弱水是一条间歇性河流，密集胡杨林林区主要在弱水分岔的河洲地带，其中最吸引人的地方在达来呼布镇的二道桥、四道桥和八道桥。这是以弱水支流上的八道桥为名划分的，从额济纳旗达来呼布镇往东，每隔两三公里就有一座桥，从一道桥到八道桥，每道桥都被茂密的胡杨林环抱。

四道桥一带胡杨林的景色最美，在这片沙质的土地上竟然浮现出一派田园气息，由于与农家村舍毗邻，还能听到有鸡鸣犬吠之声。四道桥一带到处是巨大的胡杨树，桥边东北处的胡杨林尤其夺人眼球：树干粗大，造型千姿百态，或如苍龙狂舞，或似孤鹰翻飞；有的彼此相互依偎，有的枝丫斜伸，是拍胡杨林的最佳地点。

到额济纳，"怪树林"是一定要去的。长期以来，这片树林仿佛拥有无穷生命力，千百年来都在与漫漫的黄沙顽强地抗衡着，虽然这是一片"死"去的树林，却像不屈不挠的战士一样挺拔屹立。这是胡杨树耐腐特性的结果。贾宝玉在《红楼梦》中曾向林黛玉表示忠心："任弱水三千，我只取一瓢饮。"弱水（黑河）便是源于祁连山，汇于额济纳居延海的一条古时水势浩大的河流。千百年的地质变迁以及人为原因使弱水流量日益减小。数十年来，由于弱水上游开荒种田，截留蓄水，使河水流量大减，几近断流。由于胡杨的生长环境遭破坏，在额济纳，包括胡杨、红柳等沙漠植物在内的林带正在逐年减少。二十世纪五十年代，额济纳胡杨林面积为七十五万亩。到二十世纪九十年代，胡杨林面积已锐减到了三十九万亩。但枯死的胡杨林并没有消失，应了胡杨"一千年不死，一千年不倒，一千年不朽"的个性，成片的胡杨林变成了如今这般恐怖、狰狞，但同时也坚强、不屈的"怪树林"。令我感到欣慰的是，由于 2001 年国家实施了跨省调水工程，当地开始大规模护林休牧，胡杨林的生命力正在复苏。

或许是经历了太久的岁月淘洗，位于弱水岸边的额济纳面积最大的"怪树林"已渐稀疏。枯死的胡杨树奇形怪状，或仰天长啸，或俯身低首；或如动物遗骨，或如危房支架……

我是在清晨时分来到这里的，天地空寂，残肢断臂的胡杨树，仍支撑着伸向天空，倒地的树枝横七竖八，像是战士相互搏杀后留下的战场……坐在一棵"怪树"的残枝之上，感受着生命的无比苍凉与造物主的无比伟大，看看眼前的胡杨以及那些在弱水岸边放养骆驼的世代居此的土尔扈特牧民，我懂得了什么叫作不屈，什么叫作坚强。

额济纳，你的名字就叫不屈，你的名字就叫坚强。

烟雨庐山

　　从汉口坐船沿长江而下，一夜的工夫便到了九江，然后乘上大巴，一路急驰向庐山开去了。

　　这是四月，四月上庐山，该算是早了点，朋友说，登这座山总要七八月份才好，不过我倒是觉得，这早也算是早得恰到好处吧。且不说登山的游人较往日要少了许多，因而也就有了难得的清幽与安静，而且，四月在庐山应算是早春季节，早春的庐山自有其格外迷人之处。那份乍暖的寒意，那份欲滴的翠绿，尤其是那阵阵忽隐忽现、忽来忽去的烟雨，真的能让每一个置身其中的人有一种说不出来的透心感受，便想：大自然真算是这天地间最了不得的艺术巨擘，它的造化之奇幻是怎么形容也不过分的。

　　对于山，我应该算不太陌生的吧。国内的名山我也到过一些，然而对于庐山，我却独有一份有别于他处的感情。因为在我来看，庐山的自然美固然是大自然鬼斧神工的杰作，但庐山的文化蕴涵恐怕更是这座山能够长存于世人心中，尤其是长存于中国文人心中的重要原因。从某种意义上来说，庐山所代表的人文精神以及它在近代所独有的政治意涵已经超越了它地理上的存在。我想，如果一个人对庐山的认识只存留于旅游观光概念上的话，那么，这个人显然是根本不了解庐山的。

　　从西汉司马迁"南登庐山"开始，几千年来，中国到底有多少位帝王将相、闻人名士登上过这座山，恐怕是难以细数了。单以著名的文化人为例吧，就有王羲之、陶渊明、谢灵运、陆修静、孟浩然、李白、白居易、李璟、欧阳修、王安石、苏东坡、黄庭坚、朱熹、唐寅（伯虎）、王阳明、李梦阳、康有为、陆九渊……他们在庐山或是栖鸣泉畔，或是筑庐篁林，饮清泉、啸山谷，吟歌赋诗，形成了中国文化发展进程中一脉独特的风景。名人耀名山，名山纳名人，更有无数名诗名文流传后世。庐山的山山水水激活了多少中国文人的灵性，呵护了多少沦落隐者的心灵！

我下榻的庐山大厦位于庐山的牯岭镇，这座始建于 20 世纪初的砖石建筑曾是国民党庐山军官训练团的所在，虽说它早已被翻修成现代化设施齐备的星级宾馆，但依然能够从中寻找到不少昔日的痕迹。蒋介石就是在这附近的地方面对着军官训练团的上千名学员宣布中国军队将对日作战的；而走下庐山大厦高高的阶梯，再向西步行一百多米，便是举世瞩目的中国共产党庐山会议旧址了。可以说，庐山的每一条柏油路，每一座花园洋楼，无不与中国近现代、当代发展史上的许多重大历史事件紧密相连，认识庐山，也便是认识了历史。

几天的时间，或车行，或步行，我差不多跑遍了庐山上下的各个景点，什么东林寺、花径、望鄱亭、简寂观、大天池、仙人洞、五老峰、三叠泉、秀峰、观音桥、白鹿洞书院……一路看下去，我既是一名观光的游客，又是一名追寻历史的学子。我的脑海中交替浮现出当年在庐山上临溪观鱼、绕寺寻花的"天涯沦落人"白居易，醉卧秀峰、斗酒诗百篇的李太白，雾里看花、听棋白鹤观的苏东坡，溪中牧鹅、观瀑玉帘泉的王羲之，放浪形骸、寓情于画的唐伯虎。当然，还有解职归田、采菊东篱下的陶渊明，这位靖节先生就是在庐山南麓的康王谷，品着汉阳峰的香茗，喝着谷帘泉的老酒，写下了他的《桃花源记》和《归去来兮辞》的。陶渊明生活的时代正是中国政治上门阀制度最为严重的时期，士族垄断了所有高官要职、经济大权甚至是文化特权。如陶渊明这样出身一般门第的人，能够干上祭酒、参军，最后当上了彭泽令这样的父母官，应该说是很不容易了。然而，这个很不容易得来的彭泽令，陶渊明只干了八十多天就不干了，从骨子里来讲，陶渊明更应该是一个诗人，更重要的是他自己也把自己作为诗人来看待；反之，对于在世人眼里了不得的官职爵位，他却视若鸿毛。所以，郡里督邮到地方视察，他不仅不肯束带迎接，还以"我不能为五斗米折腰向乡里小儿"为由，解职归田，来到庐山脚下——"方宅十余亩，草屋八九间；榆柳荫后檐，桃李罗堂前……"陶渊明的可贵之处在于，他不以世俗的标准来束缚自己。他不仅辞官，而且甘愿去做一名农民，自给自足，亦耕亦读，在等级观念森严的封建王朝，这是多么健康的一种自我状态呀！在庐山脚下，陶渊明完成了他一生中最重要的一批文学作品的创作，他的身心在这一片灵山秀水的环绕中得到了彻底荡涤，一个伟大的独立人格形象也由此而诞生。然而，陶渊明又是寂寞的。作为诗人，他没有在他的有生之年得到应有的承认，他的诗在他死后一百四十多年才渐渐为人所看重。其实，即使在今天，陶渊明依然是寂寞的，他的"桃花源"已经成为一种简单的逃避现实的代名词，甚至有人把陶渊明就当成逃避现实的代表。

在他的故乡，诗人也是寂寞的。风光旖旎、人文荟萃的庐山，只有一块"醉石"置于虎爪崖下，被称为陶渊明躺卧过的地方，除此，对于陶渊明，和庐山有关的各类导游手册便再无更多介绍。后人为其建筑的靖节祠，由于远离旅游路线而较少有人涉足，那里有一尊靖节先生塑像，神情严肃、冠戴整齐，却让我怎么也无法与那位卧于"醉石"之上，口呼"我醉欲眠卿且去"的陶渊明联系到一起。诗人生前洒脱，身后却要落寞如斯吗？……庐山的雾气总是说来就来，雨更是说下就下，雾气雨霭中的庐山美得真有些叫人心醉，"只疑云雾窟，犹有六朝僧"。雾霭淡去，六朝僧人不见，到处都是攒动的游客。庐山的历史文化建构正在发生变化，这变化是这样巨大，又这样自然。

告别了陶渊明，告别了庐山，车子从山南择路缓缓而下，据说当初陶渊明就是从这个方向沿路上山的，而我却要下山了，回头远看，庐山烟雨蒙蒙。

潇洒当如黄庭坚

苏东坡初见黄庭坚诗文，"以为超轶绝尘，独立万物之表，世久无此作"，黄庭坚"由是声名始震"。黄庭坚与苏东坡很像，不单是政治命运紧密相连，并且辞赋风格、书法笔锋都很像，而最像的还是二人虽命运多舛，却皆淡然处之且能做到潇洒旷达。当然区别也有，黄庭坚不像苏东坡那样随和开朗且包容万物，也不像师弟秦观那样狂放时目中无人，伤感时了无生趣。黄庭坚年轻时不羁而多情，中年后沉稳且老熟，但从始至终，他没有脱离"潇洒"二字。"乌台诗案"时，苏东坡被贬，黄庭坚因没有与苏东坡划清界限，被罚了价值二十斤铜的俸禄，照陈寅恪先生的研究，这二十斤铜的价钱大概相当于黄庭坚当时月俸的三分之一。

作为苏门大弟子，黄庭坚在苏门内被秦观、陈师道尊敬，在苏门外被晏几道、贺铸仰崇，在有如繁星闪耀的北宋诗坛上，按饶宗颐先生的说法，黄位列第三，仅位于苏东坡与秦观后，更有不少人将其与苏东坡并称"苏黄"；《豫章先生传》更称其"笔势放纵，实天下之奇作。自宋以来，一人而已"。

但也有人不喜欢他。朱熹说黄庭坚平时聊天一点儿也不严肃，不谈论礼教。晏殊的女婿富弼不喜欢黄的"口无遮拦"，关键是富弼如果只是晏殊的女婿，也就罢了，问题是富弼是宰相。还有一个不喜欢黄庭坚的人，叫赵挺之，当年与黄庭坚同在馆阁任职，一心钻营向上爬，黄庭坚很瞧不起他，哪想赵挺之后来也当了宰相。黄庭坚的确没把富弼、赵挺之放在眼里，这与这些人当多大官没关系，可他却得罪了两个宰相，结果可想而知。黄庭坚当年曾应司马光之邀参与撰写《神宗实录》，写过这样一句话："用铁爪龙治河，有同儿戏。"意思是神宗时为疏浚黄河，用许多铁爪做成耙状的铁爪龙沉于河底，另一端则用绳子系在大船之上，大船拖着铁爪龙从上游向下游急驶，以便将泥沙挠松冲走。此法曾被王安石采用，但效果不好。哲宗亲政后，认定《神宗实录》"多诬"，黄庭坚却坚持真理，说："庭坚时官北部，尝亲见之，真儿戏耳！"于是被诬攻击新政，从此开始了他被贬的生涯。这里再多说一下赵挺之，此人当宰相不行，诗文也不行，却有个了不起的儿媳妇——李清照，但李清照嫁进赵家时，黄庭坚已不在了。

黄庭坚先后被贬涪陵、黔州、戎州，赦归，又因拒绝将地方官名字刻在他所撰写的碑文上，被告到赵挺之处，再被贬到广西宜州。然而，与他人不同，《宋史》言其被贬期间"通脱自解"。黄庭坚的流放诗词中极少有"怨艾之言"，多是风景小令及磅礴大作，你看他的诗："浮云一百八盘萦，落日四十八渡明。鬼门关外莫言远，四海一家皆弟兄。"你看他的《定风波》："莫笑老翁犹气岸，君看。几人黄菊上华颠？戏马台南追两谢。驰射。风流犹拍古人肩。"拿自己与古人相比，潇洒又自信。再看《鹧鸪天》："黄发白发相牵挽，付与时人冷眼看。"他就是倔强地横眉冷对自己仕途的挫折与人生的磨难。

黄庭坚之死令人唏嘘，但仍透着某种潇洒。宜州因地处偏僻而无亭驿，黄庭坚只得住在狭小的城墙戍楼上，狭窄又潮湿，但他却不以为意，终日与朋友弈棋诵书，月下夜语，对酒当歌，与同样被贬的苏东坡颇有些神似。他写词言："万事令人心骨寒，故人坟上土新干。淫坊酒肆狂居士，李下何妨也整冠。金作鼎，玉为餐。老来亦失少年欢。荣萸菊蕊年年事，十日还将九日看。"调侃、自嘲，还有点儿满不在乎。《宋史》说他"泊然，不以迁谪介意。蜀士慕从之游，讲学不倦"。这里所说的"蜀士"乃范廖。范廖，字信中，官至福州兵马统领，系黄庭坚的拥趸，闻黄庭坚被贬，便辞官跋涉数千里赶到宜州，"谒先生于僦舍，望之真谪仙人也"，从此侍奉黄庭坚左右。一位身居地方要职的官吏，却能放下一切去侍奉一个被贬文人，若非史书言之凿凿，我倒以为是杜撰。

一天，天上下起了雨，宜州戍楼上的黄庭坚喝了酒，有些醉意，坐在床上，他将脚伸到栏杆外淋雨，回头对自己身边的范廖说："信中，我平生从未有过这样的快乐啊！"说罢睡去，不久便离开人世。

黄庭坚在流放地讲学不倦，特别看重读书的重要性。他传授诗歌之法，不断强调要"多读书，令精博，极养心，使纯净"；强调"词意高胜，要从学问中来"。读黄庭坚诗文，临黄庭坚书法，你感受不到这是个半生飘零、历尽磨难的人，他面对打击与困厄时所表现出的潇洒与从容，感召的何止是文人。

辑三：在"野人"出没的地方

阿尔山，与天堂比较接近

去阿尔山，源于一个埋藏已久的渴望。一次聚会中，与会者议论起国内的一些风景名胜，一位曾经在阿尔山工作多年、把青春和热血都奉献给阿尔山建设的长者深情地说："我有一个建议，如果你们想看优美的风景，就去阿尔山吧！想看美丽的草原，就去阿尔山吧！想泡最优质的温泉，就去阿尔山吧！想体验真正的冰雪世界，就去阿尔山吧！……你们刚才所说的那些景色，阿尔山全都有。"

阿尔山？曾经对很多人来说是一个陌生的名字，而在网络化、信息化如此发达的今天，藏在深山人未识的阿尔山还是被一点一点地揭开了她神秘的面纱，越来越多的人开始了解阿尔山、喜欢上了阿尔山。阿尔山已经成为国内自驾游爱好者的一个重要目的地，中央电视台等国内外权威媒体都专题报道过阿尔山。这座曾经不为人知的边陲小镇，一下子吸引了国内外众多人士的目光。

一位诗人说："阿尔山是离天堂最近的地方，与阿尔山的美丽相比，连美好的诗歌都失去了表现自己的能力。因为，阿尔山的美，很像我们想象里的天堂，而天堂的美，却是无法表达的。"诗人的话无疑有浪漫和溢美的成分，来到阿尔山后，我以为，说阿尔山离天堂最近，怕是有些夸张，而倘若说阿尔山与天堂比较接近，应该算是更加靠谱。

七月，被称为阿尔山最好的季节，我终于成行。从乌兰浩特乘车一路向西，映入眼帘的都是大团大团的绿色。终于进入阿尔山境内的时候，我拉开了窗子。远处，是一望无垠的草原和森林，我不由得深深地吸了一口气，感觉甜甜的，是不是天堂的味道？

到阿尔山市之前，就听人说，阿尔山很像一座北欧小镇。本有些不以为然。当然，我没有去过北欧，但对此说法还是存疑。到了才发现，这的确是一座很"北欧"的小城市。小城不大，几乎全都是仿欧式风格的建筑，街上行人稀少、车辆零星，的确有些北欧小城的风韵。据阿尔山市政府的朋友介绍，阿尔山市区人口不到八千人，而且市里采取了严格措施，控制市区内人口增长，也不允许在市内建工厂，这一切，都是为了阿尔山的环保。

我住的宾馆是家庭式的，离火车站不远。实际上，阿尔山市区很小，住在哪里都离火车站不远。恰赶上一列客车到站，下车的人数量虽不多，却于熙熙攘攘中唤醒了沉睡中的小城。阿尔山火车站的建筑风格在全国应该绝无仅有：日式又参考了俄式的建筑风格，至今已有八十年的历史，仍保存完好，且还在正常使用。据说，几年前这里还在使用蒸汽机车，现在已经和全国接轨，改用了内燃机车。原来的小轨道蒸汽机车头还在，被转移到阿尔山国家森林公园内了。

阿尔山到底有多少个中国乃至世界之最？恐怕很少有人说得清楚，我给简单总结了下：阿尔山是中国人口最少的一个城市；阿尔山是全国人均森林覆盖面积最大的一个城市；阿尔山是国内城市市区空气中负氧离子含量最高的一个城市；阿尔山是最新版的《中国旅游年鉴》中推荐的最值得一去的城市之一；阿尔山是唯一一座集火山、冰川、草原、温泉、森林、探险、人文古迹于一体的城市……

作为中国人口最少的城市，阿尔山给人的感觉格外安静、格外放松。市区只有一条主干道，阿尔山的繁华地段都在这条路的附近。傍晚的阿尔山凉爽宜人，偶尔有几个行人与我擦肩而过，看起来也像是游客的模样。阿尔山的建筑"房子带尖，窗户带弯"，当地人说，他们盖房子并不是刻意要"仿欧"，因为这里寒冷，冰雪期时间长，尖顶的楼房便于冰雪融化，带弯的窗子倒是仿自欧式建筑风格。

石塘林的火山遗迹

在阿尔山开车、坐车都是一种享受，尤其是在七月，蓝天、白云、绿树以及遍地五颜六色怒放的野花格外养眼。不过，当地人也向我介绍说，七月阿尔山的天气虽然好，但有时候也像小孩儿的脸，说变就变，阴晴可是没准儿的。

果然，当我乘坐的汽车进入阿尔山国家森林公园之后，越往深处开感觉周遭的雾气越浓，犹如钻到了云里一般，不时有雨滴飘落在车窗的玻璃上。本来林区早晨的湿度就大，无处不在的朝露与潮气使得穿着夏季单衣的我感到了丝丝寒意。其实阳光还是挺充足的，只是像在和人捉迷藏，忽隐忽现，有时候突然就晴空万里，有时候突然间又阴云密布。但浓雾也给密实的树林增添了特有的魅力，给本来就神秘兮兮的原始森林更增添了亦真亦幻的感觉。

我此行主要是来这里看火山遗迹的，而阿尔山的火山遗迹最有特点的地方就是石塘林——一片在山谷密林中裸露的黑褐色玄武岩，长约二十公里，宽十公里，巨石连绵，千姿百态，组成了一条巨大的"石河"。

阿尔山上共有三种植物区：以兴安落叶松为主的欧亚针叶林区系，以白桦树为代表的东亚阔叶植物区系，以针茅科植物为代表的欧亚草原植物区系。另外，阿尔山还有一些谜一般的植物，比如偃松，它通常生长在我国东北和西伯利亚苦寒的高山地带，在冬天，它的枝条甚至会被冰雪冻结倒贴在地面上，而大地回春，它又会挺拔成孔雀开屏一样生机勃勃的姿态，世界上仅有三个国家拥有这一物种。石塘林因火山喷发诞生以后，偃松又找到了它新的生命机遇，代替了通常应该生长在这里的杨树，在可以称为不毛之地的熔岩渣、繁花石附近繁衍开来。

石塘林是由火山喷发后的岩浆流滴凝成。塘内土壤贫瘠，但这里的落叶松却长得高大挺拔，高山柏、金星梅、偃松、银星梅等各种植物再现了从低等植物到高等植物的演替过程。但令我十分不解的是，这些植物为什么会在这样一个土壤贫瘠之所生长得如此茂盛呢？

到石塘林已是中午时分，一片黑色的云彩几乎是在一瞬间就替代了原本的艳阳高照，漫天彩霞亦变成了乌云密布，其变化速度之快如同川剧的变脸艺术，连平时自吹观察能力强并貌似精通风云变幻的我都没来得及发现这一变化的过程。

阴云密布之下，整个石塘林看上去有些苍凉，火山爆发留下的痕迹使许多地方如同刚刚经历过一场战役的战场。走着走着，大雨突然瓢泼而至，没有遮蔽之所，我不得不栖身在一座木桥之下，虽身体窝得难受而且根本就无法完全躲过外面的大暴雨，但还是有了意外发现，一块火山石成了我"研究"火山变迁的工具。

大约半个小时之后，雨渐渐小了，我重新上路。远近没有其他游客，见到一个当地人，他望了望天说，不会下了，过一会儿就该雨过天晴了。果不其然，太阳又突然跳了出来，天上的黑云正以羊群遇狼般的速度四散奔逃，云在流动中把太阳分成射向四方的道道光束，使得大地上的阴阳变幻层出不穷。说实话，我被这突如其来的变化搞得有些措手不及。

石塘林有各式各样的火山喷发后遗留的熔岩。外表与钢丝绳、麻绳、草绳等极为相似的叫作绳状熔岩。它一般呈弧形弯曲，而弧顶指向熔岩的流动方向。岩浆基浪堆积剖面，是一种较为罕见的火山堆积类型，水平的纹理是其主要特征。成因主要是火山岩浆上涌与地下水、地表水作用，产生强烈的蒸汽，到火山口后减压，形成近于平行地面的剪切气流。它的存在意味着本地曾经发生过多次火山活动。

114

阿尔山著名的火山构造中的龟背状熔岩流构造，位于兴安林场东北约两百米的一处平坦熔岩台地上，是新的熔岩在纵横两个方向呈网格状切割原有的结壳岩而形成的，形似龟背。乍看上去有一种苍凉感，感觉多少有些像月球的表面，这跟它周围茂密的绿色植被形成了明显的对比。

虽然被雨水浇成了落汤鸡，但对火山遗迹的"考察"还是使我大开眼界，也体味到了大自然造物的鬼斧神工。

聚集于阿尔山的众多火山会不会再喷发？答案是肯定的，虽然时间可能是在几百年甚至几千年之后。为了避免火山爆发带来的巨大灾难，火山监测势在必行。我国目前只有吉林长白山天池、云南腾冲、黑龙江五大连池等三处活火山受到监测，因此专家们也在呼吁对阿尔山众多的活火山进行固定的监测。

按照科学工作者在石塘林岩石下面寻找到的硬化木测定，最近的一次火山喷发大约距今两千年。但这在史籍中并没有只言片语的记载，毕竟，两千年前的中原虽然已经进入封建社会，但远在蒙古高原东部的阿尔山还是没有文字的诸多部落所属的地区。

天池　五里泉　杜鹃湖

这里所说的天池，既不是长白山天池，也不是天山天池，而是阿尔山天池。

阿尔山的天池海拔一千三百三十二点三米，是中国的第三大天池。与长白山和天山的天池相比，阿尔山天池至今没有找到其进水口和出水口，水深也不清楚，投进去的鱼转眼间会消失得无影无踪，为这座天池增添了几许奇幻色彩。阿尔山的几个天池都是被一个个火山锥高高地推举在山巅之上。它们是火山口湖，即喷发后的火山口中积水所形成的湖泊。

阿尔山火山群又称作哈拉哈火山群，与蒙古国的哈尔心格尔火山群相连，是我国著名的火山群之一。火山喷发后所形成的熔岩地貌有截头圆锥状火山、马蹄形熔渣火山堆、熔岩盆地、台地，比如亚洲面积最大的火山熔岩地貌——阿尔山石塘林景观，就规模壮观、形态奇异、构造完整、分布广泛。

阿尔山有好几个天池，除了浑圆的天池山天池之外，还有像脚丫一般形状的驼峰岭天池和鸭蛋形状的双沟山天池，等等。一位诗人曾这样形容天池山天池："高山上的一面湖水，就像爱人心尖上的一滴眼泪……"没错，七月的天池山天池，在绿色植被的映衬下，愈发让人心醉。它东西长四百五十米，南北宽三百米，有四百八十四级台阶。如果从天空俯视天池，椭圆形的天池山天池就像一块晶莹的碧玉，镶嵌在雄伟瑰丽、林木苍翠的高山之巅。

天池山天池久旱不涸、久雨不溢，水平如镜。苍松翠柏，蓝天白云，万千景色倒映在清澈的湖水中格外动人。据当地人讲，春夏之交时，这里水汽聚集，云雾缭绕，上下翻腾，别有一番景象。只可惜此行是看不到了。

驼峰岭天池比天池山天池还要高。听当地人说，登上驼峰岭，晴天的时候放眼望去，能看到松叶湖、杜鹃湖等阿尔山的九个湖泊。果然，蔚蓝色的松叶湖像片长长的树叶躺在东面的山脚下。晶莹闪亮的哈拉哈河从东南发源地曲曲弯弯一路流淌过来，首先进入的就是安静的松叶湖，又自松叶湖北端流出，经过八号沟流入杜鹃湖。从驼峰岭上看，杜鹃湖东南为进水口，西南为出水口。哈拉哈河从湖的东南流入，又从湖的西南端流出，哈拉哈河串起了各个湖泊，河连着湖，湖通着河，好像绿色大地上的水晶珠链，真是美不胜收。

而五里泉呢？顾名思义，它位于阿尔山市东北方向大约二点五公里的地方，从阿尔山市区到阿尔山的主要景区行车都要途经五里泉。这里的泉水清澈甘甜，被誉为"天下奇泉"。在此稍作停留饮水、打水的游客和车辆很多，我自然也不例外。仔细打量两侧的山就会发现一个很有趣的现象——阳面的山坡光秃秃的只有青草，而阴面的山上却是绿树成荫。据当地人讲，这里的树排列成行的是人工种植的，而散乱不一的则是飞机撒种自由生长的。原先茂密的原始森林，在二战期间早就被日军给砍伐光了。

因为本身就是一个巨大的矿泉群，所以五里泉的泉水包含了多种矿物质成分。阿尔山的矿泉，从化学性质上可分为偏硅酸泉、重碳酸钠泉、放射性氢泉；从温度上可分为冷泉、温泉、热泉、高热泉；从功能上可分为治疗泉和饮用泉。五里泉矿泉群因各泉眼含氢量不同而适合治疗多种病症。其中作为饮用泉的五里泉含有十三种微量元素，且日涌出量达一千零五十四吨。著名的阿尔山矿泉水就取自该泉，水质甘甜，泉水来自三千米的地下。

我们的汽车在五里泉旁停下，路边已经一字排开停满了各种车辆，尤以北京牌照的车辆居多。许多北京人是自驾车过来的。他们有的甚至带来了大号塑料桶，说是灌满了带回北京可以喝半个多月。

史料记载，阿尔山也是成吉思汗成长和陶冶性情的摇篮之地。而杜鹃花则是蒙古族的吉祥之花。

我来到杜鹃湖的时候，天空中正飘着霏霏细雨。天空阴霾密布，远处的湖水被雾霭笼罩，恍若梦境。杜鹃湖的名气在阿尔山的各个景区中虽不是最大的，却一直以来是人气最旺的。因为电影《夜宴》在此拍摄，提升了它的知名度。七月的湖面上波光粼粼，虽没有春天满眼的杜鹃花，可是岸边茂密的白桦林却煞是好看，令人不由得联想到"莫斯科郊外的晚上"。

在大兴安岭，经常可以看到所谓的过火林。通向杜鹃湖的那片树林还残留着 2003 年那场森林大火的痕迹。杜鹃湖因为湖畔开满杜鹃花而得名，湖面呈月牙形，它是火山喷发期由于熔岩堵塞河谷切断河流所形成的堰塞湖，东南为进水口，西南为出水口，上游连松叶湖，下游通哈拉哈河，最深处超过五米。杜鹃湖四季风景美不胜收。当残雪消融、春回大地之时，湖边杜鹃花灿然怒放，花树相间，映得湖面如霞似火；夏季来临，湖面的荷叶迎风摇曳，胜似江南；秋季水清如镜，金波荡漾，层林尽染，似安谧的一幅油画；冬季湖水结成晶莹剔透的冰面，又成了天然的滑冰场。于是有诗赞曰："神女新浴幽谷香，金针巧为织女绣。素笔遥寄化春雪，杜鹃湖畔舞霓裳。"

杜鹃花又叫弘吉剌花，是蒙古民族最崇敬的花种之一。相传成吉思汗的父亲、蒙古乞颜部首领也速该是蒙古人最敬仰的草原英雄。一天，也速该打猎时，看见一位美丽的姑娘。她的肌肤像牛奶一样洁白，她的面容像杜鹃花一样娇艳，她的身段像白桦一样婀娜挺拔。也速该纵马将姑娘抢来，让她做了自己的新娘，她就是成吉思汗的母亲月伦夫人。因为她来自弘吉剌部——在阿尔山与呼伦贝尔草原交界处一个开满杜鹃花的地方，于是人们又称杜鹃花为弘吉剌花。

杜鹃湖的水很清、很静。站在杜鹃湖岸边，除了偶尔的鸟啼，就是沙沙的雨声，恍如置身于另外一个世界。

夜晚的杜鹃湖尤其美丽，月光洒在湖面上，像碎了的银片一般，波光粼粼，亦真亦幻。倒多少有一点佩服冯小刚，竟会找到这样一个美好的地方来举行他的"夜宴"，只是，我们这个世界上还有多少地方能够保留住它的原始、它的自然而不被我们人类像"夜宴"一样消费掉呢？

哈拉哈河，五彩的河

　　三潭泉也是阿尔山的一处著名景观，所谓的三潭泉就是哈拉哈河上游河段自然形成的三个水潭。

　　沿着哈拉哈河一路向北行走，茂密的原始森林、成百上千种叫不出名字来的野花，简直如诗如画。我走走停停，大约五十分钟后，就在快要走出三潭泉景区的时候，却误打误撞地看到了一座石碑，上书：哈拉哈河源头。在石碑后面是一个几乎看不见水的小水洼，原来，这里就是著名的哈拉哈河的源头啊！也算是"踏破铁鞋无觅处"啦！

　　哈拉哈河是一条著名的河流。在历史上，哈拉哈河一直是蒙古与其他游牧民族部落之间的界河。第二次世界大战期间，日本关东军为了配合德国法西斯在欧洲的进攻，曾经于 20 世纪 30 年代末在哈拉哈河沿岸的诺门罕向苏联红军发起猛烈进攻，爆发了第二次世界大战战史上亚洲最大规模的一次陆军、空军及坦克装甲部队的协同作战。战役的结果是：号称最精锐的日本关东军被苏联红军打死两万两千余人、伤五万余人，付出了极为惨重的代价。值得一提的是，当时指挥苏联红军作战的就是朱可夫。哈拉哈河从此成为世界军事史上一条著名的河流。

　　哈拉哈河还是一条国际河流。全长三百九十九公里的哈拉哈河在阿尔山境内有一百三十四点五公里，于阿尔山市所辖的伊尔施镇附近流入蒙古国。哈拉哈河上游风景如画，而且河道较窄、水流湍急，适合漂流探险。最神奇的是它还有一段是地下河。哈拉哈河由仙鹤湖流出后深入地下，变成了地下河，在鹿鸣湖一带才回到地面。这一段地下河上面覆盖着火山岩，但流经的是地下山洞还是岩石间的空隙，迄今人们仍不得而知。人们能明显看到的是，仙鹤湖的水位会因哈拉哈河水量的大小和降雨的影响而相应涨落。湖畔的火山熔岩在一年里的大部分时间是看不到的——冬季被大雪覆盖长达五个月，夏秋两季又被湖水淹没，时隐时现，只有在春夏之交的数周时间内才会短暂露出。

哈拉哈河还是一条五彩的河。在阿尔山的几天里，我的行程中总是能看到哈拉哈河的身影。其中从伊尔施镇前往阿尔山国家森林公园途经的路旁有一段河流风景最美——两岸是金黄的油菜花田和墨绿色的原始次生林，不是江南，却胜似江南，同时又更彰显着北方生长的植物色彩的浓烈和规模的盛大。

许多游客选择在这里漂流哈拉哈河，以至于连漂流船都不够用了，运送漂流船的卡车络绎不绝。五颜六色的漂流船、色彩缤纷的野花和各种植物把哈拉哈河漂染成了一条五彩的河。

哈拉哈河又是一条"爱国河"，或者说是阿尔山的"母亲河"，它流向了蒙古国，最终却还是通过贝尔湖又返回了中国境内。哈拉哈河源头附近的公路很窄，错车的时候要非常小心，下车后的步行倒是很惬意，空气清香，空谷清幽，偶尔还会看见石兔或是松鼠从眼前一跃而过，煞是可爱。树林里还可以发现许多硕大的树木被砍伐过的痕迹，那是二战期间日本关东军在此肆意砍伐树木用来修建工事的证据。

我用手掬了一捧哈拉哈河的水，小心地喝了一口：冰凉，有一点点甘甜。

在“野人”出没的地方

三月上神农架，似乎有一些早，熟悉神农架的人说，三月的神农架经常下雪，道路泥泞，有些路段比较危险。

不过，倒正是因为早，我得以避开了“黄金季节”从四面八方涌向那里的游人，一个没有被游人和摊贩所包围的神农架，自然显得更加清幽，而且原汁原味。

从宜昌乘长途车到神农架的木鱼镇，海拔逐渐升高，气温也随之下降。不过，当我的双脚终于踏上神农架这片土地的时候，感觉这里的太阳还是挺“毒”的，用“骄阳似火”来形容似乎也不为过。白天爬山时，恨不得把身上的衣物都扒下来才凉快。可到了夜晚，木鱼镇上的商家却纷纷点起了炉火，人们都凑在火炉旁取暖。我也凑了过去，一打听温度，得知竟然只有零上四五度。再抬头望群山，月光下是一片片发暗的灰白，像是所有岩石跟树木都挂了一层厚厚的霜雪，使人不由得联想起萧瑟的冬天。而现在还是春天呀！好在睡过一觉后，清晨的神农架还是显得格外清爽，虽说依旧有一些凉，可神农架却如同一个养在深闺中的美丽少女，正一点儿一点儿地撩开她轻盈而又略带神秘色彩的面纱，令人欣喜，更令人迷醉。看着眼前变得越来越清晰的山峰和森林，我的心里也不由得热乎了起来。

其实，说神农架是“养在深闺中的少女”一点儿都不过分，神农架真正被海内外世人所了解也还是近现代的事情。往久远了说，也就一个多世纪。不过，世人知道了神农架，就爱上了神农架。她的原始，她的神秘，她的传说，她的宝藏，无一不令人神往，又无一不令人产生各种各样的揣测和幻想。整个神农架就如同是一个巨大的磁场，不停地吸引着世界各地的科学家和观光者不辞辛苦地跑来投入她的怀抱。

置身于这样一个充满未知与神秘色彩的大山里，我除了兴奋，还有一种急切渴望撩开其神秘面纱的冲动。

神农顶下访"野人"

循着林中的小径拾级而上，便踏入了神农架神农顶原始次生林的地域范畴。

在神农架，像这样的原始次生林非常多，它们与保存完好的原始森林共同汇成了神农架的莽莽林海。我此行的目的是前往"野人"的频繁出没地——大龙潭。

清晨的树林静悄悄的，除了我的脚步声便只有鸟鸣声了。远山近景披着淡淡的晨雾，似乎羞于在远方来客面前一展芳容。由于海拔高，脚下踩到的都是一些多日的积雪。冷倒没有觉得，因为太阳出来了。

大龙潭是中国神农架"野人"考察研究的大本营。几十年来，神农架规模较大的几次"野考"，科学家都是从大龙潭整装出发的。这里倒有些像是攀登珠穆朗玛峰前的前进基地。

大龙潭山林寂静、人迹罕至，据说曾经是"野人"经常出没的地方。站在大龙潭的高处，如果天气晴朗的话，可以望见不远处的神农顶以及神农顶上的皑皑积雪。古今中外，关于"野人"的传说有很多。在我国，从云贵高原到大江南北，不少人从小就知道几段有关"野人"的故事。在国外，从欧亚到美洲，从大洋洲到非洲，都有"野人"广泛的传说。神农架目击"野人"的报告最早出现在二十世纪二十年代。从二十世纪五十年代以来，有四百余人（其中有将军、干部、工人、农民和科技工作者）自称在神农架山区目睹了"野人"。不光大龙潭是目击"野人"之地，而且它附近的板壁岩、小龙潭也是"野人"时常光顾的地方。

当然，想在大龙潭对"野人"守株待兔恐怕难有收获，我知道有人在这里以及附近的板壁岩"蹲堵"数年，都没有见到"野人"的一个影子。不过，我来大龙潭也不虚此行，这里的"野考"工作站的展室内陈列着神农架多次大规模"野人"考察的主要成果，我等于可以就在这神农顶下访"野人"。

展室不大，其中有"野人"分布图，有目击者口述实录，还有现场获取的"野人"毛发，据说这种毛发无论表皮还是骨髓质形态以及细胞结构，均优于猿、猴等灵长类动物；另有发现的"野人"粪便，最大的一坨重达一点六公斤，据说内含果皮之类的残渣和昆虫蛹等；还有从现场灌制的"野人"脚印，长达四十点五厘米。据说多年前曾在神农顶上发现过一个野人窝，它是用二十根箭竹扭成的，"野人"躺在上面，视野开阔，舒服如躺椅，非猴子、熊、猩猩等动物所为。不过，后来有人说那可能是"人为"的，至今也是一场无头官司。

但不管怎样，这么多年来科学家历经千辛万苦所获得的第一手资料还是令人大开眼界。我想，有那么多的间接物证，或许离找到"野人"的日子已经不远了。望着远处神农顶方向的云雾，感觉如梦似幻，我不由得感慨：那云山雾霭的后面会不会正有"野人"在那里玩耍嬉戏呢？

天生桥旁探"野人"

天生桥位于神农架红花乡彩旗村黄岩河上。其实天生桥并不是一座桥，而是一座山，因为山下有一山洞，洞高十七米，洞上方宽四米，下方宽五米，黄岩河就从这洞中流过，于是这山也就成了一座"天生桥"。

天生桥附近重岩叠嶂，古木参天。据说这里因山高路远，人迹罕至，不仅熊、狼等动物经常出没，也是"野人"喜欢光顾的地方。抱着要一探"野人"究竟的想法，我踏上了前往天生桥的路途。

想要一探"野人"究竟，幻想"邂逅"甚至俘获"野人"是不现实的。数十年来，多少幻想到此获取爆炸性新闻的人都是乘兴而来，败兴而归。想要得到第一手资料，最现实的方法就是采访世代居住在这里的山民。

李建生是一位世代居住在神农架大山里的山民，他的家就在离黄岩河畔不远的山坡上。李建生六十岁了，说起"野人"来，他的话滔滔不绝。他说他没有亲眼见过"野人"，但他从小就听说过"野人"，而且他父亲小时候曾经见到过"野人"。听他父亲讲，"野人"身材高大，浑身长满了红毛，面部有些像猴子，叫起来也像猴子。李建生说，他相信神农架有"野人"，要不然，怎么那么多老辈人都说见过"野人"呢？一个人看错了，总不会那么多人都看错了吧！？

张老汉七十多岁了，他正在天生桥附近的半山坡上锄地。他不说"野人"，而是说"毛人"。遗憾的是，张老汉也没有亲眼见过"毛人"，他说他小的时候，有一次大人们都去追赶一个到玉米地里偷吃玉米的"毛人"，他远远地在后面看，没看见"毛人"，但听到了"毛人"叫唤，"毛人"叫唤的声音很尖，很像是猴子的声音。

我问张老汉，一个人住在这大山里，怕不怕有"野人"来"袭击"。张老汉说话方言很重，而且在表达上也有障碍，但我还是听明白了，张老汉说他怕熊，但不怕"野人"。问他为什么不怕，张老汉说，"野人"也是人，它们只偷东西吃，不会害人的。

实际上，在神农架的几天时间里，从神农架最南边到神农架最北边，不管是老人还是年轻人，只要是当地人，几乎都相信神农架有"野人"存在，尽管所有人都没有见过"野人"，只是听说过，或者是祖辈传下来的说法。在神农架，还有一个民间"野考"人士，多年来，他始终在神农架的大山里寻找"野人"，虽然一无所获，但他的精神却得到了神农架当地群众的赞誉，这个人的名字叫张金星。可惜的是，我来的时候，张金星已经离开神农架多时，据说他是去广西寻找"野人"了。

天门垭上寻"野人"

天门垭，海拔两千三百二十八米，位于神农架红坪镇以北十二公里处，西北近太平垭子，西南濒东沟、椿树垭，东北与燕子垭对峙。在过去的数十年里，天门垭、椿树垭和燕子垭同为目击"野人"次数较多的区域，因而格外引人注目。

天门垭两侧危崖壁立，不仅是神农架公路的最高点，同时也是湖北省境内国道公路的最高点。每当清晨，尤其是雨过天晴或者雪过天晴的早晨，便会有大团大团的云雾飘过来，先是遮没了眼前的景物，继而就会吞噬天门垭附近的整个山峦和树林，置身其中，总令人有腾云驾雾"得道升天"的感觉。而这雾随着时间的推移又渐渐凝成了雨滴。在蒙蒙细雨中，踏着林中松软的泥土和厚厚的落叶，深深地吸着饱沁着植物清香的空气，恰似进入了梦幻世界，令人通体舒泰。所以，许多司机开车来到天门垭时都愿意停下车来欣赏一下这里的风光，不停车的也要减速，因为在大雾的天门垭行车是要万分小心的。

有时候阴天，云雾终日不散，天门垭垭口若隐若现，汽车白天通过时都要亮灯鸣笛。赶上雨雪天，道路经常中断，滑坡、泥石流时有发生。由于经常有云遮雾绕，登临此垭如上云天，故而得名"天门垭"。

我到天门垭是专门来寻"野人"踪迹的。因为据说最近一次在神农架目击"野人"的报告就发生在天门垭，当时有多人在天门垭同时目击一个"野人"。我找到了在目击事件当天曾开车途经天门垭的司机高军师傅，并包租了他的"松花江"小客车赶往天门垭。

因为下雪，加之高山上天气寒冷，"松花江"多次在路上出现打滑、自动倒车等危险状况，高师傅不得不下车给四只车轮都绑上了铁链条以防止打滑。因为头天晚上下了大雪，在天门垭上，本来就十分狭窄的公路完全被积雪和冰所覆盖，快到天门垭最高处的时候，我只能下来安步当车，还要经常帮高师傅推车，以便发动车子。

2003年6月29日，高军师傅办完事后恰好开车途经天门垭，当时发现"野人"的现场还被围着，距发现"野人"的第一时间刚刚过去不到三个钟头。

高师傅带我经过一番"雪地查找"，终于找到了那次目击"野人"的具体地点——这是一处山坡，背靠公路和山峰，山坡下面是深达数百米的呈40°角倾斜的陡坡，长满了半人多高的蒿草，有树木，但不是很密。高师傅那天开车途经这里的时候，曾留意了这里的一些细部特征。

高师傅说："没错，就是这里。"

可是，"野人"翻下悬崖后会跑向哪里呢？在这莽莽苍苍的神农架，哪里才是"野人"真正落脚的地方？对于我的这个问题，不仅高师傅答不上来，就连在神农架野考多年的专家也说不上来，或许，神农架"野人"的神秘性就在于此吧！

我的前方是一座直上直下的巍峨山峰，山峰的峭壁上面还结着许多很粗很粗的冰挂，许多树木被积雪压弯了腰。我想，"野人"会不会就躲在这座山峰树林的后面，正在偷偷地望着我们这些人诡谲地笑着呢？

红坪奇洞拜"野人"

红坪是神农架的一个镇，基本上位于神农架的中部，是神农架南北通行的必经之地。

红坪一带的景色非常优美，有"红坪画廊"之美誉，多森林和天然洞穴，红坪奇洞就是一处承载了许多历史传说的天然洞穴。

说起红坪奇洞被发现的经过，还有一段真实的故事。大约在几十年前，有一户人家住在离红坪奇洞不远的地方。有一天，这家的男主人发现野猫叼走了家里的一只老母鸡，赶忙紧随其后追赶。不想没跑出去多远，野猫在一高坡处忽然一闪便不见了，死鸡却被丢弃在了坡下。男主人仔细查看，见坡根处有一豁口，判断野猫必定是从豁口处跑进去逃命了。男主人遂转身回家拿来工具，好在豁口是用泥沙堵塞的，他很快便挖出一个洞口。男主人爬了进去，发现里面竟然是一个很大的洞。他找到了野猫，并一锹将那只野猫拍死，在他往洞外走的时候，一不留神，跌倒在了洞内，右手一撑地，却感到右手按到一排硬物上，拾起一看，竟然是六颗连在一起的奇大的牙齿！男主人受惊非小，他多年打猎，也没有见过哪种动物有这么大的牙齿。后经科学鉴定，此为古犀牛牙齿化石，科学家同时在这个洞中发现了大量石器，证明这曾是一处古人类居所，有四十万至五十万年的历史。同时经考察分析，这里也曾是一处"野人"居所，曾经有"野人"在这里长期居住生活过，只是后来可能因为红坪一带人口聚集过多，形成市镇，"野人"才放弃了这座洞穴，另觅他处了。

值得一提的是，红坪奇洞几乎是目前神农架唯一被怀疑是"野人"居所的地方，所以，红坪奇洞自然也成为许多人来神农架必看的一个地方。但令人遗憾的是，如今的红坪奇洞早已被"清理"一空，我所能看到的只是一座空空如也的洞穴，那不规则的洞口在我眼里就如同是一个张开着的巨大的"野人"之口，只是不知想要向来客表达些什么。遥想当年，神农架还没有文明人类进入的时候，"野人"们可以大大方方地从这座洞穴里进进出出，那会是怎样一种独特的景象呀！现在，我站在红坪奇洞之外，如同是来拜望一个多年前"野人"的家庭（据专家分析，"野人"应该是有家庭的），只是我不知道，这个古老的红坪奇洞当年是居住了多个"野人"家庭，还是居住着一个"野人"部落呢？

神农架，你到底还隐藏着多少秘密跟多少人类的未知？你为什么如此吝啬，总是沉默不语，连一点点"核心秘密"都不愿意透露给我们——这些爱你、恋你、研究你的人类？！

有人说，神农架是否有"野人"真实存在可能是一个永远都无法破解的谜。倘若果真如此的话，也未尝不是一件好事。就如同英国的尼斯湖怪、墨西哥的丛林巨怪，虽然总是在真真假假之间摇摆反复，却寄托了人类从儿时就萌发出的许多美好希望和梦想，这不是同样美好吗？

到神农架来吧，来看群山屹立，来观金猴跃戏，来听松涛细语，来探"野人"奥秘，来与大自然进行一次敞开心扉的对话吧。

饮一杯多彩赤水

记得多年前参加一个文学活动，在贵阳见到《蹉跎岁月》的作者叶辛先生，彼时他才风尘仆仆地率领中国作协"重走长征路"采风团由赤水返回贵阳。闲聊中叶辛先生说赤水是他最喜欢的贵州的几个地方之一。赤水的闻名不单是因当年"四渡赤水出奇兵"，还有其丰富的地质地貌及繁杂的动植物品类。叶辛说，一个地方能够把大西南所有的风貌特色一网打尽的，大约也只有赤水了。

历史上，中国的西南便是一片神秘与未知的所在。而在西南地区，贵州无疑又是最具西南特色的地方之一：高山急流、竹林瀑布、民族风情，这里应有尽有。"至黔地才知山高水疾"，而素有"川黔锁钥"之称的赤水，则无疑把贵州的美景与色彩一网打尽。要山，这里有绵绵不尽的青山；要水，这里有溪流、瀑布，有惊涛拍岸的赤水河；要风情，这里有苗村瑶寨，有铜鼓翠笛；要古老，这里有西南最早的古人类文化遗存；要美酒，赤水河沿岸集中了贵州所有上等的佳酿……赤水，犹如一幅慢慢展开的画卷，只要你细心品咂，保管令你觉得美不胜收。

赤水河水质甘甜、无污染，这也令赤水河鱼的口感格外鲜嫩，所以到赤水吃鱼是必须的。赤水河鱼可蒸、可煮、可烤、可涮，但最有名的还是赤水酸菜鱼。在赤水大道旁的一家小饭馆内，我点了一小盆酸菜鱼、一碗豆花面和一碟泡菜。鱼一上桌就飘着一股酸辣的香味，冲撞着我的鼻腔，挑逗着我的味蕾；而鱼肉则细腻爽滑、入口即化。赤水豆花面其实就是过桥面，它的作料和面是分开的，吃面的方式与我们往常吃面的方式完全不同，品尝赤水豆花面需要把面夹起来然后蘸酱料吃，当然也可以选择不蘸；豆花面的原料更是有特点，煮面的水据说用的是现磨的豆浆，面的种类因放不放辣椒而有了"红味"与"白味"之分。赤水泡菜则拥有清香嫩脆、鲜辣酸爽的独特口味，与汇聚川黔渝三地的赤水特色菜系交融在一起，既五味杂陈，又五彩缤纷。

来赤水前，许多人告诉我，赤水是红色的。红色的赤水河，红色的丹霞地貌，还有红色的土地和红色的革命历史。但是，当踏上赤水这片土地，我却意外地发现，赤水其实不仅是红色的，更是多姿多彩的，如同这里的雨后彩虹，色彩分明而艳丽。

雨是赤水的常客，好在老天眷顾，我在赤水的日子里，只在晚上下雨，夜雨交织，绵绵密密，淅淅沥沥，催人入眠。我是四月来到的赤水，这便是春雨，便是知时节的"好雨"了，若是秋雨，只会涨满秋池了。据说，秋天的时候，赤水河总要发威，届时犹如水中有蛟龙翻腾，赤水河真是惊涛骇浪、蔚为壮观啊！夜雨停歇，雨过天晴后的赤水，则万里无云、碧空如洗。于雨歇的清晨走在赤水的街上，于我而言，最想做的一件事就是脱去鞋袜，好感受这里石板路的古老与清凉，嗅着迎面而来的清新空气，感受到风里有一种绿色植物特有的草青味。这时候，时间似乎也变得善解人意，它仿佛也放慢了自己的脚步。

当然，对于赤水来说，最常见的色彩，还是红色。

丹霞地貌景观是赤水最独特的景观之一。这一奇特的地貌，不是赤水独有，但赤水却是最佳。丹霞地貌又称丹霞地形，系指地层巨厚、构造平缓、节理发育异常、铁钙质混合胶结不匀的红色砂砾岩，在造山运动、差异风化、重力崩塌和溶蚀等综合作用下形成的城堡状、宝塔状、针状、柱状、棒状、方山状、峰林状等地貌（如方山、塔山、奇峰、赤壁、岩洞和巨石等）。该地貌因在广东省北部的仁化县丹霞山最早被发现，故名丹霞地貌。

赤水境内拥有面积广达一千二百八十平方公里的红色砂岩地层。这些红色砂岩地层经过上百万年的风雨侵蚀、剥落后，地表物质中存留有大量不易流失的三氧化二铁和三氧化二锰，将岩石、土壤浸染呈红色一色，与竹木森林、藤蔓花草、流泉飞瀑形成鲜明的映衬。每当夕阳西下或者雨后初晴，赤水四境丹霞映目，灵动飘逸似有仙气，再加上暗红色的赤水河，构成了一幅美丽的红色山水画卷。

在赤水的日子，红色、赭红色一直是我眼中的主色调。丹霞地貌在赤水其实完全用不着刻意去考察、寻访，因为，几乎这里的每一块石头都是丹霞地貌的有力佐证，都是大自然对赤水的特别馈赠。

来到赤水，绿色其实也是躲不掉的一种颜色。

古木参天，修竹成林，溪水蜿蜒，民舍相间……在赤水，只要离开代表现代文明的市镇，你随处能看到的便是上述这样一番情景。赤水令我感到，绿色对我们人类来说实在是太不公平，在那么多的城市，那么多的地方，绿色只不过是点缀性的些许色彩，而在赤水，绿色却是如此铺天盖地到唾手可得。

赤水原始植被、珍稀物种繁多，是世界上同纬度地区保存最好的常绿阔叶林带之一。赤水森林覆盖率高达百分之六十三，风景区森林覆盖率高达百分之九十五以上。在这茂密的绿色森林里，有一种世界上现存古老的植物，这就是桫椤。赤水桫椤国家级自然保护区就是世界上唯一的以桫椤及其生存环境为保护内容的保护区。世界选择了赤水，赤水也用自己四季不变的绿色回报了世界。在赤水就像是在享受一场自然的盛宴，随便一个角落都是风景，供你变着花样地去观赏。

来到赤水，黄色也是需要用心来体味的一种色彩。有人说，历史是有颜色的，因为历史的积淀是黄色的，这是一种因时间久远而变得斑驳的颜色，它印在古老的建筑上，也印在人们的心里。历史在赤水驻足，也在赤水凝固。

从西汉武帝元光五年（前 130 年）中郎将唐蒙率千余将士经赤水通夜郎古国算起，赤水古城有据可考的历史就有两千多年。据史册记载，今赤水一带夏属梁州，商、周至秦属巴郡，西汉武帝时归入犍为郡，北宋大观三年（1109 年）赤水始设县，称仁怀县，隶属四川泸州府，辖区广阔，相当于今日贵州的赤水市、习水县、仁怀市三个县市的行政区域。明洪武十五年（1382 年），明政府在四川叙永置赤水卫，所辖包括今赤水一带。清雍正六年（1728 年），赤水开始以现在的地理区域和概念出现在中国的历史舞台上。

　　赤水有着丰厚的历史文化积淀，文化气息浓郁，独领贵州风骚，这与它所处的地理位置、蕴藏资源等自然人文因素紧密相关。赤水地处川黔交通要冲，水陆通衢，区位条件良好。从清乾隆元年（1736 年）在赤水辟川盐入黔的四大重要口岸之首岸"仁岸"起，赤水城乡经济贸易逐渐繁荣，商贾如云，游人如织，楼宇鳞栉，繁华一时。明代诗人杨升庵、吴国伦都曾到过赤水，并留下许多诗篇。正是赤水的历史积淀决定了赤水的大气跟底气。

　　来到赤水，偶尔你也会看到一个金色的赤水，如诗如梦，亦真亦幻。

　　记得那是黄昏时候的赤水，村路两边都是一块块切割整齐的水田，不时有老农扶着犁赶着牛，慢悠悠地翻着地，从我的视线中走过，活脱脱一幅田园闲耕图。此时，远处的山体看上去都是赭红色的，绿色的植物也仿佛撒了金粉，有一种金属般的质感。夕阳的余晖，为整个大地勾勒出一个金色的边框，落日烁金，浩浩荡荡，我也被那壮观的场面感动了。

　　赤水在落日里被点燃了，落日在赤水有一种辉煌的感觉。

　　金色的赤水很快就转换为银色与黑色相映的夜空。值得一提的是，赤水的夜空分外纯净，天上的星星仿佛是千点、万点闪动的碎琉璃，从四面八方涌来。这里没有被污染的空气，来遮挡你的视线；这里也没有鳞次栉比的高楼大厦，来切割你的天空，这里更没有烦乱与喧嚣，来扰乱你的心灵。当你仰望夜空的时候，你感觉自己仿佛就站在这满天的星海之中，自己也是这星海中的一员。

实际上，赤水是多彩的，赤橙黄绿青蓝紫，在赤水都能找到属于自己的归属。多彩的赤水如同是一杯用赤水河水精酿出的美酒，清冽甘醇，让人忍不住一饮而尽。

杨柳青四题

"赶大营"

已经不知道自己是第几次走进杨柳青这座古镇了。在将近二十年的时间里，我一次又一次地造访这座古镇，每一次，都觉得这里是熟悉的，却又感到陌生。这陌生不因别的，而在于自以为谙熟古镇的我，却总有新的未知需要解开、有待请教。

是的，没有人否认杨柳青是因为年画而闻名天下的，但正因了杨柳青的年画太过出名，几乎吸引了人们的全部目光，常会于不经意间忽略了古镇本来固有的另一面——不凡景致。其实，作为近现代华北地区少有的工商业门类齐全的镇邑，颇具商业头脑的杨柳青人也曾令海内驰名的晋商、徽商刮目相看……常常，置身于杨柳青的宽街窄巷，我的脑海里会蓦地响起带有浓郁杨柳青口音的各种叫卖声，我知道，这是源自历史深处、穿越时光隧道的叫卖声。遥想百多年前的杨柳青古镇，每逢一、六集日，街上便会人山人海，四乡会集，生意兴隆。杨柳青周遭盛产青萝卜，常有会做买卖的铺子把它当作水果赠送给前来购货的客人。将萝卜切片是一种手艺，萝卜在伙计的手心里滚动着用水果刀切割，片片匀称，颇见功底。

是的，早在二十世纪二三十年代，杨柳青的热闹与繁盛便已远近闻名了，其商业门类的齐全与繁荣远非一个"镇"所能涵括。那时候，杨柳青单是鞋店就有吉顺斋等多家，而脚行更是以十位数计。据统计，到1955年，杨柳青的商业服务业户数达一千零五十二家，另有工业手工业二百家（户）。那时，沿大运河形成的商业街两侧，私营商业铺面鳞次栉比，个体摊贩林立，经营行业门类齐全：以祥生号、永丰号为代表的棉布业，以同兴顺、义盛合为代表的杂货业，以仁昌钱店、德祥号为代表的百货业，以文兴斋、裕兰斋为代表的食品糕点业，以生生堂、广济生为代表的中药销售业，以万顺当、仁和当为代表的典当业……20世纪二三十年代，杨柳青的人力车已经不少，也有女人习惯坐轿子的，轿子一般都是租赁来的。而赁货铺在杨柳青最著名的当数人和斋。固定铺面之外，摊贩里最吸引人眼球的是露天放电影的——一个长方形的用蓝布搭成的小帐子，人们坐在布帐的两侧，从洞眼儿中去欣赏电影的片段，每场虽然只有一刻钟左右的时间，但生意却十分红火，来看"电影"的多数都是杨柳青镇周边四乡八镇来"开眼界"的农民，当然，永远少不了的是好热闹的孩子们。

"赶大营"是中国近代史上一个纷纭万象和影响深远的奇迹。百余年前，素有商业头脑且兼具爱国情怀的杨柳青人跟随清军"西大营"官兵进军新疆，沿途肩挑小篓、手推小车只做"西大营"官兵的生意，被老百姓称为"赶西大营"，后来又简化为"赶大营"。

杨柳青人的新疆之旅，经历了三四代人的前赴后继，直到民国初年才基本宣告结束。杨柳青人的"赶大营"壮举无疑极大地促进了新疆的商业发展，沟通了内地与天山南北的经济文化往来，融合了民族感情。安文忠、杨润堂、李汉臣、郑子澄是四位率先进入新疆的杨柳青人，他们在新疆创立了文丰泰、复泉涌等商业店铺，站稳了脚跟，为后来进入新疆的杨柳青商人起到了引导和榜样作用。至今，新疆尚有三万余杨柳青人的后代（一说有一二十万人）。"赶大营"系全国唯一，安文忠作为"第一个吃螃蟹"的人，带动杨柳青人走出了中国近现代史上的一条"丝绸之路"。大量军需日用品在支援了左宗棠统率的清军收复新疆的同时，也使得华北一带的文化风俗穿越了河西走廊与茫茫戈壁，到达了新疆；而百艺进疆，无疑带动了新疆的百业发展。

我不知道是不是因为一百多年前先人们用超人的胆识与非凡的智慧所创造的商业奇迹，给杨柳青的后人们留下了太多兴业经商的独特因子，当历史进入二十世纪后半叶，不仅仅是杨柳青人，这一大片地区的人们似乎都参与到了新工商业奇迹的缔造与谋划中。改革开放四十年，这片神奇的土地上涌现出了一大批农民企业家和数不清的乡镇企业集团，当初肩挑小篓"赶大营"的后人们用握惯了锄把子的双手演绎了一个又一个新的工商业奇迹。让我感到荣幸的是，这些人当中的相当一部分，我都曾经与他们面对面地交流过。作为一名记录者，我曾经不止一次地被他们敢为人先的气魄所感染。新兴集体经济之外，中国五百强、世界五百强企业也纷纷与西青人联手创业……就像当年杨柳青人把生意做到了万里之遥的新疆一样，如今的西青人也把生意做到了外省，做到了海外，抱残守缺、故步自封从来就不属于这片土地，具有经商传统的杨柳青人不会停下他们的脚步，相信他们一定会比"赶大营"的先人们走得更远，步伐更坚定！

2009年，我在北京鲁迅文学院全国中青年作家高研班学习，这年的五月，我带着十几位鲁院的同学来到了杨柳青，与杨柳青的文朋诗友们欢聚一堂。

这些同学分别来自北京、上海、重庆、西藏、青海、陕西、海南、吉林、湖南、宁夏等地，除了身份都是作家，他们还有一个共同点，就是都是第一次来到杨柳青，第一次参观石家大院和杨柳青年画老作坊。毫不夸张地说，杨柳青触动了这些来自全国各地的年轻作家的灵感，令他们流连忘返。他们临走时不仅买走了许多年画，回去后还在各地报刊上发表了许多宣传杨柳青的文章，让更多的读者领略到了这座千年古镇的风采。

太平军

杨柳青的朋友赠我一套由天津市西青区政协编著的《西青文史》，这套书成为我打开杨柳青大门的一把钥匙。

记得天津建卫六百周年之际，有关部门拟出一册图文并茂的纪念天津建卫六百年专辑，其中"杨柳青年画"与"石家大院"章节由我来撰写。为了把文章写好，我曾一度成为杨柳青的一位编外居民，几天的时间吃住在杨柳青，向学者请教，与农民聊天。从杨柳青八大家的辉煌，到杨柳青石家的衰落；从明朝总兵官周遇吉在杨柳青大败清军，到太平军林凤祥、李开芳进兵杨柳青震动京津；从曾与杨柳青年画齐名的杨柳青剪纸的兴衰，到杨柳青十六街老百姓集资修缮文昌阁……这些都被写进了我的记录本，我想，杨柳青对我的馈赠，没有比这些更珍贵的了。

在许多人眼里，杨柳青是一座文化古镇，是中国一座年画重镇，这些都没错。但杨柳青作为古战场的地位或许还没有被更多人了解。

"杀到天津卫，朝廷快让位。杀到杨柳青，天子吓得发了昏。"这是当年流行在杨柳青一带民间的歌谣。根据《津门闻见录》卷五中的记载，当初太平军杀到杨柳青的时候，杨柳青有"村中土豪马姓，率众跪迎"。可见，杨柳青一带群众对太平军还是有较大支持的，尤其是在驻扎初期，应该说钱粮等物资还是有保证的。

而太平军在进驻杨柳青之后，原打算以杨柳青为基地进攻天津。然而在遇到天津守军伏击后，或许是不知道城内守备虚实，抑或长途奔袭，补给不足，转而退往杨柳青、独流和静海扎营了。此役之中，太平军过于保守的战略思想，让自己失去了夺取天津继而进击北京的绝佳机会。

我到杨柳青，也有不少时候是陪同外地友人。一次，我与来自广西的几个朋友到石家大院参观。上午十点多钟进入石家大院，因为请到了当时已经年逾七旬的戴老先生做参观解说，而戴老先生是杨柳青年画清代著名画师和经营者戴廉增的后人，装在他脑子里的杨柳青的历史三天三夜都讲不完。原本大家是来看石家大院的，但不知怎么就说到了太平军，几位朋友对起源于广西的太平军很感兴趣，要求戴老先生多讲一讲太平军与杨柳青的故事，表示可以推迟午餐时间。结果，直到下午近三点，朋友们才意犹未尽地走出"大院"，结果那天中午饭与晚饭被"合二为一"了。

生于道光初年的闫美人是杨柳青年画早年的著名画师，他出身贫寒，对官宦深恶痛绝。1853年秋，太平天国北伐军攻陷杨柳青，征画师为大军做宣传画，闫美人毅然报名从军，作《北伐图》样稿呈审，深得太平军首领李开芳赏识。从此他随李开芳南征北战，直至太平天国北伐军在山东连镇全军覆没，闫美人只身脱逃来到北京，隐姓埋名，在北京前门外"增华斋画店"从事年画创作，因画工出众享誉京城。

后来，有位研究太平天国历史的专家对我说，当年太平军的确是想打下天津的，主要原因还是因为补给跟不上，后来放弃了，而且放弃杨柳青后，是逐次向南撤退。事实上，当年天王洪秀全让林凤祥、李开芳率军北伐，只是试探性地袭扰北方，并不想真的攻打京津，否则就不会只拨出两万兵马，而且粮草补给还是靠林凤祥、李开芳来自筹。

胖娃娃

史籍记载："杨柳青背靠大清、子牙二水，商贾称便，凡琉璃之石，顺德、广平之陶，束鹿之冶，文安、胜芳、三角淀之鱼虾藕菱等卖谷者、商旅者，皆取道于此。"始建于明代万历四年（1576年）的文昌阁就位于运河岸边，它结构玲珑，造型别致，登临远眺，曾是古代文人谈论诗文、饮宴揖别的好地方。

不过，对古镇杨柳青来说，能够使之不断发展壮大并扬名海内外的，还是其古老的杨柳青年画。有一段流传甚广的童谣，叫《杨柳青的年画胖娃娃》："莲年有鱼，荷叶绿葱葱，大胖娃娃精灵灵，怀抱的鲤鱼直打挺……""胖娃娃"体态丰腴，神态活泼，或手持莲花，或怀抱鲤鱼，象征吉祥美好，惹人喜爱。早年间，天津卫一进腊月，就有性急的孩子在街面上喊："买胖娃娃去呀！"这"胖娃娃"说的就是杨柳青年画。

关于杨柳青年画的起源，有几种不同说法，但基本认定是起源于明朝。流传较广的民间传说是这样的：元末，元顺帝暴虐无道，战乱四起，有一位会雕刻的民间艺人避难来到杨柳青。他发现杨柳青附近村庄的梨枣树木很多，全是适合刻版印刷的好材料，于是逢年过节就刻印些门神、灶王、钟馗、天师八卦等出卖。渐渐地，杨柳青便成为年画的生产基地，天津人也开始养成了过年贴杨柳青年画的习俗。

明永乐十三年（1415年），京杭大运河疏浚开通，不仅使古镇杨柳青日渐繁荣，南方运来的纸张、颜料也给杨柳青年画带来了生机。"习此艺者渐增，且不断创新。"此后杨柳青年画出现了套色木刻，渐有套印加手绘年画，逐渐形成了今日杨柳青年画的雏形。

清代乾隆时期，"戴廉增画店"开业，使杨柳青年画形成了由描绘到出版的"一条龙"。"戴廉增画店"首先培养出了一批农村妇女，利用农闲时间从事描绘。所谓描绘，就是在年画人物面部敷粉、描眉、点唇，按墨线重勾耳、目、口、鼻，用铅粉或金粉描绘衣饰花纹图案，使画面鲜明典雅、丰满匀称。杨柳青年画艺术由此提高到了一个新水平。清乾隆至嘉庆年间，是杨柳青年画的全盛时期，画店和年画作坊如雨后春笋般出现在杨柳青的大街小巷。有十几家较大的画店和作坊，每家都有五十多个画案，二百名左右的工人，每年一家至少能印两千件"活儿"（每件"活儿"合年画五百张），全镇年画业从业人员达三千多人。

一些较大的杨柳青画店还在北京开设分店，秋冬批发零售年画，春夏加工纱灯和扇面，也有画店在北京开设作坊自印。

乾隆五十年（1785 年）一天中午，有位顾客来到杨柳青"忠兴画店"北京前门外大街分店门前。欣赏了左右悬挂着的两个彩灯和门前的猫蝶、花鸟、寿星等绘画后，移步走进店堂。又见屋内挂满年画样本，尤其是一些专供民间的"胖娃娃"年画，不免流连。因其长久站立，似乎有些累，于是不断地扶着柜台稍事休息。店老板见这位来客仪表不凡，服饰华贵，显然是位八旗贵胄，遂搬出小座凳来，请客人坐下休息。随后敬茶，向客人介绍商品，应答温和典雅。这位客人非常满意，赞叹道："你真是一个买卖人啊！"说完便出门而去。第二天上午，地保上门来向老板道喜。他告诉店里人"昨天来的那位客人，就是当今圣上"。店老板听了先是十分惶恐，继而又灵机一动，马上在大街上摆上香案，铺上红毡，燃烛焚香，行三拜九叩之大礼，望阙谢恩，然后鞭炮齐鸣，一时群众围观，车马堵塞，轰动了北京城。来店参观、购画的人络绎不绝，销售业绩蒸蒸日上，还没到除夕，年画就销售一空。从此，杨柳青年画在北京名声大振，尤其是乾隆皇帝喜欢的"胖娃娃"更是供不应求。杨柳青年画从此成为贡品，年年进贡，进贡的品种五花八门，不过贡品里一定少不了"胖娃娃"。

石家大院

　　石家大院实际上就是"尊美堂"，建于 1875 年。它的主人石元仕生于清道光二十七年（1847 年），他继承父兄留下的庞大产业，除土地外，还经营当铺等实业，在其鼎盛时期，石元仕除拥有杨柳青土地外，静海、武清、文安、霸县、安次、固安等地均有他的土地，是津西、京东地区有名的大地主。1900 年，其财势超过了同族各门，此后政治势力也不断扩大。石元仕集官僚、地主、资本家于一身，在政治、财势和社会影响上均成为显赫津门的人物，为石家确立了名副其实的"津西第一家"

的地位。

天津失守后，八国联军多次侵扰杨柳青，石元仕花费银两多方应酬，才使古镇免遭一劫。光绪二十七年（1901年）十一月，慈禧太后从西安回京检视各处奏章，看到津西一带未受损失，就问是谁维持的，庆亲王拿出保举石元仕的奏章回答："是杨柳青石元仕办的。"慈禧太后听后大悦，传旨召见。慈禧太后见了石元仕问他是怎样维持一方安定局面的，花了多少银两。石元仕就把自己如何用四十八万两银子支应时局的情况奏上。慈禧太后甚悦，事后经军机处议定，此项开销拟请旨补偿，石元仕坚辞不受。于是朝廷又拟定给他一个四品卿衔的官位。从此石元仕如虎添翼，名声大振，当时全国各地都知道天津杨柳青有个石元仕。

不过说起来，石元仕最下功夫的还是他"尊美堂"的宅第。为了尽善尽美，石元仕断断续续修了十几年。尊美堂之宅第，北门从杨柳青估衣街至前门河沿街共有二百多间房屋，在进门冗长的甬道两侧，并排着五道门十个院，四周还有仆人住的配房。到南头西拐有月亮门和影壁，直对河沿街两侧由北至南是五层院落，再往西是石氏第二中学旧址，有南北两个院子，是西式建筑。第一个院是北客厅，往南是大垂柱门，木刻石雕最为精美。第二个院是串廊院，南面是鸳鸯大过厅。第三个院有一座戏楼，并有南客厅。当年石元仕过生日就在此演大戏，而且石元仕家演大戏，全杨柳青镇都能听见。第四个院南面是花厅，那是专门接待贵宾的，北面大厅是陈设古玩字画的地方，犹如一座博物馆。过月亮门是第五个院，院有外账房，又有大影壁，影壁上镶有各种精美的动物图案砖雕，影壁正对前大门至河沿街。东侧也是五层院落，由北往南，第一院是内账房和北客厅。现在院内仍存有石氏原有汉白玉条槽卧狮形大山石一对，颇为壮观。第二、三、四院是住宅和女花厅。第五院是南书房，存书甚多，很像一座图书馆。东边是长长的甬道，有厨房、下房、更房、车棚、马厩及护院的男女仆人之住所。

石家大院建筑用料考究、做工精细，木料全是楠、樟等各种硬木，石料则是大青细石等。整个建筑工程都是磨砖对缝、雕梁画栋，花糯格扇、油漆朱彩。据说光是第三垂门之九狮图的石鼓子就用了五百两白银，那时石氏也视为珍品，故常用木套罩着，以免受损。二道门的八仙人门蹲是由两个工匠用了一年的时间雕刻完成的。

从盛极一时到没落衰败，石家大院也是饱经沧桑。雕梁画栋的大门前的运河依然在缓缓地流淌。想当年，从这个大门里不知走出了多少达官显贵和乡绅名流。有"话剧皇帝"之称的石挥就是石家的后裔。石家大院也成为远近驰名的"近代民居博物馆"，吸引了大批来自海内外的建筑学专家和民俗学专家，同时，一些影视剧作品都将这里作为外景地，刘德华和林青霞当年就是在石家大院里拍的《刀剑笑》。

乘船溯海河向西，如今的杨柳青镇，以京杭大运河、石家大院与老年画作坊为核心的民俗旅游景区已经形成，可谓传统与时尚并存、古老与现代争辉。古老的是年画作坊，是文昌阁，是石家大院；现代的是明清街上熙来攘往的时尚男女，是大运河两岸林立的现代化建筑。千年古镇杨柳青依然与古老的大运河共同演绎着一幅幅绚丽多姿的民俗风情画卷。

与地名有关

我自小喜好地理，用如今的话讲，那该算是"被喜好"。那时候全家下放农村，临下来前处理了好多东西，其中就包括书。我是一岁到的农村，五六岁时，家里能找到的书只有一本《各国概况》和一本《中国地图册》，于是便翻来倒去地看。收获是：中国主要城市的名称都记住了，当时各大洲主要国家及首都、主要城市也基本上都背下来了。比方说阿尔巴尼亚吧，原本指肚儿大小个地方，除了地拉那和都拉斯等大城市，我还能说出它全国二十二个区的名称，公社领导到家里来做客，我便和人家显摆，说得人家两眼发愣，嘴里直说："这孩子，咋这能……"

这喜好一直保留到现在。比如我每到一个地方总会收藏一份当地地图。去的地方多了，便发现，许多地名虽说很早就背过，但只有身临其境才会明白，所有地名原本都不是凭空叫响的，其来历写成一本本专著也不为过。比方说，我就发现，在中国，越是缺水的地方，其地名越是和水有关联。比如说甘肃、宁夏和内蒙古西部的一些地区，都是缺水严重的地方，但要是论地名中的"水分"，却是全国最充盈的。拿酒泉为例，乡镇一级的地名里就有甜水井、三眼井、马莲井、野马泉、公婆泉、东大泉、苇坑泉、苦豆子泉等等，至于村一级中与水有关的村名更是比比皆是。在内蒙古的阿拉善盟，有一个地方叫作"五颗水"，把水用"颗"来表述，听上去简直比琼浆玉液都要珍贵。

相比于"水汪汪"的西北，东北地名里的数字特别多，尤其是在农村：两家村，二户来村……从地名就可以看出当年东北地区的荒凉，是一户户闯关东的人家开垦并繁荣了东北。在黑龙江，沿着大兴安岭的东麓，从五大连池开始，有地名按数字向北排列，依次从"一站"到漠河附近的"二十五站"，这是一百多年前闯关东的先人们走过的路，每一站都是他们或歇脚或落户的地方，如今却已成为一个个雪国热闹镇。

江南的地名似乎更具文化味，好多地名都要查了字典后才敢念出声。像木渎和甪直，虽早已名满天下，可许多人念起来还是小心翼翼，生怕念错了被人说成"没文化"。

张家界从前叫大庸，取《大学》和《中庸》之意，这名字与那里的好山好水相依为命了一两千年，1994年突然改叫了张家界。说实话，我真没觉出改名好在哪里，反倒是先前的文化味荡然无存。

黄山市古时叫过徽州，改称黄山市前叫屯溪市，我觉得都还不错。改称黄山市，的确够直白，也够响亮，就是少了点儿滋味，啥滋味呢？我认为是让人咂摸的滋味。

当然也有让我满意的例子。我两次到敦煌，第一次过安西，那里还叫安西；第二次过的时候，安西已改叫瓜州。相比而言，我当然喜欢瓜州，别的不说，就凭当年有那么多写瓜州的诗词歌赋。

湖北的襄阳和荆州在被改叫他名数十年后，终于又改回了本名。虽说成本不低，有成千上万家单位的标牌、信签和办公用纸的抬头都得改，我还是觉得值，同时也松了一口气。松了一口气的原因是：在襄阳改回今名前，据说有相当重量级的人物曾呼吁襄阳应叫"诸葛亮市"，以此带动地方经济，说经济发展与地名有关。对此我倒奇怪，就算经济发展与地名有关，诸葛亮也固然聪敏过人，可他聪敏的并不是经济头脑吧！

襄阳之名古已有之。《三国演义》一百二十回，有三十多回与襄阳有关。而且襄阳这名字比诸葛亮岁数大得多，就按先来后到论，襄阳也没有叫"诸葛亮市"的道理。

穿越河西走廊

　　过了有百年历史的黄河铁桥，就是河西了。

　　兰州人习惯把黄河以西的地方统称为"河西"。但人们对"河西走廊"的说法则有两种，一种是东起兰州市的黄河西岸，西北至新疆与甘肃交界的星星峡，长达一千一百多公里的地方；另一种是东起乌鞘岭，西北至古玉门关，长九百余公里。比较而言，我更倾向于前一种。

　　既谓之曰"走廊"，总会有一些与其他地方的不同之处。长度应该只是一个方面，还有一个重要的特征，那就是平坦。在大西北，有平坦的地方，但普遍地势比较高。比如可可西里和藏北高原，看上去也是一马平川的，可那是海拔四五千米的平坦，如同悬在天上的空中平台，在上面走上几百米，你就可能会觉得胸闷气短。

　　河西走廊不是这样。河西走廊的海拔平均只有几百米，被夹在祁连山与腾格里沙漠、巴丹吉林沙漠之间。由于有祁连山的雪水灌溉，这里的许多地方水草丰美、土地肥沃，是内蒙古高原、青藏高原以及黄土高原之间最大、最肥沃的一块平川。正因为如此，河西走廊遂成了大西北一块难得的风水宝地，历史上，先后有十几个民族曾经入主河西走廊。月氏、匈奴人在这里繁衍生息，中原的大将卫青、霍去病曾经在这里驰骋纵横。河西地区，曾经是何等辉煌——凉州、甘州、肃州、瓜州、沙州，一个个都是响当当的名字，提起来，就让人想起来刀光剑影，就让人想起来鞍马铿锵。

　　看《资治通鉴》，看《二十四史》，在大约一千年的时间里，"河西"

都是一个曝光率极高的名字，都是一个令统治者闻之胆战心惊的名字。总是能看到"某某起兵于河西""河西兵变再起""河西易帜"等这样的字句。那时候的皇上不怕中原旱，不怕江南乱，就怕河西造反。因为这里的男人善骑，这里的女人善饮——大碗喝酒，大块吃肉，高兴了怎么都行，不高兴了就拿上刀枪越过秦岭到关中去撒撒欢儿。

坐长途车把河西走廊一段一段地走完，是我此行前的一个设想，所以，与其他旅客相比，我的心情是希望车子跑得慢一些，再慢一些，好让我更多更仔细地看看这一片土地，看看曾经烽烟四起的河西。

张骞出使西域，去的时候，被匈奴人扣留在河西走廊，娶了匈奴妻，九年后才逃脱。后来，张骞再次被匈奴人抓住，又娶了妻子，还生了孩子，可他还是跑了，向长安跑了。据说他的匈奴妻子背着孩子追他追到祁连山下，被一条大河拦住去路，张骞在河这边，他的妻子和孩子在河那边。张骞狠心背过身去，他的妻子于是背着孩子跳进了滔滔河水……

英雄的功劳簿上常常是沾着血水和泪水的。在匈奴王城遗址所在地者来寨村，我和村长一起来到一片一眼望不到边的庄稼地，他说这里就是当年霍去病跟匈奴大战的地方，现在在早晨还能看到从焉支山那里升起的硝烟。

霍去病打通河西走廊的时候，张骞已经老得走不动了，可他还是很高兴。他说，有了河西，就有了通衢。他说得没错，从此，这个世界上多了一条通衢大道——丝绸之路；中国的丝绸、瓷器还有炼铁术从这里流向了西方，而西方的各种奇珍异宝也不远万里地来到了中国。当年的河西走廊，与如今的苏伊士运河一般繁忙。

张掖也是霍去病从匈奴人手里夺过来的，只是那时候还不叫张掖。汉武帝元狩二年（前121年），骠骑将军霍去病进军河西，打败匈奴，浑邪、休屠二王率众归汉。河西走廊遂成通衢，"丝绸之路"连起东西。汉元鼎六年（前111年），取"张国臂掖，以通西域"之意，置张掖郡。张掖有一所大学就叫河西学院，是兰州至乌鲁木齐近两千公里区域内唯一一所综合性本科院校；学校所录取学生和所服务区域也主要是面向河西走廊。

古丝绸之路行至甘肃与新疆交会处便分出南道、中道和北道三条线路。南道翻越险峻的阿尔金山，中道穿越罗布泊无人区，北道则从敦煌经哈密入新疆。星星峡便位于北道之上。星星峡并非峡谷，而是一处隘口。它雄踞于丝绸古道上，四面层峦叠嶂，一条S形的山路蜿蜒其间，两旁危岩峭壁。清人曾留下"巨斧劈山肤，山灵骨筋粗，当车轮磔格，振策马踟蹰"的诗句。星星峡隘口两边的山峰，还矗立着当年国民党军队镇守此地时构筑的碉堡，历经风雨的碉堡虽然早已破败，但黑洞洞的射击孔仍正对着星星峡的隘口，见证着星星峡的变迁。

星星峡是我此次河西走廊之行的"西极"。它是由河西走廊入新疆的必经之处，素有新疆东大门"第一咽喉重镇"之称。之所以叫星星峡，据说是因为附近山上盛产石英石，每当皓月当空，山上石英石闪闪发亮，像满天星斗。因此，石头叫星星石，山就叫星星山，峡就得名曰星星峡。

从地图上看，敦煌离星星峡的路感觉不算太远，可当车跑起来以后，却足足从上午跑到了黄昏，觉得简直没有尽头。

河西走廊上的路走起来总是显得很漫长，在我的视线中，河西走廊像是也累了，整个地摊开来，在黄昏里伸着懒腰。

一个人的大足石刻

有人开玩笑，把大足县（现在为大足区）称为"大脚县"，虽只是一句玩笑话，却也把事情说对了一半。据古籍《蜀中广记》记载："大足县，唐乾元二年与昌州同置，取丰足之意也；或云，县之宝顶山有巨人迹。""巨人迹"，指的其实就是佛足造像。当然还有"另一半"解释：北宋初期的《太平寰宇记》一书中记载，大足县"以界内大足川为名"，"大足川"即今大足区的濑溪河。

从重庆主城区去大足，开车要一个半小时左右。而我要去看的不只是一千年前的世界石刻造像艺术的"顶尖"作品，更想去看看千年前的一代密宗宗师，这位宗师就是千百年来在西南民间有"赵本尊"之称的赵智凤。

其实重庆界内不只大足，铜梁、璧山、潼南等区都有石刻造像遗存，但最出名、规模最大的还是大足石刻。大足石刻是唐、五代、宋时所凿造，明、清两代亦续有开凿。较集中的有宝顶山、北山等十九处，其中以宝顶山摩崖造像规模最大、造像最精美。除佛像和道教造像外，也有儒、佛、道在同一龛窟中的三教造像，而以佛教造像所占比例最大。1999 年 12 月，以宝顶山为代表的大足石刻，被联合国教科文组织列入《世界遗产名录》，它也是重庆唯一的世界文化遗产。

宝顶山大佛湾处有南宋古刹圣寿寺。庙宇巍峨，雕梁满目，坐落于环境幽雅的林木之中。圣寿寺山门外，原来有一个面积约半亩的方方正正的水塘，名曰"佛迹池"。据说池底刻有一双大脚印，长一米八，宽一米一，这就是"佛迹"，也即"巨人迹"。《大唐西域记》中载："佛在摩揭陀国波莫莫离城石上，留有印记。"当年唐玄奘曾在天竺国专门礼拜佛足，并对佛足的形制、渊源都做了比较详细的记述。

宝顶山石窟是诞生于南宋时期的佛教艺术精品。宋代实行高度中央集权统治，其内忧外患十分严重，南宋更是如此。由于南宋时期朝廷每年要向北方的金国交纳贡银、绢，人民负担十分沉重，社会矛盾非常尖锐。但大足一带由于地处偏远，而且并不是南宋的统治中心，所以受宋代内忧外患的影响不是太大。《大足县志》中记载："宋代大足上承晚唐五代四百年，经济发达，文化昌盛，社会和谐，经济文化得以全面发展……北宋元丰三年（1080年），大足总人口已上五万。"正是由于北方长期动荡不安、战乱频仍，大足一带却多年生活安定，人民相对富庶，因而佛教石窟艺术在北方衰落之际，却在西南的大足一带发展兴盛起来。这固然首先是要归功于我国西南地区劳动人民巧夺天工的雕刻技艺，但大足石窟的建成却与一个人"历七十余载而不辍"的努力密不可分，这个人就是被大足一带的百姓供奉为"赵本尊"的赵智凤。

赵智凤于宋绍兴年间生于四川昌州（今大足一带）米粮里沙溪，因母病，求医于古佛岩师，得到禅师的救治。母亲病好后，当时才五岁的赵智凤遂落发修面，入寺为僧，法名智宗。十六岁时到成都求戒，不果，乃西往弥牟求学佛教，在大轮院中目睹了柳本尊作为居士而弘传佛教密宗的场面，对柳本尊不作比丘身而弘扬大乘佛法的行为甚是钦佩，乃于大轮院中潜心研习。三载后，尽得其学。回到大足的赵智凤便把柳本尊的密宗作为佛法典范，四处化缘，历经七十余年造成大足石刻……史书中记载赵智凤"发弘誓愿，普施法水，御灾捍患，德洽远近"，成为南宋时期佛教密宗的一代宗师。

赵智凤是宝顶山石刻的总设计者和实施者，中国晚期石刻艺术的集大成者。他在宝顶山建立的规模巨大的密宗道场，其山独秀，岩谷深幽，寺院雄伟，呈现出一派"佛国仙境"气象，终使大足石刻成为中国晚期摩崖造像中的优秀艺术代表作。

如今的大足区智凤街道办事处之所以得名"智凤"，就是为了纪念赵智凤，因为在一千年前，赵智凤就出生在大足区的米粮里，即如今智凤街道办事处的黄连社区。

赵智凤一个人清苦七十余年，怀着对众生的悲悯，凭借着自己的无比坚毅和执着，在宝顶山苦心经营了将近一生。这个伟大的尘世修行者，用纪念碑式的伟业，给中国佛教石窟造像艺术辉煌的历史，写下了一个浓墨重彩的结尾。

2014 年，赵智凤入选"重庆市十大历史名人"。

我个人以为，赵智凤在宝顶山营造的这样一座规模宏大的东方佛国，完全采用了直觉的统摄的文化思维方式。在对文化的深层思考中选择了对佛教臆造世界的精心布局，象征性地从广泛意义上揭示出人们所能把握的佛教认识价值。通过对这些认识价值的反复渲染，以树立人们对美好世界探求的信心，给世俗生活中处于迷惘甚至绝望境地的人们以一种新的有别于过去的精神选择。

静与境

入静方可入境。静，是安静、恬静；境，是意境、心境。

有人说，这是个乱得不能再乱的世界，唯其乱，静，才会显得自然、安然和恬然。静，使我们真实，使我们简单，使人们从烦冗忙乱的生活中，从复杂聒噪的社会中走出来，在独自面对自己的清醒下梳理人生，静，使人们心平气和。

我爱静，常常喜欢在夏日午后，斜倚床头，捧一卷汉魏的乐府抑或明清的笔记，读史、读诗，便渐读痴，便渐浑然不觉户外已燠热难当，而只觉胸中清爽。

或者是在雨夜，听窗外唰唰的雨声，燃一支烟，沏一杯茶，坐在宽大的藤椅里，无所事事又无动于衷，这种全然的无为常使我心动，使我儿欲泪下。

有时，夹一本心爱的书籍，慢悠悠地沿一条僻静的小路走回家，手插在深深的裤兜里，抬头望碧空万里、闲云朵朵，低头看光点闪闪、树影婆娑，心中便不自觉地漾起某种浅浅的伤怀。尤其是在秋日，脚下的落叶如无数个有感觉、有灵性、有造化的生命，与自己的步履纠缠、私语，便觉得生命其实真的也简单，辉煌的就尽可任其辉煌，而那被踩响的也不失为一种苍凉。

也有，告一日假，骑脚踏车到很远很远的郊外，身无长物，只带去自己。于是，便随意把自己扔进田野，又随便地把自己放倒在一棵树下、一池潭畔。天空辽远，大地无边，四野静谧，就在这静谧中，我却听到了虫的声音，鸟的声音，树的声音，草的声音，风的声音，流水的声音，土地的声音，甚至连天上游过的云丝也好像留给我一个优美的声音。当我站在田野上，远眺夕阳西坠，近望人间烟火，竟忽然觉得自己已成为这天地、这风景的一部分。所有景致都与我亲密无间，所有声音都在我的体内川流不息，呼啸不止。这静，这境，让我顿感胸中已旁通无穷，有如长空云气流行，无有止极；有如人间世象变迁，往古来今，浑然一体。于是便真的就想在这静中融掉自己，在这境里化掉自己，就像真的变成一阵风，来去无踪，飞东西南北，听雷声雨声。

然而，浪漫终究不是可俯拾皆是的，它终究只默许给片刻，只出让给一时一境，浪漫主义早已在华兹华斯的十四行诗中便被消耗殆尽。于是，当黑暗入侵田园，情调被惧怖所置换，在现代文明的浆液中浸泡了数十载的自己，只能被钢筋铁骨的城市所收容，踯躅于水泥砌成的棋盘中，充一名无遮无掩的兵卒。耳畔中响起的是哭声、骂声、吵闹声、汽笛声、窃窃私语声、高谈阔论声、吆喝叫卖声、猜拳行令声，还有虚情假意的讪笑声，还有声浪淫语的调情声……

曾几何时，闭门家中，只需一杯茶、一盅酒，便觉得千古的哀哀怨怨已尽在手中了。而如今，茶不过就是茶，酒不过就是酒，月亮不过就是月亮。二十岁的时候看到月亮就想起奔月的嫦娥，就想起醉酒的吴刚，现在，月亮就是月亮了。

静，真格的已拂袖扬尘而去，只留喧哗与骚动在这人间吗？非也。然静虽然是无边无际，我们的心却已变得愈来愈狭窄，难以容下这一方静了。那么，静又躲到哪里在待价而沽呢？是在酒吧间吗？还是在咖啡屋与 KTV 包房？那里面除了可以买到低迷的音乐，还可以买到"可餐的秀色"，另外搭配麻醉跟浪语。没有静，倒有境；境，是情境，是幻境。当然，你也可以去寻觅，去感觉，只要你的口袋里有足够的钞票买单。

陈白沙的行囊里没有几两银子，却要"静中养出端倪"来。好一个

"养"字，道出了静的真谛。静就是去芜存菁，静就是去伪存真，静就是用文火煨一段真实的人生。然而，这不是一个需要陈白沙与王阳明的年代，要他们做什么？参禅论道吗？那是几百年前时兴的事情。当下是动的年代，是动的世界，你又找静地做什么？

是在一个夜晚，酒后的我走在一条无人的巷子里，不知是从谁家的窗子里传出萨克斯那婉转低回的声音，我的心不禁怦然而动，随即便把自己放倒在狭窄的巷子里，闭上眼，一任那如泣如诉的音乐贯穿我的通体，活络我的血脉。我想，就在这静里融掉吧，就在这境中化掉吧，至少，让我请假，让我偷懒，暂时离开，哪怕只是片刻……

辑四：在大研古镇听纳西古乐

玉龙雪山脚下：一个人与一棵树

一个人是喇嘛纳督。

一棵树是滇西北一株有几百年树龄的山茶。

云南是山茶的故乡，从滇东到滇西，我嗅了一路的山茶花香，也欣赏了一路的山茶美景，但最让我流连的还是位于玉龙雪山脚下玉峰寺里的那棵山茶树。

不只是因为它的树龄，也不只是因为这株山茶树每年花季都会同时盛开万朵茶花，被称为"山茶王"，更多的是因为一个人的缘故，这个人就是喇嘛纳督。

纳督是纳西族人，他的家乡就在玉龙雪山的脚下，离玉峰寺不远。小的时候，纳督便总是跑到玉峰寺里来看山茶，为这株山茶树培土、浇水。后来，纳督到西藏去当喇嘛，这一去就是二十余载。当他回到故乡丽江的时候，他做的第一件事就是去玉峰寺看那株山茶树。然而，彼时的玉峰寺已经变得十分破败，成为一座空寺。而那株山茶树，由于无人看管、护理，已经行将枯死。纳督心急如焚。从此以后，他就搬到了玉峰寺里面住。他给山茶树培土、浇水、施肥，他采来新鲜的树脂敷在山茶树斑驳的树身上。天冷的时候，他就把自己的衣服包裹在山茶树的树干上。一年复一年，喇嘛纳督一个人守护着这株山茶树，自己种菜，自己化缘，自己创造着生命的奇迹。他克服了孤独、病痛和种种常人难以想象的不便，就这样一个人坚守着。时间过去了五十年，整整半个世纪过去了，山茶树变得越来越茁壮，而喇嘛纳督却老了，他也像是一棵树，一棵仿佛专门为这株古老的山茶树生长并衰老的树。

我是和许多游人一起走进玉峰寺的。在其他游人欣赏盛开的山茶树的时候，我却在寻找着一个人——喇嘛纳督。我找到了他，在玉峰寺后院的围墙下，他静静地坐在一张木椅上，他背后的围墙外，可以望见玉龙雪山那被皑皑白雪覆盖的山顶。

纳督的姿态是那么安详，他那张如刀削斧凿般饱经风霜的脸在墙壁的衬托下显得更像是一尊石头雕塑。

一个人，五十年坚持不懈地在做一件同样的事情，不是为了前途，不是为了金钱，不是为了掌声，却是为了一棵树。是不是有点不可思议？但这是真实的。

我们有很多理由去忙自己所谓的事业，去记住各种各样应该记住或者没必要记住的东西，而且在这样一个速度加知识的时代里，我们越来越感到自己的脑子不够用。但我还是希望所有看到这篇文章的朋友能够和我一样记住一个人，一个在玉龙雪山脚下用自己的大半生来呵护一棵树的老人，一个大半生与一棵树相依为命的老人，他，就是时年八十三岁的纳西族喇嘛纳督。

在大研古镇听纳西古乐

从玉龙雪山赶回丽江城区已接近傍晚了，转天一早还要赶回昆明，只想好好歇一歇，可热心的朋友却递给我一张入场券，是大研古镇古乐会堂的纳西古乐表演。朋友说，到丽江不看雪山倒没什么，不听古乐会留下遗憾的。

于是我就去了。

大研古镇1997年被列入了世界历史文化遗产名录。踩着至少已经承载了八百年风雨的古老的石板路，听着石板路一侧哗啦哗啦的溪水声，感受着暮色中的大研古镇，我觉得自己仿佛也成了这世界历史文化遗产中的一部分。

滇西北高原与西藏接壤，我到西藏的时候，曾经看过藏戏。藏戏以表演为主，器乐为辅，但我知道好的藏戏演员中有一些是西藏的纳西族人，而且纳西族当中信仰藏传佛教的人很多，因此，我想纳西古乐与藏戏可能会有一些相近的地方吧。

纳西族是一个极具艺术创造力的民族。千百年来，纳西人不仅创造了丰富的物质文明，而且还创造了辉煌的文化。纳西族特有的东巴象形文字是目前世界上唯一流传下来并还在应用的象形文字，被称为"文字化石"；而纳西音乐则是目前国内最古老、传承最好的音乐之一。它不仅保留了纳西本民族的许多古老音乐的曲谱，而且还保留了许多汉民族古老音乐的曲谱，也可以称之为"音乐化石"。

然而，看了才知道，纳西古乐其实与藏戏完全不同。木结构的舞台上，三十人左右的乐队正襟危坐。演奏者大多年逾古稀，有好几位看上去都有八九十岁高龄，他们使用的乐器也都有上百年乃至几百年的历史。说实话，还没有听到乐曲，我就已经被震慑住了。《山坡羊》《水龙吟》《紫微八卦舞曲》……一首首空灵缥缈的乐曲仿佛穿越了遥远的时空，从历史的云霭中走来；一位来自香格里拉的故乡——中甸的藏族女孩子唱起了古老的民歌，这歌声如同香格里拉的山涧清流，一尘不染地流入我的心田。纳西古乐是用最纯正、最纯粹的音乐来打动人的，它无须像摇滚或其他现代音乐那样需要借助强烈的肢体等外部语言来弥补音乐本身的苍白，纳西古乐让我们真正领略到了音乐的本来面目。

直到重新走在大研古镇古老的石板路上，我的整个身心还沉浸在凝重、幽远的旋律中。我知道，今天晚上我恐怕又将难以入眠了。

夜色中的大研古镇那么美，美得有些不真实，忽然想起一位曾经在大研古镇被纳西古乐所征服的诗人写下的一句诗：

生，当于纳西；死，当有古乐！

活在北方崇山峻岭上的记忆

知道长城是在什么时候？好像很小。

了解长城能有多少？好像很少。

但是，长城的名字却早已深深地植根在我的、我们的内心深处那土壤最肥沃的一隅，像是一棵树，只要有阳光雨露，它就会茁壮生长，虽然不知道是什么时候撒下的种子，可我们却知道这棵树可以带给我们绿荫和养分，可以让我们体格健壮，如同成长不能缺少的钙质。当然，它还让我们挺直了腰板。

中国人没有不知道长城的，哪怕他没有受过很高的教育；外国人呢？只要他知道中国，就会知道长城。美国的宇航员说，在太空中看地球，长城是一条很明显的凸起物，可以判断的是：它是人工造就的。一群法国的艺术家在二十世纪末来到中国，他们试图用油画反映中国长城的全貌，却发现，中国的万里长城是"货真价实"的，他们不要说反映全貌，就是"冰山一角"，似乎都无法做到。至今，已经有几百位外国国家元首登上了长城，登上长城的普通外国游客更是多得无法计数，他们很多人是奔着长城来的，所谓不到长城非好汉，他们都要尝试做一做好汉。中国出口的许多商品上印制的象征物，不是别的，是长城。长城，就是中国的象征；长城，就是古老的东方古国文明的代表。

如同长江、黄河之水已经流淌在中国人的血管里成为血液，长城其实也已经幻化成为我们躯体的一部分，成为脊梁。细细地在地图上打量一下长城，横亘在北方崇山峻岭之上的长城像一张弯弓，像一条巨龙，更像一根脊梁。教科书上说，长城是中华民族坚强不屈、团结一致的象征，这话说到点儿上了。有人计算过，如果把秦、汉、明三个朝代所烧制长城青砖的用土加在一起，可以填平中亚的咸海或者十分之一的北冰洋。这个数字是不是很有些分量？长城数千年来绵延在中国北方的崇山峻岭之上，戈壁沙漠之中，已演绎出太多太多的历史和沧桑，每当登上山巅眺望那蜿蜒在群山上的城墙敌楼，我们都会惊叹于古人当年是以怎样的毅力和忍耐，怎样的艰辛和智慧才将它完成。春夏秋冬，风霜雨雪，战火纷飞，它就像奇迹一样屹立在我们的面前，屹立于世界的东方。在我们的眼中，它已经不仅仅是一项浩繁巨大的军事防御工程，一条简单地分割中原农业文明和北方游牧文明的分界线，它早已成为我们中华民族勇敢、坚韧、智慧、精神的真实写照。

有人把长城比喻成一堵饱经沧桑的"东方老墙"。"东方老墙"，一个颇具浪漫色彩的称谓，这一堵"东方老墙"有多长？从东端到西端坐飞机要六个小时，如果安步当车的话，得走一年半，这还没有算上吃饭睡觉的时间。这一堵"东方老墙"有多老？上限两千三百岁，下限也接近四百八十载，除了古老就是苍凉。长城，它虽然已经被时间卷走了最初的伟岸，但它以遍体鳞伤的身体、支离破碎的面容，向人们讲述着什么是沧海桑田，什么是斗转星移。

沧桑与破旧本来就是长城的衣裳，把长城"装点"得太过精致，倒显得不真实。想想，长城是因战争而生，历来与刀光剑影为伴，哪能没有点儿血，哪会没有点儿伤？

长城是"圣物"，它的每一块砖都是一个精灵，都蕴含着一个当年修长城的苦力或者守长城的戍卒的灵魂。其实，只有他们才是真正创造历史的英雄，他们用自己的血汗甚至生命筑就了这万里长城，于是，他们把灵魂融进这一块块青砖之中，在山巅，在沙漠，千百年领受这天地之灵气，吸收那日月之精华，他们要与长城共枕眠、共存亡。如果有朝一日你有机会沿着长城沿线走一走，这种体会一定会不由自主地从你的内心深处冒出来。

走长城，拜谒它的每一个关隘，抚摸它的每一块青砖，曾是一个激荡在我内心多年的梦想，当这梦想终于实现的时候，我的内心却又平添了几分莫名的感伤。当我一次次登临长城，那些对家园的热爱和对历史的追寻，都一股脑儿地涌上心头。我想冲着每一段长城大声地呼喊，我要说：长城，我想再次触摸你的深沉伟大，我想再次聆听你的鞍马铿锵。

德国著名考古学家谢里曼在一百七十多年前到中国徒步沿长城旅行，他激动地说："长城是洪水以前巨人族的神话式的创造，长城是人类的双手所创造的最奇伟的作品。"这不是溢美之词，我们的万里长城，不管用什么词来赞美都不会过分。

想一想，中华民族五千多年文明史，其间有过多少次分裂、多少次刀兵相向，是什么保证了我们中华民族数千年来历经分裂却又奇迹般地重新聚合？是什么使得中华民族无数次地抵御了异族势力的侵略却能不断整合、不断新生，成为世界上唯一文明延续而没有中断的古国？

有人说是中国独特的儒家文化。

有人说是中国独特的地理环境。

我说是长城，伟大的长城。

长城，是军事防御系统，但千百年来却也刺激和促进了民族大融合。这种融合和战争一样贯穿于长城的整部历史。建长城的决策者曾经试图以长城这个伟大的建筑阻止北方民族向南扩张的同时，也隔绝农耕文明与游牧文明的交流，但长城却没能完成这一使命，冲突与互补是长城两边民族千百年来的主旋律。有长城的地方，有军队戍边的地方，就有商业的介入，就有交流和通商。于是，较为先进的农耕民族与相对落后的游牧民族之间的贸易在战争中茁壮成长，变得你中有我，我中有你。可以说，漫长的长城线同时也是中国古代商业文明的起跑线，也是古代中国丝绸之路的坐标。比如玉门关，是边关也是"海关"；比如嘉峪关，是关隘又是"口岸"。我们的民族正是在这样截然不同两种力量的长期矛盾、冲突、交融、汇合当中生存、发展、壮大起来的。如果问我们中华民族与其他国家民族之间有什么显著不同的话，如果问中国为何历数千年依然保持辽阔统一的版图和多民族亲密无间并存的话，答案或许有很多，但在我看来，一个重要答案就在这里。

这个答案就是长城。

清朝差不多是自秦以后唯一不重视修筑长城的一个朝代。康熙皇帝说："秦筑长城以来，汉、唐、宋亦常修理，其时岂无边患？明末我太祖统大兵长驱直入，诸路瓦解，皆莫能当。可见守国之道，惟在修德安民。民心悦而邦本得，而边境自固，所谓众志成城者是也。"康熙皇帝说得不错，我们要的是"众志成城"。清朝的统治者来自长城以外，正因为如此，他们深知一堵砖墙即使再高、再坚固也无法抵挡住越来越先进的军事手段，那么怎么办呢？于是我们更要"众志成城"，要用我们的血肉筑起新的长城，我们要的是长城精神，是像长城一样的不屈不挠、昂首屹立的气度和决心。

长城从诞生至今已历两千余年，虽然苍老，虽然受伤，它却没有死去，它从来就没有死去，那烽燧敌楼，那残墙断壁，那一砖一瓦，如同是活在北方崇山峻岭上的记忆，时时刻刻在提醒着我们，应该怎样，不该怎样。长城无言，长城不语，不是不能言语，而是大音希声。长城是如此自信，它似乎永远不能相信的是生命会消失、世界会消失，它的躯干即使无法战胜时间，它的精神也要与天地共存、与日月同辉。

长城永存！

山海挽歌

　　我已经是第三次站在这山海关城楼上了。几年的时间，我到了这里三次，每一次登这座城楼的感觉总是不同，不同在哪里呢？角山还是那座角山，雄关还是那座雄关，只是不知怎么，总感觉眼前的一切似乎有些过于修饰，也过于现代了。实际上，作为人文古迹，一旦成为旅游观光的胜地，那么，它所拥有的历史和文化底蕴便会在不知不觉中萎缩，而让位给日益膨胀的时代需求，山海关也应算作一个这样的例子。所以，当各种各样的建筑设施如耐活的树林一般在山海关内外竞相疯长，人们便也就越来越远离了那个战鼓声声和马嘶阵阵的山海关，只剩下了一个地理和观光意义上的山海关了。

　　所幸的是，于我而言，来山海关肯定不是为了留几张照片或者买一件印有"山海关"抑或"天下第一关"字样的背心套在身上，我所关注的还是这山海关城墙的一砖一石所记录的战争的惨烈和无情，所演绎的历史的偶然和必然。

　　在那一个晚上，我没有回早已安排好的宾馆就宿，而是就在这座雄关脚下，就在一家据说世代居住在这里的农人开办的旅社里安歇，不为别的，只想和我心目中的山海关更接近一些，我想感受一些东西，我想倾听一些东西，我想拨开视野里和时空上的帐幔，去看一看十六世纪凄风苦雨中的山海关，看一看山海关本来的模样，我想听一听马嘶和呐喊。

　　我看到了四百多年前正月里的一个天寒地冻的日子，从关外锦州通往山海关的大道上，挤满了明朝廷的败兵和难民，他们哭着，喊着，拼命地向山海关内奔逃。因为就在几日前，明朝的辽东巡抚王化贞与清军在辽宁北镇决战，大败而归，全军狂乱奔逃，一连失陷关外四十余座城池，山海关遂成为大明王朝腹地的最后屏障。然而，令人奇怪的是，在凛冽的寒风中，有那么一个人，只有一匹马，一口剑，却马不停蹄、面不改色地一直向东北方向疾行，与撤退中的军民背道而驰。这个身体单薄、操一口浓重南方口音的中年人，边走边询问敌情和观察地形，对所经城池、山川、沟壑都逐一做了详细记载，他是谁呢？

这个人叫袁崇焕，字元素，广东东莞人，万历年间进士，天启年间新任兵部职方主事。请不要小看了这位貌不出众的南方人，就是他，在满朝文武一片议和、固守的声浪中力主出关作战、收复失地；就是他，亲自率兵出山海关二百里，在接应关外难民入关的同时，修筑了宁远城，并从清兵手中先后收复了锦州和大小凌河等地；就是他，在1626年正月的宁远保卫战中，以数千官兵抗击了清军十万精兵，并重创强敌，重伤了努尔哈赤，致使努尔哈赤伤后身死；就是他，在1627年五月打败了皇太极的四面围攻，取得了明清交战史上最辉煌的"宁锦大捷"；就是他，在1628年明思宗朱由检登基的当年，便向崇祯皇帝提出了关于加固国防，五年内恢复关外万里河山的宏伟计划……然而，也就是这个袁崇焕，却在关外浴血抗清的同时，无数次遭到朝中宦官、权臣的攻击、弹劾，以至于一度曾被排挤去职；也就是这个袁崇焕，当他率领关宁铁骑日夜兼程赶赴北京城勤王解围时，却被生性多疑的崇祯皇帝因一个帮清军实施反间计的太监的一面之词将其投入大狱，最后，竟被下旨处死！

那是1630年的一天，被装在囚笼里的袁崇焕在士兵的押解下前往菜市口行刑。那一天的北京城奇热，大量市民怀着对这位"民族败类"的痛恨而涌上街头，他们用最恶毒的语言咒骂袁崇焕，用石块和臭鸡蛋击打袁崇焕，他们不知道，随着这个叫袁崇焕的人冤死，明王朝最后一点中兴希望也破灭了。从此，大明王朝的局势开始急转直下。

袁崇焕活活冤死！行刑前，他仰天长叹，大明朝最后的几缕活气随着这几声叹息而化作轻烟。山海关内外军民闻讯后，"彻夜号啼，莫知所处"，竟至"一夕数惊"。守关将士出关降清甚至解甲归田者不计其数。

从这个时候开始，山海关便注定要在中国历史上留下它不可磨灭的名字了。

崇祯皇帝朱由检至死也没有意识到他做了一件多么愚蠢且不可原谅的事情，这位明朝的末代皇帝早已被国内严重的阶级矛盾、风起云涌的农民起义搅得头昏脑胀，以至于很多时候他的智商甚至都赶不上一个孩子。他短命的哥哥留给他的是一个残破不堪的江山，是一个已经腐朽得容不得半点儿正义和忠诚的朝廷。客观地讲，在明朝的皇帝中，朱由检应该算是比较优秀的一个，他励精图治，工作勤勉，生活俭朴；他千方百计力图挽救危局，但大势已去，积重难返，更重要的是，就在边关局势刚刚可能出现一点儿转机的时候，他又自毁长城，犯了足以断送他和他的朝廷的大错。

那是一个凄寒的春夜，朱由检呆坐在他坐了十八年的宝座上，眼睛望着乾清宫紫色屋顶上方那块灰黑色的天空，心中犹如一团乱麻。从蒙古高原刮来的冷风掠过紫禁城的上空，发出轻微的呼哨。这个时候，李自成率领他的农民军已经突破了长城宁武关一线，正从南、北两个方向逼近京城，他们高举着大刀、长矛；这个时候，手握重兵的平西伯吴三桂却在山海关观望，置朱由检的几道勤王谕旨于不顾，他已经打定主意要投靠一个新主子了；这个时候，朱由检或许想到了那个被他冤杀的袁崇焕，他想：如果……

一个人是不能活在假设里的。1644年的一天，崇祯皇帝朱由检逃出皇宫，跌跌撞撞地爬上了煤山，他自杀了。也就在这之后的一个月，吴三桂大开山海关城门，恭迎清军入关，山海关战役随之爆发，两天的战斗，决定了中国历史的新走向。

......

　　站在角山长城上，无人迹的地段，此刻山风撩衣，红日偏西，关里关外，尽收眼底。山下的山海关那边响起了鼓乐，这大约又是什么地方的草台班子在开演，鼓乐声被风传送，忽高忽低，在我听来却如同是一曲挽歌。不知道当初戚继光、袁崇焕他们戍守在这里时听到的是否也是这样的鼓乐。

　　打开旅游手册，那上面说："山海关，人称'天下第一关'，是长城的起点，也是终点。"

河山带砺紫荆关

去看紫荆关，要过易水。

其实论名气，易水显然比紫荆关要大。两千多年前，燕太子丹送荆轲刺秦，于易水畔作别，荆轲和着音乐高歌："风萧萧兮易水寒，壮士一去兮不复还……"顿时营造出一种雄浑悲壮的气氛。行刺秦王不啻是轰轰烈烈、名垂青史的壮举，然而一旦施行，无论成功与否，荆轲绝无生还可能。消灭血肉之躯，以博取精神永存，是古人的一种人生价值观，是对视死如归、舍生取义的刚猛精神的崇敬和赞美。自荆轲之后，有关易水的诗词歌赋，便无不和悲壮与凛冽有关：骆宾王有一首《于易水送人》："此地别燕丹，壮士发冲冠。昔时人已没，今日水犹寒。"骆宾王怀才不遇，他在易水边送别友人，通过缅怀古代英雄，寄托了自己对现实的深刻感慨，倾吐了自己满腔热血无处可洒的内心苦闷。尤其"水犹寒"三字，读来令人内心不由得一凛，仿佛听到北风萧萧，如人之呜咽。南北朝诗人王褒有一首《高句丽》："萧萧易水生波，燕赵佳人自多。倾杯覆盌滟滟，垂手奋袖婆娑。不惜黄金散尽，只畏白日蹉跎。"该诗刚猛与轻柔皆具，悲怆与愉悦共存，体现了人生无常、美好时光易逝，于感怀古人的同时，又害怕光阴虚掷，愧对古代英雄。

易县的名胜中，游人最多的是易水湖和清西陵。易水湖是人工湖，自易水上游流下的水在这里汇成湖泊。湖水达到国家二级水质标准，然清澈却难见底，因为水深有四十多米。我到易水湖的时候，陆上感觉只是有微风拂在脸上，可乘船到了湖上，却被湖面上的风吹得感觉寒凉，倒也深刻体会到了"风萧萧兮易水寒"的意味。

去紫荆关比预想的要费一些周折。原以为长城的关隘都该是建在崇山峻岭之上，没想到紫荆关的关城却偏偏"藏"在了拒马河的河岸边。因为来此游客不多，周遭也没有想象中紫荆花所汇成的花海（那无疑是打卡人的最爱），这里倒显出几分少有的清静，感觉上与景区似乎不太搭调。不过，当我沿着泥泞的河岸，走到紫荆关城近前的时候，关城的雄伟和苍劲还是让我感觉到深深的震撼。

紫荆关关城北门建在拒马河南岸，坐西朝东。花岗岩条砌筑的雄壮关门上嵌有两重石匾，上重题"河山带砺"，下重题"紫荆关"，字迹苍劲有力，浑厚古朴。那花岗岩上纵横交错的纹络，就如同是镶嵌在紫荆关额头上面的皱纹，岁月的无情和历史的沧桑都浓缩在了这一条条的皱纹里，没有人说得清那里面蕴含多少刀光剑影或耐人寻味的故事，只有从它的身旁缓缓流淌的比紫荆关还要古老许多的拒马河似乎能够洞悉一切，它的水流拍打着紫荆关的护堤，一下，一下，如同叹息。

"河山带砺"在中国古代是一个成语，语出《史记·高祖功臣侯者年表》，系古人封爵之誓词。带，指衣带；砺，指砥石。意指即使黄河细如衣带，泰山小如砥石，但国家依旧存在，誓约依旧有效。代指哪怕时间久远，哪怕变迁动荡，也不改初心。比如唐代宰相诗人陆贽在《赐李纳王武俊等铁券文》中说："功载鼎彝，名藏王府，子孙代代，为国勋臣，河山带砺，传祚无绝。"以"河山带砺"誉之，从中可看到古人对紫荆关的倚重。

紫荆关因关城附近有紫荆岭而得名，东依万仞山，西据犀牛山，拒马河横列于关城之北。历史上，紫荆关南面以十八盘为锁钥，北面以浮图隘口为门户，远以宣化、大同为藩篱，一关雄踞中间，群险庇翼于外，峰叠峦矗，如屏如障。而且紫荆关差不多算是长城所有雄关险隘中历史最悠久的，在中国古代战争史上占有重要地位。

紫荆关在秦汉时是一段由土石混筑的长城，后来历代虽有修建，但骨架改变不大。南宋嘉定二年（1209年），成吉思汗率军攻打居庸关，因金兵凭险据守，久攻不下，于是调主力挥师南下，一举攻克了紫荆关，然后再攻取涿、易二州，又由长城内侧向外反攻居庸关，居庸关终被攻克。明洪武初年，将领华云龙对朱元璋建议要汲取历史教训，加固紫荆关城防，明王朝遂开始对紫荆关进行大规模改筑，新筑墙体为花岗岩条石砌筑，用青砖封顶并砌筑垛口。但即使如此，紫荆关依然是关外部落袭扰中原的突破口。1449年，蒙古瓦剌部兵分四路对明长城沿线发起强攻，并在土木堡俘虏了明英宗，然后挟英宗自大同南下，直奔紫荆关而来。攻克紫荆关后，瓦剌兵长驱直入，一口气打到了北京西直门外，兵部左侍郎于谦大敌当前临危不惧，率部严密防守，加固了城防，调来了援兵。瓦剌兵见攻下北京无望，又恐长城沿线被明军封锁，断了退路，便又挟英宗经紫荆关返回长城以北。此役后，明朝野对紫荆关的重要性开始重新评估，于谦就说："险有轻重，则守有缓急，居庸、紫荆并为畿辅咽喉，论者尝先居庸，而后紫荆，不知寇窥居庸其得入者十之三，寇窥紫荆其得入者十之七。"明清之交的思想家顾炎武在《天下郡国利病书》中说得更加明了："居庸则吾之背也，紫荆则吾之喉也，猝有急则扼吾之喉而拊吾之背。"

1900年8月14日，八国联军攻占北京。10月，英、德、法、意四国联军意图西犯，进逼紫荆关。山西布政使升允得知联军西犯，立即率兵马进驻紫荆关，并派两营陕军分守紫荆关西南的五回岭、倒马关、走马驿等百里以内各要隘，留一营陕军镇守紫荆关。升允照会联军指挥官，试图劝止联军继续西犯，联军不予理睬。第二日凌晨，尖厉刺耳的枪炮声划破长城寂静的上空，联军在大炮的掩护下向紫荆关发起猛攻，升允率清军应战。清军将士英勇顽强，与侵略者展开了一场殊死战斗。经过六七个小时的激战，紫荆关失守，清军阵亡八十七人，"四国联军"也被打死数十人。虽然紫荆关最终失陷，但经此一役，联军也没再继续西犯，而是撤回北京。

　　1903年6月，已升任山西巡抚的升允为纪念八十七名在紫荆关战役中为国捐躯的清军将士，下令在紫荆关盘道寺墙上镌刻了一段中国人民英勇抗击八国联军侵略的碑文。碑文曰："光绪二十六年九月初七日，英、法、德、义等国联军西犯，总统陕军山西布政使升允御之于紫荆关。所有阵亡弁勇姓名谨勒于石，以垂不朽。"碑文中共记录了八十七位为抗击外国联军英勇捐躯的清军将士姓名。1903年11月19日，德国驻华公使穆默听说了紫荆关盘道寺墙上的纪念碑文一事，向清政府表示抗议，提出紫荆关所刻"该文'西犯'二字及文全体，足令各国驻华大臣心内不平"，要求清政府立即将其铲毁，清政府无奈，只得照办，碑文虽已不复存在，但清政府档案却详实地记录下了这一事件。升允是蒙古族人，保皇派，其人为官清廉，生前兴办实业，投资教育，1931年7月病逝于天津日租界，逊帝溥仪赠其谥号为"文忠"。

　　事实上，当地有关部门对紫荆关的文宣其实并不比对易水湖和清西陵少，但效果显然算不上很好。而且如今的紫荆关除去位于拒马河岸边的保存较为完好的关城遗址外，其他地方看上去都与这里悠久的历史颇为违和。许多建筑都是新修葺的，却并不是修旧如旧，至少目力所及，都是一水儿的新城墙，连做旧的痕迹也没有。好在，无论是古长城的历史，还是燕赵故地的慷慨悲歌，并无须由"修旧如旧"来证明什么。紫荆关的历史都是史书中有据可查的，除此之外，其实还有民间传说的。比起那些有据可查的历史，民间传说的故事似乎更有内涵，也赋予了雄关和英雄更多的人情味。

　　"风萧萧兮易水寒，壮士一去兮不复还。"据说，当年荆轲刺秦王过易水就是出的紫荆关。荆轲看到紫荆关内外开满了紫荆花，忽然就被陶醉了，对生命的渴求，对美好生活的向往，使他停下了自己的脚步。他甚至在紫荆关外的犀牛山下邂逅了一个美丽的农家姑娘，他们在紫荆树下相爱了。然而，燕太子丹派来了"催命官"逼迫荆轲赶紧上路，荆轲走了，临走前，他告诉姑娘他一定会活着回来的……美好的民间传说似乎把历史的血腥也冲淡了许多。

壮士没能改变中国历史的走向，紫荆关和那位美丽的农家姑娘再也没有见到荆轲回来的身影。沧海桑田，物是人非，紫荆关老了，属于它的似乎只剩下了回忆，而能够理解和陪伴它的也只剩下了它身旁这条不舍昼夜缓缓流淌的拒马河。

雁门战歌

我绕过那道小山梁，第一眼看见雁门雄关的时候，心里一口洪钟一下子被撞响了，那么威武，那么壮观，却又那么沉稳！没有想象中的艳丽和雕饰，只有古朴，但唯古朴则更为壮美，在夕阳下，整个雁门关如同一尊刚刚出土的古铜雕塑，闪耀着一种金属般的光芒。

雁门关算是目前长城诸关隘中被人为破坏最少同时也保存较为完整的一座。说起这一点，雁门关下雁门村的老百姓都很自豪，他们世世代代居住在雁门关下，保护关城已成共识。"什么？拆长城上的砖盖房？那可对不起老祖宗啊！那可对不起人家杨家将啊！"

咦，爱护长城怎么还要提杨家将？

要提。因为杨家将在这里有口皆碑。

想当年，杨家将几代人在雁门戍边。恍惚中，我仿佛又看到了杨继业老将军、佘老太君，看到了杨六郎、杨宗保以及杨门女将的身影，他们雄姿勃发，她们英姿飒爽，难道这里就是杨家将跟大辽激战的沙场？翻开史书，答案是肯定的。虽然史书上并没有穆桂英其人，但是杨继业、杨延昭还是确有其人的。杨继业又名杨业，曾在雁门关大破契丹。杨家将镇守边关，满门忠烈，在杨家将镇守雁门关期间，当时北方的辽国基本上不敢轻举妄动，北宋朝廷得以在相当长一段时间内高枕无忧。但限于国力以及统治者抱残守缺的思想，北宋军队也始终无法越过雁门关将疆域推向更北，这种局面一直延续到北宋灭亡。

明《永乐大典·太原志》载："代山（即雁门山）高峻，鸟飞不越，中有一缺，其形如门，鸿雁往来……因以名焉。"雁门关大约在两汉时期便已置关，以防匈奴兵南下。至北魏建都平城（今山西大同）时重新建关，当时就称雁门关。隋唐时这里称西陉关，北宋后复名雁门关，历经各代至明初，雁门关已倾颓殆尽。明洪武七年（1374年）在旧址上重建雁门关城，并筑长城与其西面的宁武、东面的平型两关相连，以防蒙古军队侵扰。经嘉靖年间增修，于万历年间复筑门楼，一直保留至今。

雁门关关城居于雁门山雁门之口，是山西境内长城沿线规模最大的一个关口，距代县县城约二十公里。城周长一公里余，墙高两丈，附近峰峦错耸，峭壑阴森，崇山峻岭中有路盘旋幽曲，穿关城而过，异常险要。雁门关下的雁门山北麓，曾建有新、旧广武二城，为山外防御据点。旧城建于北宋时期，东西长约三百米，南北长约五百米，有三座城门，现存城墙遗址。新城于明代时修建，紧贴雁门关北口，依山修筑，周长十五公里，一半坐落在半山坡，一半修在山前洪积扇上。北门外筑有北关，关外筑有大石墙三道，小石墙二十五道，隘口十八个，以增强防御力量。明代内长城横于关北，彼此勾连，形成了严密的防御体系。北宋时，当时的雁门山—恒山一带系宋与辽的分界线，雁门关附近百姓至今对杨家将有着特殊的感情，说起杨家将的故事个个都能娓娓道来、绘声绘色，甚至连杨六郎、杨七郎爱吃什么面食、喜穿什么颜色的衣服讲起来都如数家珍。

北宋时津冀一带也是宋辽之间的战场，双方互有攻防，杨家将也曾领兵于津冀一带与辽兵鏖战。我在天津的宁河、静海都听到过有关杨家将率兵在当地抗辽的故事，而且同样有关于杨宗保、杨文广等杨家将后人爱吃当地美食的传说，比如说杨宗保爱喝独流老醋，这一点我倒觉得靠谱，毕竟杨家将世代镇守的山西是盛产米醋的地方。

只要是为国为民捐躯的英雄，老百姓就爱戴，就敬仰，就会念念不忘，因为他们才是百姓心中不倒的长城。反之，即使做了再大的官，给自己修再多的庙，老百姓也会不屑一顾。这就叫"天地之间有杆秤，那秤砣是老百姓"！

　　离开雁门关正是日落时分，晚霞已被雁门关周遭高耸的山峰所吞没。天渐渐黑下来了，夜色中的雁门关更显得肃穆而庄严，忽然想起唐朝诗人李贺的那首《雁门太守行》：

> 黑云压城城欲摧，
> 甲光向日金鳞开。
> 角声满天秋色里，
> 塞上燕脂凝夜紫。
> 半卷红旗临易水，
> 霜重鼓寒声不起。
> 报君黄金台上意，
> 提携玉龙为君死。

　　到雁门关虽是盛夏时节，可雁门山的夜风吹起来还是颇有几分凉意，山上的树林与风合奏出独特的交响，而这交响听来如同是一曲从远古传来的战歌。

宁武古歌

从代县至宁武，从地图上看似并不算远，却没料想长途车在国道上竟不停歇地跑了三个多小时。从代县上车的旅客此时多半已昏昏然处于半梦半醒之间。一入宁武界，便算进入了吕梁山脉的支脉——管涔山脉，管涔山脉主峰海拔两千六百零三米，纵贯山西南北的汾河就发源于管涔山脉主峰之下。车子在盘山公路上兜来绕去，就在连我也生出些许倦意，准备闭眼小寐一会儿的时候，却蓦然发现于群山的环抱处竟一下子冒出来一个热闹的市镇，脑子还没有完全反应过来，却听司机厚着嗓音喊道："都醒醒都醒醒，宁武到了！"

去宁武，是临时起意。

原本于代县登过雁门关，便打算直接往晋西北的偏头关而去。我寻访长城关隘的计划时间卡得比较死，都是可丁可卯。虽说出发前做功课时便了解了作为雁北三关重镇之一的宁武关，但却因由河北入山西后在灵丘平型关那里多耽搁了一天，而去宁武的话就无法乘坐由代县上馆镇开往偏关县新关镇的直达快客，而只能选择乘坐那种"站站停"的长途客车，这样多出来的差不多是一整天的时间，远不及由代县直接前往晋西北的保德、偏关更方便省时。而就恰在此时，大同文联的一个朋友听说我来山西，非要我到大同一见，如此一来，去宁武再向北转道往大同倒是十分便捷了。

宁武，秦汉乃楼烦之地，置楼烦关，如今位于宁武县县政府所在地凤凰镇北的阳方口，即为古楼烦关之关口所在。北魏时广宁、神武二郡

177

郡府所在地先后置于此。唐代在此设宁武郡，始用宁武之称，是取北魏时广宁、神武二郡的尾字。地理上，宁武居于植被丰茂的管涔山脉腹地，关城北踞华盖山，南控凤凰山，山西的另一条大河——恢河自城南向城东北方向流去，恰与汾河逆向而行，关城两翼顺恢河而筑，战略地位十分重要。宁武在军事上之重要性由此可见一斑。

如今我们提到的宁武关实际属于明长城的一部分，始建于明成化二年（1466年），系明长城中重要关隘。明正德、隆庆年间均有修缮，而其中修宁武关最起劲的是明宪宗朱见深，他父亲明英宗朱祁镇于"土木堡之变"中被俘，他的太子之位也是失而复得的，如此经历使得他的精神压力非常大，在位期间就怕蒙古骑兵南下，于是他不断整修宁武关，就是希望可有效阻挡蒙古骑兵的南侵。不过彼时城墙仍是黄土夯筑，砖城墙是万历三十四年（1606年）包砌而成。明长城关隘，真正经历过大阵仗的，除去山海关，大概就要数宁武关了。而在宁武的战争纪事中，最后也是最惨烈的一场大仗发生于崇祯末年，时间虽过去了四百余年，可还是能让人（尤其是宁武人）不断忆起。

我才下了长途车，立刻便上了一辆出租车去看宁武关关城旧址。出租车司机讲，那里如今已然看不到更多东西了，就有几个夯土堆和一截残墙，不过还能从土中刨出四百多年前的箭镞来，他小时候就见过，阳光照耀下还能闪出一片片的光亮呢！

宁武关城墙据说直到四十多年前还保存较为完整，然而，短短的四十几年间，关城的砖和土差不多被搬光、铲光了，搞建设要快马加鞭，盖房子自然也需用砖动土，拆城墙无疑是最省事、最不费力的，而且长城的砖结实，土也厚实耐用……在宁武开饭馆的杨朋年五十一岁，当年就是拆除城墙大军中的一员，那时他还是个学生，学校组织去搬长城上的砖，谁搬得多还会受表扬。与我聊起陈年旧事，老杨的眼里似有泪光在闪，他说："那时的人都疯了。"他又说："不过，好在鼓楼还在，你知道吗？周遇吉当年就是在鼓楼旁就义的。"

周遇吉？一个名字就这样冷不丁与我相遇了，一个有关历史和战争的记忆就这样被拾起。周遇吉，对于如今的多数人来说可能是一个很陌生的名字，然而在当年，周遇吉曾经"名噪天下"。1642 年 11 月，周遇吉曾经在天津西郊杨柳青与清军大战三天三夜。当时，清兵七万余众从山东劫掠了大量物资和青壮年人口，经杨柳青北返关外，整个山东、河北两省各地明军或望风而逃，或撤兵让路。当时已接到圣旨由杨柳青调往山西任总兵的周遇吉本已带兵开拔，当他听说清兵要过境杨柳青，遂率骑兵星夜赶回杨柳青，利用对地形的熟悉痛击清军，清军死伤数千，创造了在明清交战史上罕见的明军以少胜多的战例。

除去民间有关周遇吉的书籍唱本之外，至少有两出以周遇吉为主人公的传统大戏至今依旧被传唱，一出是京剧《宁武关》，一出是昆曲《别母乱箭》。这两出传统戏曲都是把周遇吉作为一位英雄人物来褒扬、歌颂的，至今，宁武人最爱看的戏就是这两出，而且又嫁接改编成了当地人熟悉的晋剧。即使在宁武的偏僻乡村，哪怕是看一个草台班子演出，当演员唱到慷慨激昂处，台下的喊好声都会响成一片。

周遇吉，字萃庵，行伍出身，因在江汉一带与张献忠作战有功，升任山西三关总兵。明崇祯末年，李自成于西安建立大顺政权，然后亲率四十万大军由风陵渡过黄河，从南至北，明军无不望风而降，仅有数千明军驻守的宁武关不仅成了山西境内最重要的一道屏障，也是北京的最后几道屏障之一。当时李自成由于曾在罗城败在周遇吉手里，也知道此人还曾以少胜多地打败过张献忠，认定周是块硬骨头，于是准备放弃攻打宁武，绕关而过，直取北京。然而其手下将领觉得李自成太过谨慎，打太原都未费吹灰之力，何惧一个小小的宁武？于是数十万大顺军铺天盖地地开过来，把宁武关围了个水泄不通。

其实李自成的大顺军未到，劝降的说客已来了十几拨。更有甚者，就连崇祯皇帝派来督战的督战太监都劝周遇吉"识时务，莫螳臂当车"。为表决心，周遇吉亲手斩了督战太监，将其首级送往北京。然后歃血祭旗，动员宁武全城百姓和守城官军一道守城，双方当时激战之惨烈，可谓明末之"最"。周遇吉昼夜战斗在关城上，亲操大炮给予对手以重大打击。周遇吉在战斗间歇曾回家探望母亲和妻儿。周母说："你乃三关总兵，应专心守城才是，回来做什么？"周遇吉遂返回城楼继续与对手苦战。

有记载，当年李自成率军撤围至宁武关北的阳方口，越想胸中越气愤难平，曾吐血落马。恰见有一个倒骑着牛的牧童从远处经过，李自成似有所悟，忙令大军反攻宁武关。终因实力相差悬殊，宁武关城破，周遇吉率残部与对手展开了激烈的巷战。周遇吉只身与数百大顺军格斗，在毙伤十数人后被俘。大顺军将领命人将周遇吉绑缚于高杆之上，乱箭穿身。

但宁武关还有一个民间传说流传至今，是说周遇吉最终是"缒城被执"，也就是周遇吉自己跑到李自成的军寨前怒骂对方，然后被李自成所杀。有经历过宁武大战的将士曾回忆，周遇吉确实是自己来到李自成的军寨前，并且扬言要斩杀李自成，但是后面还加了一句，说这是他自己的想法，与宁武关的士兵和百姓无关，让李自成放过宁武关的军民。李自成听到之后并未生气，反而对周遇吉进行劝降，最后劝降无果才无奈斩杀周遇吉，而周遇吉的尸体则被埋葬在了离宁武关东门不远处。

但不管怎么说，随着周遇吉的死，支撑大明王朝的最后一根柱子倒塌了。

按照史书记载，这一战虽然是以城破而告终，然而明军却打出了明末少有的一场漂亮仗，这一仗也是李自成于西安自立为王以来所经历的最为惨烈一仗。此战从某种程度上也坚定了崇祯皇帝誓不南迁的决心。崇祯皇帝认为，一个小小的宁武关李自成都打得如此费劲，接下来凭借层层险关足可阻滞大顺军的攻势，他可从容等待江南和西南各路勤王之师的到来。然而，令崇祯皇帝怎么也想不到的是，自宁武之战后，大同、

180

宣化、居庸关三处守军皆不战而降，层层险关要塞都成了摆设，大顺军一路长驱直入，迅速包围了北京城。

周遇吉死后没过多久，北京城破，明王朝灭亡。

宁武关鼓楼，位于今宁武县政府所在地凤凰镇人民大街的中心位置，至今尚保存完好。鼓楼布局呈正方形，下座为砖砌拱券十字穿心洞，楼为三层三檐木结构歇山顶式建筑，通高三十余米，气势宏伟。几百年过去了，宁武人没有忘记周遇吉，鼓楼旁的小店里有不少有关周遇吉故事的小册子在卖。如今的宁武人最后悔的一件事就是他们竟亲手拆毁了曾经养育和呵护过他们的宁武关城墙，这已经成为他们心中一道永远的伤口，关城城墙是培养和抚育英雄的地方，哪怕，他只是一位"末路英雄"。

从凤凰镇前去阳方口，我打车只用了二十多分钟的时间。如今在宁武阳方口附近的恢河东岸，据说仍有周遇吉之墓。我去看的时候却没有找到。问当地人，有的说应该就在附近却又说不详细；有的干脆说，好像早就挪走了吧。

阳方口堡城，东靠长方山，西傍恢河，为明嘉靖十八年（1539 年）所筑。如今尚存城北砖券拱门，用横木支撑着，供行人往来。阳方口西的长城还有部分夯土残墙和土筑墩台遗存，阳方口东的长城尚存一段砖砌墙体，并有三座砖砌空心敌楼保存较好。

阳方口外的风总是很大，站在阳方口明长城遗址的缺口处，我整个人似乎都被风吹得站立不稳。离我不远处有一位拾荒老农，一边拾柴一边在唱着什么，歌词我听不清，但曲调还是听出来了，这是晋西北特有的一种地方戏——"二人台"中的调子，从拾荒老农的嘴里唱出来，有些悲壮，有些凄凉，就如同一曲悲怆的古歌在凛风中久久回荡。

镇北台牧歌

从陕西最东北部的府谷到陕北重镇榆林需要六七个小时的车程，车上的人大多被颠簸的路面晃得昏昏欲睡，然而，不知什么时候，又不知是谁大声喊了一声："瞧，那长城，多壮观！"于是人们纷纷揉眼开窗向车外张望，但见远远地有一座巨大的城堡出现在了地平线上，随着我们车子的行进，它正在变得越来越清晰、越来越真切。我忙对照着手机里的图片识别——哦，这就是镇北台啊！雄浑、庞大，真不愧为"万里长城第一台"呀！

论建筑规模，榆林市镇北台的确是目前万里长城沿线明长城遗址中最为宏大和气势磅礴的建筑之一。它位于榆林城区以北五公里处，其东西有长城相连接，系控制榆林南北往来的咽喉之地。

镇北台建于明万历三十五年（1607年），是彼时榆林镇巡抚为保护红山马市贸易而建立起来的一个观察哨所。形如塔状，共分四层，总高三十余米。整座城台由青砖包砌而成，各层都建有垛堞围墙；第二层向南开有一拱券门，仅此门可上至台顶。门额上嵌有一石匾，阴刻横书"向明"二字；相错的两个窗口，为供梯道采光通风之用。在第四层城台顶部的中央，原来建有一座砖木结构的瞭望哨木棚，毁于清朝末年。登上镇北台的台顶，可以欣赏到方圆几十里内的塞外风光：沙漠、戈壁、草滩、黄河以及"三北"防护林，也可以看到距离它不远的红石峡。

除此之外，镇北台旁边还有两个城郭遗址，分别名为款贡城和易马城。款贡城是古代汉蒙官员公务洽谈及举行献纳贡品仪式的地方，易马城则是长城内外居民交易货物的场所。城为夯土墙，形态不甚规则，这种文武结合的建筑配置在全国并不多见——双方交恶的时候，长城内外烽烟不断；关系缓和了，就在市场内你来我往地做买卖，两不耽误。

站在镇北台上极目远眺，长城内外的景色可谓泾渭分明。长城以北是万顷沙海，连绵起伏，一片黄色，就连横卧在沙中的胡杨的残枝断木，也呈现出一派萧疏荒凉的景象；而长城以南的大部分地区却绿树成荫。这里是"三北"防护林的重要组成部分，正在茁壮成长的绿色长城，不仅一点点改变了毛乌素沙漠的生态，也逐渐改变了当地人民的生产生活方式。

考古发现，镇北台一线长城，当年也曾是战国时秦国大将蒙恬修筑秦长城的旧址。镇北台据说就是在秦长城遗址上建立起来的。遗憾的是，当年的秦长城如今已几乎不可寻，留下来的只有许多有关修筑长城时征夫的心酸故事。

范仲淹当年有一首《渔家傲·秋思》，就是写榆林一带长城边关的，词是这样写的——

　　塞下秋来风景异，衡阳雁去无留意。四面边声连角起，千嶂里，长烟落日孤城闭。

　　浊酒一杯家万里，燕然未勒归无计。羌管悠悠霜满地，人不寐，将军白发征夫泪。

范仲淹写得好，然而，边关也好，长城也罢，并不都是"古来征战几人回"，它也有花好月圆，也有歌舞升平。据史料记载，在明代，陕北长城一线基本上没有发生过大的战争，镇北台因而也没有了"用武之地"。在更长的时间里，镇北台则是民族融洽融合的一个见证。几百年来，长城内外的民族相互贸易、迁徙、融合，早已你中有我、我中有你。

说到底，就连镇北台当年都是为了保护长城内外汉人与其他游牧民族之间的马市贸易而特意兴建的。

有人说，长城很像是一架绷紧在中国北方大地上的巨弓。这话有些意思。在地图上，陕北的这一段长城就是绷紧的，似乎随时都准备将箭射出去，然而，箭已经折断了。代之的是友好交流，是经贸互利。

据说，战争和商贸从来都是人类交往传播文化的两大方式，战争是强制的、掠夺的，而商贸则是文明的、互惠的。是选择强制、掠夺，还是选择文明、互惠，历史早已做出了正确的判断。

马是古代战争的象征物，有激情，迅猛。

驼是古代商旅的象征物，有韧性，宽容。

而镇北台附近最活跃的恰恰是这两种动物，它们的身影每天都会出现在镇北台附近的红山马市上，如今，战争的象征物早就改了行。马和驼都成了市场上贸易的主角，当一匹匹马和驼被人们牵引着悠闲地从镇北台下的大道上走过的时候，那情景，如同一曲牧歌唱响在长城内外的大地上。

夕阳下的胜金关

到胜金关，正值黄昏，可胜金关下的国道上还是车流不断。西北的黄昏是一个漫长的行进过程，太阳固执地悬挂在西天的半空中，照在胜金关残破的身躯上，倒是给古关隘的废墟平添了些许生气。

同样是建于明代，但胜金关即使在中卫市辖区内，它的名气也远不如位于中卫市区的高庙。也难怪，我从中卫市区看过了高耸巍峨的高庙，再来寻访胜金关，心里不能不说没有"落差"，虽然已有心理准备——因为胜金关是目前现存长城关隘中保存较差的一个，基本上只剩下"原址"。而且论在长城各关隘中的知名度，胜金关也不算高，然而在历史上，在万里长城的西北端，胜金关却有着举足轻重的地位。

胜金关，坐落于宁夏回族自治区中卫市区东三十公里处，是明长城宁夏镇中的重要关隘。横亘于宁夏西北部逶迤二百余公里的贺兰山脉，过了青铜峡之后，山体渐渐变得平缓，到胜金关一带则仅剩下一些低矮的余脉山峦了。胜金关一带，山虽不甚险陡，但山脉却意外地向南突出来一个小角，直抵黄河北岸，在山河之间仅留下一线之路，可通车马往来，这种"一夫当关，万夫莫开"的地势，使得胜金关的军事地位一下子提高了许多，被历代兵家视为控扼宁夏黄河平原的重要关隘。今天，银川至中卫的国家主要公路干线及包兰铁路，皆由胜金关附近穿行而过。

胜金关的地理位置虽然重要，但在此设防御敌却十分困难。1226年，成吉思汗第六次攻打西夏，曾率大军经此攻破兴庆府（今银川市），次年灭了西夏。古人在当时对此即有认识。史料记载："胜金关为县北雄关，然其地三面受敌，一面临河，无险可峙，似属绝地。"这种认识是有一定道理的，翻阅一些文献资料，似乎很难找到胜金关凭借地利坚守关防取得胜利的记录。

胜金关是宁夏军事关隘的代表，其地势在全国长城关隘中绝无仅有：一边是翻滚的黄河水，水面壮阔，气势汹涌；另一边则是形状像极了"和谐号"车头的一段残存的山体，山上建有长城烽燧，地势险要，易守难攻。据嘉靖《宁夏新志》载，胜金关为明弘治六年（1493 年）由宁夏镇参将韩玉所筑，当时，韩玉对胜金关的军事防御功能颇为自信，谓其险峻胜过关中平原的金徙潼关，故名"胜金关"。但在有明一朝韩玉修筑胜金关后的近二百年间，胜金关并没有经受过大的战争考验，因而胜金关之防御能力也就无从经受考验了。

这么说，好像胜金关的地位可有可无，其实不然。胜金关在万里长城的关隘中并非以赫赫战绩著称，而是以地理位置独特取胜。它建在山河之间，山是贺兰山，河是黄河，当年来往于黄河船只上的人都能够领略到胜金关的"威仪"，都能够感受到长城的壮美。身为西北地区重要的关隘，胜金关存在本身的意义要远大于它的实际军事功用。

如今的胜金关只剩下一座废墟般的土包，再也没有了往日的威仪。它曾经与长城是连为一体的，此时却孤零零地矗立于贺兰山的余脉之上，远处是黄河，"脚下"是国道，只是，黄河上的船夫再也看不到胜金关的雄姿了。

清乾隆年间修订的《中卫县志》中，有周守域的诗《胜金关怀古》一首，详细描写了这座雄关的地理位置和重要作用——

> 云茫茫，峰兀兀，雄关崛起势崒嵂。
> 北有沙漠之纵横，南有长河之滂渟。
> 银川到此启管键，襟山带水不可越。

我闻汉唐征朔方，万马千军驻沙场。

关东驱战卒，塞北作邱郢。

霜锷撄白骨，飞鸟啄人肠。

宋代没西夏，元昊敢猖狂。

葫芦河边曾大战，转战俱在此关旁。

明时始有韩参军，大起楼橹镇边防。

关成至今已经数百载，积卒扼险谁敢当。

我皇归马华山麓，边陲无事乐田牧。

白叟黄童不闻兵，日暮河溃驱黄犊。

河畔昔传钓鱼台，渔翁已去云空逐。

　　胜金关正在一点儿一点儿地风化，如同我眼前尚挂在关城遗址上空的夕阳，虽然很美，却势必将堕入地平线的下面。如果没有保护措施及时跟进的话，胜金关或许会像它周围已经被风化掉的长城城墙一样被历史彻底吞没，万里长城又会出现新的难以弥合的"缺口"。好在，我在中卫已经听到了关于对胜金关关城遗址的保护计划，并且正在付诸实施。

　　我祈祷。为胜金关，也为长城。

远眺祁连山　近览嘉峪关

自小学过点历史，背过些唐诗，最让我记忆犹新的是唐诗名句"大漠孤烟直，长河落日圆"。那简直就是一幅美妙绝伦的图画。也许就是从那时起，"西北望"就成了我的一个梦。北方的冬天有时大风刮得昏天黑地，黄土黄沙的朦胧之间，太阳似乎也被刮得歪歪斜斜。不知为什么，我总以为这就是西北应该有的景象。

少年时期看过画报上刊登的一幅照片——那是黄昏中的嘉峪关。照片明暗之间折射出的那种苍凉和壮美令人心驰神往。于是，从那时起，嘉峪关的雄伟身影与磅礴气势就深深地镌刻在我的心里，当我有幸身临其境时，觉得一切似乎都很亲切，也很自然，好像我们似曾相逢——也许是在梦中吧！

这座周长七百三十三点三米、面积三万三千五百多平方米呈梯形的嘉峪关，始建于明洪武五年（1372 年）。它居于祁连山与嘉峪山之间的大漠戈壁之中，构造精美，气势恢宏。这两座山，一座呈赭红色，一座呈暗黑色。远望二山，感觉嘉峪关关城如同是被黑红二山托举起来的一般。

同样是在西北，嘉峪关不同于阳关，也不同于玉门关。那两座关城曾经都是"海关"，是以经济交流为主要目的的。而嘉峪关则是明代万里长城的终点，是以军事防御为主要功能的。但翻看史籍，嘉峪关在历史上却没有真正意义上的"大战"。更多时候，这里都是民族融合之地，驼铃悠悠，马蹄嘚嘚。农业文明与游牧文化在这里碰撞，这种碰撞也许是以战争手段，也许是以贸易手段，也许两者兼而有之。从历史唯物主义的观点来看，和平、融合与统一，才符合历史发展的大势所趋。

当然也有战争。

我说不清那首古代长诗《木兰辞》里所歌者是不是嘉峪关："旦辞黄河去，暮宿黑山头，不闻爷娘唤女声，但闻燕山胡骑鸣啾啾。"歌里所云的"黑山头"是不是指的就是嘉峪关一侧的这座"黑山"呢？按照诗里描绘的战场氛围来说，有点像"万里赴戎机，关山度若飞。朔气传金柝，寒光照铁衣"。那是十分寒冷的战场——当然，即便是这里，那时也还没有嘉峪关。

嘉峪关建于明初，它的建筑很有特点：不像山海关只有一个城门楼，嘉峪关有三座城门楼，一是城关，一是光化门，一是柔远门。三座门上各有一座雄伟城楼。关楼为正方形，设内城、外城、瓮城，城东是光化门，城西是柔远门。南北城墙中段各修有一座敌楼。整个建筑看上去雄伟壮观。

我在西瓮城门的门楼檐台上看到了一块被保护起来的古砖，据说那是修建嘉峪关时剩下的最后一块砖。明初修嘉峪关时，为了节约成本，要求计算用料必须准确无误。经过精确的计算，所备用料恰恰用完，只剩下了这最后一块砖。不知道这是不是真实的故事，但是中国古代匠人们的聪明才智还是令我叹为观止。

站在嘉峪关光化门门楼之上，远眺祁连山，看山顶处若隐若现的皑皑白雪；向东望去，长城如蛟龙一般蜿蜒逶迤，长城尽头便是山海关——明长城的起点[①]。一个是"天下第一关"，一个是"天下第一雄关"，两点成一线，连接了华夏大地上最为璀璨的古代建筑——万里长城。多少悲歌，多少壮歌，多少阴晴圆缺，多少悲欢离合，都尽在这长城内外演绎。"万里长征人未还"写尽了中国战争史的残酷与惨烈。以我有限的历史知识来看，中国汉唐之后的战争，最为集中之地，应是在雁北及中

---

① 明长城东起辽宁虎山，但山海关素有"万里长城第一关"之称，此处作者便写的是山海关。

原地区；至于嘉峪关一带，由于地处我国西北，应是少数民族主要活动的区域，远离国家的中枢，即使有战事，也不会如中原那般激烈。但是这里毕竟是长城防御的最后一道关口。设关必定有它的历史原因。历史也有它的扑朔迷离之处。"飞将军"李广及他的孙子李陵，都在这一带留下了故事。李广为汉代大将，尤其在与"胡人"作战、保卫当时的汉王朝疆土上，立下了汗马功劳，多少诗篇都在歌颂李广的丰功伟绩。虽然李广"生不逢时"，未能封侯，但是千秋功业自刻在国人心中。而李陵却成了争议性人物。他奉命镇守边关，也曾抗击匈奴于长城之外，多次取得胜利。但由于援军未能如期抵达，李陵终因寡不敌众投降了匈奴。汉武帝杀了他的全家。从此，李陵客死他乡，再未返朝。

"降矣哉，终身夷狄。战矣哉，骨暴砂砾。"历史上对李陵多贬，认为他是叛徒。但也有质疑：为什么只指责于他，而没有人去指责那些未按期支援他的将领？为什么不指责汉武帝的粗暴行为阻断了李陵"身在曹营心在汉"的回归之路？

李陵碑就在离嘉峪关城关的不远处。京剧《碰碑》里有这样的描写："庙是苏武庙，碑是李陵碑"，最后杨继业在内无粮草、外无救兵的情况下碰死在李陵碑。这其实是不可能的，因为历史上杨继业从未到过嘉峪关一带，但戏曲作品如此处理，应该是强化作品中的冲突与戏剧效果吧。

嘉峪关如今早已成为一座现代化城市。我在嘉峪关市市内的一家西北风味餐厅里吃饭，老板娘听说我是从天津来的，特意赠送了我一盘菜。我很诧异。她说，因为当年嘉峪关曾经来过不少天津知青，她们村就去了不少，她"织毛活"的技术还是跟天津女知青学的呢！

在嘉峪关城区的许多地方都能望见祁连山和嘉峪关城楼，可谓"远眺祁连山，近览嘉峪关"。城市的繁华与巍峨的山峦、古老的城楼相得益彰，毫不违和。社会总是与时俱进的，不远处，兰新高铁上运行的"和谐号"正以每小时近三百公里的速度呼啸而过。

圣·索菲亚教堂的黄昏

你在黄昏的时候到过圣·索菲亚教堂吗？尤其是在哈尔滨数九寒天的日子里，尤其是在哈尔滨滴水成冰的日子里！冬天的哈尔滨，的确与众不同，下午四五点钟，你在路面上看到的已然是黄昏的倒影了。我们就是踩着黄昏的倒影来到了这座据说是远东地区最大的教堂面前。雄伟的圣·索菲亚教堂在黄昏里如同披了一身金色的外衣。建筑是静止的，冰雪又赋予了这一建筑无比的灵性。冬天有哈尔滨的华彩乐章，冰天雪地里，尘世的喧嚣一下子被阻隔了，剩下的只是历史的凝固和雍容的厚重。圣·索菲亚教堂就像是一首古老的诗，伴着鸽子翻飞的翅膀，在黄昏的哈尔滨城市上空吟诵着。

兆麟街上的车辆依旧拥挤；透龙街上，一对对情侣相依而过，一派温馨祥和。圣·索菲亚教堂就位于兆麟街与透龙街交会的地方，繁华中固守着一种庄重和宁静。圣·索菲亚教堂的对面就是哈尔滨第一百货公司以及哈尔滨最大的副食品商场，那是一座钢琴式样的建筑物，看上去颇为现代，恰好与一街之隔的圣·索菲亚教堂形成了强烈反差，一中一洋，一古一新。我是在年里到哈尔滨的，还没有过正月十五，人们还沉浸在过年的忙碌与喜悦中，我看到有一条大鱼被两个人从副食品商场里抬出来。鱼有多大？光鱼头就有一只面盆大小，这些鱼据说都是从松花江里捞上来的，听说还有二三百斤重的呢！

在进入圣·索菲亚教堂之前，我还专门跑到副食品商场里去看鱼，那些跟小船一样大的鲢鱼、大马哈鱼被摆放在柜台之上，真是令人大开眼界啊！

拍摄教堂最好的位置是在教堂广场四周的台阶上，可以拍到教堂的全景。教堂广场四周还有不少精致的冰雕作品，在黄昏里，冰雕作品散射出金属一般的光泽。据说这里在夏天的时候会有音乐喷泉，是市民休闲纳凉的好去处。

1903 年，随着中东铁路正式建成通车，哈尔滨迅速成长为中国北方一座很有国际影响力的国际化大城市，华洋杂处，商贾云集，东正教得到空前发展，兴建了许多教堂。当时的沙皇俄国东西伯利亚第四步兵师的士兵也坐着火车侵入了哈尔滨。沙俄为了稳定远离家乡的这支部队的军心，于 1907 年在哈尔滨破土动工建造了圣·索菲亚教堂，于是，一座颇具俄罗斯风格的全木结构的教堂落成了，用作第四步兵师的随军教堂。由于教堂的规模不能满足信徒日益增长的需要，1923 年 9 月 27 日，圣·索菲亚教堂举行了第二次重建奠基典礼。经过长达九年的精心施工，1932 年 11 月，这座宗教建筑精品终于竣工落成。建成后的教堂全高五十三点三五米，占地面积七百二十一平方米，教堂外观富丽堂皇、典雅脱俗，是欧洲拜占庭式建筑的典型代表。

圣·索菲亚教堂气势恢宏，精美绝伦。教堂的墙体全部采用清水红砖，上冠巨大饱满的圆形穹顶。正门顶部为钟楼，七座铜铸的乐钟所代表的是七个音符，训练有素的敲钟人手脚并用，可以敲打出抑扬顿挫的声音。

这巨型的圆形穹顶无疑是典型的俄罗斯建筑的屋面形式，圣·索菲亚教堂的篷顶以主穹顶为轴心，分布于主穹顶的前后左右四个"帐篷"，大小不一，装饰十分精美，与主穹顶形成了主从结构。东正教与基督教的十字架有所不同，东正教的十字架上方有一处平行略短的横杆，下方有一处倾斜的横杆。"文革"时期，圣·索菲亚教堂曾遭到破坏，致使教堂主体伤痕累累。

改革开放后，哈尔滨人花巨资将圣·索菲亚教堂恢复了历史原貌。被称为中国"教堂建筑艺术博物馆"的哈尔滨迎来了一个崭新的圣·索菲亚教堂，它翻修后被命名为哈尔滨市建筑艺术馆。教堂内已没有了牧师与教士，内部陈列多是哈尔滨的历史图片和文字介绍。教堂周围开辟为休闲广场，总面积六千六百四十八平方米，具有中世纪的建筑风格。地面以花岗岩为主，广场南北两侧设有块状绿地，广场内的每一处景物，大到广场绿化树木，小到座椅、围栏，都采用欧式风格设计，与教堂相辉映，具有浓郁的欧陆风情。

在寒冬，黄昏在哈尔滨停留的时间非常短暂，从圣·索菲亚教堂出来，天已经暗了下来，只有不多的阳光还停留在圣·索菲亚教堂的上方。不知从哪里传出清脆的鞭炮声，给寒冷的天气带来了阵阵年味，回首仰望，圣·索菲亚教堂古老的暗红色墙体与周围居民楼窗玻璃上贴着的鲜红吊钱儿交相辉映，看上去是那样和谐，那样安详。

辑五：没那么多人注意你

"管理"自己

　　我是从什么时候开始变胖的？已经记不清了。当然，我的胖，在许多人眼里或许还算不得"真胖"，但我自己清楚，我已经比十年前多出了至少十公斤。好在我倒没有因此为自己的身体感到焦虑不安，因为在我的印象里，男人到一定年龄胖一点亦属正常。我当然知道身体发福对一个人健康的危害，却还是总爱和人抬杠说："瘦子难道就不得病吗？去医院排队挂号的瘦子也不在少数啊！"真正令我开始变焦虑的倒是人们对某个人身材的衍生看法。就比如你身体发福了，那就说明你没有做好身体的"自我管理"，至少是没能做到"管住嘴、迈开腿"，而之所以你管不住自己，原因说来也简单，那便是你还不够自律。

　　我们每个人的身体，貌似是属于我们自己的，实则却难说真正是属于我们自己的。它不光属于你的家庭、你的爱人和孩子，也属于你服务的工作，属于你追求的事业。但在当下，我发现，我们的身体更"属于"他人的目光，属于外界对我们身体的社会化检视——一个体型不够"标准"的人不仅与"美丽"无缘，而且会被认为是一个缺乏自我管理能力的人。

　　我曾想给自己订一个饮食计划，比如每天摄取多少克蛋白质、获取多少卡热量，但想想还是算了，你可以说我不自律，但我却觉得，任何标准化饮食配伍都是针对群体的，其实每个人都是不同个体，保持身心愉悦比保持体型理论上更重要。我的一个朋友曾被生拉硬拽去听过一堂免费"减肥课"，之后每天都会接到打算卖给他减肥药的人的电话，就连新开业的健身中心都不知道如何搞到了他的电话，他对我说："我感觉全世界都比我自己更关注我的身体。"

中国与世界一样，同样经历过"以胖为美""以瘦为尊"的不同阶段。在中国古代，也不仅是在唐代，包括宋元时期，一个人胖，往往会得到他人的尊重，女人更是以丰腴为美。在欧美中世纪，胖意味着健康、富有和权力。这其实也好理解，在中外历史上，频繁的饥荒和战乱导致人的温饱都成问题，只有官僚和富人才能"敞开了吃"，而人们本能会向往那些拥有权力且过上富裕生活的人。

记得上学时，有篇课文写到英国作家萧伯纳身材瘦长，在某次晚宴上，一位身体肥胖的富翁嘲笑他道："萧伯纳先生，一见到你，我就知道目前世界上正在闹饥荒。"而萧的回答无疑透着机智，他说："一见到您，我就知道这世界上的饥荒是如何造成的了。"

同样的例子还发生在安徒生身上。安徒生常戴一顶破旧的帽子，有一次，一个肥胖的富翁嘲笑他道："你脑袋上的那玩意儿是个什么东西，能算是帽子吗？"而安徒生毫不客气地回敬道："你帽子底下那个玩意儿是什么东西，能算是个脑袋吗？"

而在塞万提斯笔下，堂吉诃德是个"年近五旬，体格健壮，肌肉干瘦，脸庞清癯，每天起得很早，喜欢打猎"的贵族，换言之，堂吉诃德是个瘦子。而跟着他四处游荡的农民桑丘是个胖子，不仅出身贫寒，而且目光短浅。桑丘的最大功用是每当堂吉诃德陷入伟大的、带有理想主义的幻想的时候，胖子桑丘就会毫不留情地戳破这一被理想主义包裹的泡泡——那不是巨人的胳膊，那只是个风车；那是群羊，不是全副武装的军队……堂吉诃德无疑是理想主义者，重精神，口腹之欲非其所好；而桑丘重世俗，被塞万提斯描写成"馋鬼、饭桶"，是衬托堂吉诃德"高大形象"的。

我就不解，为何在萧伯纳与安徒生那里，他们捋的富翁是胖子；而在塞万提斯这里，农民桑丘也是个胖子，这难道就不是一种"脸谱化"吗？这些人为什么就不能是瘦子呢？

我小时候，身边有好几个绰号叫"胖子"的同龄孩子，在我印象里，他们有个共同特点——憨厚，即使常被人取笑，也不恼。而在那个年代，家家吃的东西都差不多，谁想多吃一块肉也不易，他们的胖怕是只与遗传基因相关。

说起来，我倒是更喜欢法国大作家左拉的"减肥方式"，他是用改变生活环境来"重塑自我"。他从繁华的巴黎来到乡下隐居，每天半天写作，半天参加农耕劳动。一年多时间，他的体重就减轻了近二十五公斤。

但问题来了，我们有多少人有勇气像左拉一样，放弃大都市繁华的生活与体面的工作，去乡下做一个与自然和泥土对话的农民呢？

爱情戏码

小时候生病吃药，每一回都要被大人哄半天，实在不行，就给块糖，或是答应个条件，比如买个玩具啥的。后来上学，老师奖励学生的方式，起初是小红花，后来是笔记本。再后来我写小说，记得有一次一位编辑对我说："如今的读者没耐性，要是写到第三段还没进入情节，要是写到第三页还看不到爱情戏码或是跟情感有关的事儿，人家就不看了。"于是我明白了，在文艺作品里，"爱情戏码"就代表了喜闻乐见、脍炙人口、雅俗共赏。

我有个编剧朋友，甭管什么题材，只要到他手里都要加入爱情桥段，否则制片人那通不过。而且在他编剧的作品里，失恋或者爱而不得占到了百分之八十。为啥？据说是为了迎合观众心理。有情人终成眷属固然不错，但失恋与爱而不得却会令人印象深刻。

虽然我对编剧心理学了解不多，但我知道，最早的评书艺人多半文化程度不高，讲的"书"皆是经口耳相传而来，有蓝本，但会根据观众、听众的需求随时"修改""加戏"，倘若来听书的女性居多，那么被加的一定有"爱情戏码"。

《水浒传》里的女性人物就那么几位，潘金莲、潘巧云都涉淫邪，也就只剩下扈三娘与顾大嫂了。有文艺作品专门演绎了"矮脚虎"王英与扈三娘的爱情。戏中宋江把扈三娘许配给王英，当时的扈三娘家人都已丧命，她除了待在梁山，也没地方可去，再加上失去亲人的痛苦，她急需一个可以依靠的男人。而王英正好是那个最合适的男人，他对扈三娘婚前是爱，婚后是宠爱，二人恩爱有加。征方腊时，王英战死，扈三娘为夫报仇，不幸被郑彪抛出的"金砖"击中，追随夫君而去。

《三国演义》原本是男人的表演舞台，但里面有限的几个女性都没闲着，有关貂蝉与董卓、吕布的三角关系，孙权的妹妹孙尚香与刘备的爱情，就连赵云都险些与桂阳太守赵范的嫂子樊氏发生牵葛。换句话说，一部戏，倘使里面没有爱情戏码穿针引线，就像菜肴里少放了最重要的一味调料，少了好几层的滋味。

中国古代朝代更迭，从来都充满血雨腥风、尔虞我诈，但所有政治、权谋、大历史，都会被一些文艺作品消解，变成了很多人喜闻乐见的爱情戏码。而在这些爱情戏码中，有感天动地令人唏嘘不已的，也有因爱误国而丢掉江山的。比如《封神演义》里人物众多，许多人记住的却还是妲己跟商纣王的那点事儿，虽说原著里将女人污为红颜祸水，但在电视剧《封神榜》里，纣王与妲己仿佛是真心相爱，妲己倒像是红颜薄命。

当年说李隆基因爱杨贵妃而误国，其中重要一条证据便是杨贵妃爱吃荔枝，为了杨贵妃这一爱好，不惜每天八百里快马加急往长安运送新鲜荔枝。可实际上呢？在唐朝初年，岭南就已给朝廷运送荔枝了，早形成惯例。为何偏杨贵妃爱吃就成了罪状？自然与唐代诗人们对杨贵妃的厌恶有关。说杨贵妃吃荔枝误国，实则是想说红颜祸水。而且后来的考古发现，唐代时四川盆地便产荔枝，杜甫与蔡襄也都认为荔枝是从四川运来的，并非岭南。

曾在现场看过孟京辉导演的舞台剧《爱在歇斯底里时》。这部剧改编自莎士比亚的《仲夏夜之梦》，却是完全颠覆性的改编——人性和欲望都改变了原剧走向，备受瞩目的男神对女主死心塌地，高高在上的女王对男主俯首帖耳。是神秘的魔法，还是新型的科技，让所有人都歇斯底里地表达爱意，丢掉原有的尊严和矜持，只为了去大胆示爱？热闹、燃爆、爆笑、脑洞大、先锋范儿十足是这部剧的特点，而且小剧场座位无死角，互动容易，情绪同频。但我当时想到的却是另外一个问题，那就是艺术作品里的爱情戏码如此大胆热烈，但现实生活中的爱情戏码为何相形见绌呢？

没有时间恋爱抑或不好意思相互走近的青年男女，依旧把他们的恋爱主动权交给了自己长辈。长辈们也乐此不疲，他们像给自己找对象一样，在公园的"相亲市场"仔细推敲着别人亮出来的牌子上列出的条件：年龄、身高、长相，政府机关还是事业单位，是否有车有房，工资收入多少，而所有这些条件却都不包含男女双方之间是否能相互"来电"、产生爱情。

外在以及物质条件对于爱情来说，的确重要，门当户对也有利于婚姻。可是，放眼所有经典的文艺作品，哪一部上演的不是"没有道理的爱情"，不是无比动人，让人唏嘘，或没有结果或有情人终成眷属的爱情戏码？这说明什么？说明在所有人内心深处，都在希望这世上有更多因爱情而走到一起的婚姻，都在希望还有一种感情没有被金钱和世俗所玷污！

80年代的诗人及其他

80年代的诗人

我很小的时候也写过诗。十八岁的时候花钱订的第一份刊物是《关东文学》。那是吉林省辽源市文联主办的一本地区级刊物,却一度红得发紫。我订阅它的原因起初只有一个,因为上面发表的诗歌厉害——陆忆敏、宋琳、王寅、郭力家、大仙、李亚伟这些名字我就是从《关东文学》上知道的。但我与这本刊物发生联系的却不是诗歌,而是小说。在我订阅这本杂志的转年,我的小说《屋顶上的猫头鹰》上了《关东文学》的"头条",而在同期刊物上,我又知道了韩东、默默、黑大春、京不特这些诗人的名字。20世纪80年代中后期到90年代前期,吉林是中国的诗歌重镇,因为有《关东文学》在,因为有《作家》在。

我一直喜欢陆忆敏的诗,也喜欢宋琳和王寅的诗。所谓爱屋及乌,由喜欢他们的诗到关注到他们的生活。于是知道陆忆敏是王寅的女朋友,而陆忆敏的家则在上海的东安新村,而我在二十岁之前,在上海东安新村的姑姑家曾住过较长一段时间,不知道是否在东安新村的街巷里曾偶遇过她。

搞不清楚宋琳算不算是最早把保罗·策兰写进自己诗歌的中国诗人,这源于他娶了一个法国外交官太太,很早便得以到巴黎生活;宋琳后来又专门到布宜诺斯艾利斯去写有关博尔赫斯的诗歌。而陆忆敏据说早就不写诗了，翟永明后来说到陆忆敏："难得见到有陆忆敏这样清明透彻的人，你为她的天赋才华扼腕叹息，她却并不在意，这样浪费自己才华的人也许才是在写作上最没有野心也最为超脱的人。"陆忆敏把她的才华和野心都留给了 80 年代的文学。

作家格非曾说起自己熟悉的诗人宋琳。格非说那时候只要宋琳道一声"我喜欢温柔的"，转天华东师范大学的女生一定就都走上了温柔路线，可见当年宋琳所代表的诗人们在华师大的影响力。上学时听过宋琳讲课的作家毛尖写文章回忆道，宋琳"从学校前门走到后门……要跋涉一上午，路上得遇到多少姑娘和诗人，目标得多少次被延宕、被改变"！那个时候实际上也不只宋琳，从南到北，诗人们看似纯粹的精神追求以及其波希米亚风的生活方式都被肯定并推崇。

我不愿意把如今或自诩，或被某些组织认定甚至"制造"成诗人的人，拿来与 80 年代的诗人们去做比较。因为思维方式与精神气质都不同，至少从感觉上来说，80 年代的诗人似乎更像诗人，90 年代的诗人有点儿像诗人，之后的诗人都像什么呢？我也说不好。

茨维塔耶娃说："所有的诗人都是犹太人。"这话的意思是指诗人有相近的心灵、相近的命运，带有某种天生的"苦难性"与"神圣性"。没错，真正的诗人是能够从彼此身上感受到自身的命运、自身的另一种存在的。

消失于时间河流里的文学刊物

上面提到了《关东文学》，这本刊物在当年曾经红极一时。它应该算是国内率先拿"通俗"来养"纯文学"的刊物。《关东文学》的下半月"通俗版"曾经卖到近百万册，这才有了其上半月的国内先锋文学重要阵地的位置，除却上文提到的那些诗人，像洪峰、述平、朱大可等人最早也是《关东文学》的重要作者。但《关东文学》后来并没有消失，它至今依然存在，只是变成了辽源市文联的一本"内刊"。

更多我年少时曾见到甚至收藏过的文学刊物已经消失在了至今似乎并不太久远的时间河流里。

比如黑龙江的大型文学刊物《北疆》，吉林的大型文学刊物《新苑》，辽宁的大型文学刊物《春风》，山东的大型文学刊物《柳泉》，福建的大型文学刊物《海峡》，四川的大型文学刊物《峨眉》，新疆的大型文学刊物《天山》，广西的大型文学刊物《漓江》，江苏的大型文学刊物《青春》文学丛刊，广东的大型文学刊物《虎门》，中国青年出版社的大型文学刊物《小说》，中国工人出版社的大型文学刊物《开拓》，昆仑出版社的大型文学刊物《昆仑》，等等。还有一些月刊，比如北京的《丑小鸭》，浙江的《东海》《文学青年》，广西的《柳絮》，湖南的《新创作》，陕西的《长安》，贵州的《花溪》，安徽的《希望》，河北的《女子文学》，等等，也都是曾影响一时、惠及一方的文学创作。

我认为最可惜的应当还是丁玲、牛汉主编的《中国》。这本刊物对中国文学"新生代"的崛起功不可没。它创刊后即发表了遇罗锦的散文，北岛、马高明等人的诗歌，马原、残雪、格非的实验性作品我最初也都是从《中国》上读到的。可惜这本刊物只存在了不到两年，好像最初是刘绍棠退出编委会，其他编委先后退出。牛汉撰写的《中国》终刊词引用了一位诗人的诗句："我要这样宣告，我们无罪，然后我们凋谢。"

刊物推人

"刊物推人"是一个很现实的问题。

有的人写过很多作品，发表过很多小说等不同体裁的文学作品，甚至，还出版过许多看上去很漂亮的书籍。但把他放在全国文坛的盘子里，他的名字依旧显得陌生——"好像听说过"，又"好像没太听说过"，是很多作家曾有抑或正在进行的遭遇。

个中原因说来话长。但有的人却只是在一两家刊物发了小说，年轻轻的在圈内便有了比较高的知名度，外界对其的待遇倒像是对待一个大作家的礼遇，至少，也是将其看作一只足够抗风险的潜力股，某些人似乎已经料定，当下对某某作家的投入未来必定会有加倍的回报。

这里面，作品是否上了"名刊大刊"貌似是一种衡量标准，对判断一个作者写作水平高下多半有用。可"名刊""大刊"上所发的作品一定优秀吗？答案是"不是"，但这并非重点，重点是既然能上"名刊""大刊"，想必能说明一点问题。

当然，也不是上了"名刊""大刊"就真能咋样，至少要因人而异，如今这个文学时代很残酷，写东西最关键的还不是要写得好，更重要的是要在写得好的后面，接下来绝不能写得少，否则被快速遗忘就是大概率。

有人觉得"刊物推人"就是发作品，显然想得简单了。如今的"刊物推人"，发作品、配评论只是"标配"而已。有经济实力、有充足拨款的刊物，更多的是体现在搞活动方面。有些作家各种活动他从不缺席，各种会议他都有发言，各种年选他"一个都不能少"，并且常有与文学圈各路大腕同会、同席、同采风的机会，这样一搞，作品好坏只是一方面，就凭其北上南下的忙碌劲儿，想不出头也难。

大家都耳熟能详一句话，"作家最终还是得拿作品说话"。这话什么时候说都没毛病。但当下的文学现实是，作家的作品固然重要，但有些作品或许百年后才会被认定为经典，别说是一百年，十年也太久，作家成功必须只争朝夕啊！

没那么多人注意你

计划经济时，物质相对匮乏，那时城里人不是住大杂院就是住胡同，家家都是一间屋子半拉炕，谁家包饺子剁肉馅，谁家炖肉熬鱼，瞒是瞒不了的。门可以关上，味道关不住，想不让人注意也难。那时关注点少，人们注意力集中，一条胡同谁家小子第一个穿喇叭裤，哪家丫头头一个穿超短裙，人们都会当个新鲜事儿念叨好多天。20世纪80年代初，广告刚开始兴盛那会儿，"苹果"牌牛仔裤曾风靡一时，有人买不到"正版"，就拿红布剪了个苹果图案缝在屁兜上，走在街上倒是引起不少人注意，注意的倒不是别的，而是那只"苹果"剪得里出外进，像被好多人啃过。

记得多年前，有个朋友打电话告知我，当天的报纸第二版最下方的一条消息里人名排序排错了，他的名字被排在了另外两人后面，"乱了规矩"。这事儿如果他不四处告知，我相信不会有人注意。因为根本没那么多人注意他，且不说是张发行不过万的行业报，即使是大报，看第二版报纸屁股消息的能有几人？而且一个行业协会理事排名，在意"排名先后"的又有几个？但我还是很认真地回答他道："没事儿，下次让编辑改过来就完了。"

曾经有几年，因常写文章，我被问起的第一句话往往是"稿费多少"。而当我如实回答后，对方就会露出复杂的表情，接下来的话便是"弄这玩意儿干吗，点灯熬油又不赚钱，而且还耽搁仕途，关键是你写这么多谁又会注意你"。

"谁会注意你"，这句话也可置换成"有什么用"，可这世上总不能只留当官一条路走，如不做无用之事，又何遣有涯之生？做自己喜欢的事，是对生命负责。而至于有没有用、有没有人注意你，那是另外一回事，与我们有关，当然亦无关。

意大利有句谚语是说威尼斯那地方有"毒"，意思是在其他地方火爆的事物，到威尼斯就变得无声无息。1913 年 5 月，美国大诗人埃兹拉·庞德来到威尼斯，彼时他的诗在伦敦、巴黎、罗马文学圈皆引起巨大反响，然而在威尼斯，似乎没人拿他当一位著名诗人看待，他所住宾馆的服务生更是没对庞德多看一眼。这令庞德想起了他的前辈——美国著名作家亨利·詹姆斯，19 世纪 70 年代曾在威尼斯居住，而令詹姆斯懊恼的是，作为在英美已成名的作家，在威尼斯却没什么人包括媒体注意到他。这种懊恼，我能理解，但却并不认为庞德或者詹姆斯真的会拿这些当回事儿，他们多半只是调侃。

曾看到个视频——一个人头攒动的卖场，一帮保安手牵手连成人墙，护着个看不清男女的年轻人挤过人群，原来该年轻人是个"网红"，正在卖场做活动。近年来，我对层出不穷的"网红""小鲜肉"的了解基本源于他们因各种原因"出事"之后，而同时也了解到，这些我甚至连名字都没听说过的"网红""小鲜肉"竟然动辄身价就十几亿、几十亿！我不注意他们，当然不代表别人不注意他们，但还是想不通这些半大小子、黄毛丫头有何过人之处，能圈这么多钱。

著名登山家克拉考尔在他接触登山之前，是一名记者，文章有一定影响力，但他希望通过自己的登山之举来获取公众更广泛的关注。1996 年 5 月 10 日，克拉考尔成功登上珠穆朗玛峰峰顶并安全下山，然而就在他下山后数小时，十九名在他之后的登顶者在下山途中突遭局部暴风雪，其中十二人遇难。1997 年，克拉考尔将他的所见所闻写成《进入空气稀薄地带》一书，该书之后被翻译成二十余种文字，成为最畅销的登山书籍之一。在书中，克拉考尔旗帜鲜明地反对任何形式的商业攀登行为，同时他说，"8848 米与 8749 米的风光有何不同？我们是要给自己证明还是要引起他人崇拜？如果是后者，我劝你还是算了吧"。而另一位著名登山家马克·德怀特在他的《极限登山》一书中认为，人类最伟大的壮举就是生存，而其他都不是最重要的，"你登顶的光环实际上人们只会注关注它一会儿，最多一天"。

有位女性早已人到中年，却自觉天生丽质因而总难自弃，要么炫耀自拍"美人照"有多少人点赞，要么吐槽（炫耀）有多少人在微信上与她搭讪令她"不胜其烦"。即便去医疗机构排队打个疫苗，都能"邂逅"若干异性对她侧目甚至搭讪。她周围人往往顺情说好话——"是啊，是啊，谁让你长那么漂亮呢！"而我想对这种人说的却是：你如果不是老去注意别人，就没那么多人注意你。你如果不加对方微信，不和对方互动，谁也不会闲着没事儿跟你玩，记住，给回应就是给希望，谁也不会在看不到希望的情况下没完没了地撩你。

男人味

我小时候，有个词比较流行，谓之"奶油小生"。据说是起源于20世纪80年代初，彼时李秀明和唐国强一起拍电影《孔雀公主》。唐本就俊秀，一副白面书生的模样，加上演王子，更是一尘不染，绝对"小鲜肉"一枚，兼之爱吃奶油蛋糕，李秀明便唤他为"奶油小生"。之后，"奶油小生"一词便被用来泛指长相俊秀但阳刚之气却不够的小伙子，但亦并无贬义，与"娘娘腔"不可同日而语。后来日本电影《追捕》公映，高仓健名噪一时，一些人对高仓健的"膜拜"里其实就有对"男人味"的重新认定。

恐怕大家都知道"搔首弄姿"一词，但却未必了解这个词最先其实是用来形容男人的。《后汉书·李固传》记载，有人告李固在皇帝的葬礼上毫不悲伤，还在忙里偷闲地打扮自己，"大行在殡，路人掩涕，固独胡粉饰貌，搔头弄姿"，这便是"搔首弄姿"的来历。事实上，在整个汉代，男人化妆是比较普遍的，皇帝周围往往都是一些谙于装扮的美男子。曹操虽说给人留下的是一介莽夫印象，但曹操的儿子曹植以及养子何晏都是美男子，而且皆谙于化妆。《三国志》中记载何晏随时随地为自己"补妆"："粉白不去手，行步顾影。"这种风气一直延续到魏晋南北朝，颜之推在《颜氏家训》中称"梁朝全盛之时，贵族子弟，多无学术……无不熏衣剃面，傅粉施朱"，而"施朱"便是擦胭脂。这表明，在历史上，男人味未必就不是"脂粉味"，至少曾包含过脂粉味。

在2018年之前，说实话，我从未关注过口红，也不知李佳琦何许人也。他最火时，曾经有人说，李佳琦展示了网络时代别具一格的"男人味"。这个一边涂着口红，一边夸张地叫着"OMG"的男生，像如今娱乐圈大量"小鲜肉"一样，实在让我无法将他们与"男人味"这一词联系到一起。哪怕李佳琦是所谓"淘布斯"排行榜收入前三达人，哪怕他一条十几秒"OMG视频"就卖五十万，哪怕他直播五分钟就能售出一万五千支口红……

爱美之心人皆有之，女人喜欢看漂亮男生也很正常，但我以为，看男人一定要仔细评判后综合打分。法国天才诗人兰波，公认美男一枚！金发碧眼，窄脸尖下巴，莱昂纳多在电影《心之全蚀》中饰演的兰波迷倒了无数女人。但令兰波名垂世界文学史的不是他的容貌，而是他短暂的一生给这世界留下的那些不朽的诗句。同样，拜伦也是美男子，但颜值只是他的表象，散尽千金的拜伦为了希腊人民的解放连生命都献出去了。兰波与拜伦的成名，不能说毫无颜值加持，但所占比例有限，他们的"男人味"更多还是与其他方面相关。

男人味与成熟相关：稳定的情绪，大度的胸怀，丰富的阅历，不偏激，不抱怨，不消极，永远追求进取；男人味与责任相关：不逃避，不敷衍，不盲从，不瞻前顾后，忠于初心，敢于担当；男人味与智慧相关：有思想，有谋略，有缜密的思维，有准确的判断，有敏锐的嗅觉；男人味还与血性相关：有男人味的男人必定是有血性的男人，血性，是勇气、果敢、正直、正义感的综合体现，也是雄性本身的力量和永不气馁、绝不服输的精神。

事实上，与女人同样，男人光靠相貌是立不住的。比如潘安，因为长得好看，乘车上街，不管是年轻貌美的姑娘还是已有家室的妇女都会投送水果给他。但中年后的潘安趋炎附势，依附当时权倾一时的贾氏集团。长得好看，又会写文章，据说便被贾氏集团的"掌门人"荒淫女人贾南风给看上了，宠幸之余，参与了陷害太子的阴谋。但风水轮流转，之后上台的司马伦把贾氏集团一网打尽，潘安也因深陷其中被诛了三族。民间至今都有一种说法，潘岳（字安仁）因传说其曾侍奉过中国历史上最荒淫、最无耻的皇后贾南风，德行操守实在当不起这个"仁"字，因此后人便省略一字，只称其"潘安"。所以说，一个男人即使颜值再出众，也不能成为其安身立命之本，因为说到底，男人要有男人的样子，脸蛋终究代表不了"男人味"。

仪式感

我年少时，男女结婚很少有去酒店的，多半是在自家宴客，桌椅板凳、碟子碗筷都是从四邻借来的，不豪奢，却温暖。如今结婚，典礼早已从酒店大堂挪到了户外草地。这种通过一系列繁复程序构建的仪式感，辅以亲朋好友的见证和祝福，可能会让新婚夫妇产生强烈的情绪体验，他们认同了新身份所赋予的意义，对各自的身份感到更有责任。但仪式感强，是否就说明爱情能够地老天荒？未必！当初结婚没啥仪式感的男女多半都能白头到老，而如今的离婚率，即使有"离婚冷静期"的保驾，依旧比原来高出许多，回头再看先前那极尽奢华的"仪式感"，便有些滑稽，未免过犹不及。

1908 年，法国人类学家范热内普在其《过渡礼仪》一书中，首先提出了"仪式"的概念："每一个体的一生均由具有相似开头与结尾的一系列阶段所组成：诞生、社会成熟期、结婚、为人父母、上升到一个更高社会阶层、职业专业化，以及死亡。其中每一事件都伴有仪式，其根本目标相同：使个体能够从确定的境地过渡到另一同样确定的境地。"在作家圣·埃克苏佩里的《小王子》中，小王子在驯养了狐狸后，狐狸对他说："你每天最好在相同的时间来。……如果你随便什么时候来，我就不知道在什么时候该准备好我的心情……应当有一定的仪式。""仪式是什么？"小王子问道。"这也是经常被遗忘的事情。"狐狸说，"它就是使某一天与其他日子不同，使某一时刻与其他时刻不同。"

中国人历来注重仪式感，古人遇到旱灾会敬雨神，遇到洪灾会敬河神，都有一套繁复且庄重的仪式，并希望通过这些祭拜仪式，获得神灵庇佑，背后有人们渴望安宁、丰衣足食的愿望；而古代将士出征打仗前会夜观星象，择良辰吉日出发，也希望通过这样的仪式来获得庇护，取得胜利。心理学家认为，这些都属于自我暗示范畴，是"相信"，相信"仪式"可以帮到他们，相信"仪式"让他们变得更有力量，甚至刀枪不入。《三国演义》这部书，倘若没有刘关张仪式感满满的"桃园结义"，也就缺少了后面许多精彩的戏剧冲突。

在没有微信朋友圈甚至没有网络的年代，许多事往往微不足道，如今却变得与众不同，比如在平常事前面加上前缀定义，如"今秋捡到的第一片落叶""2021年的第一场雪"等等，隔着屏幕都能感受到满满的仪式感。拍照一秒钟，摆盘一小时，为的就是要拍出满意的照片发朋友圈……这些行为，虽不能改变生活本质，但它们都是生活的绳结和符号，为人们日后的无数次回想提供了契机。

村上春树在他的《村上广播》一书中提到，自己做不同的事情，要听不同的音乐——"一个中年汉子独自在厨房切牛蒡丝时，不适合听《红辣椒》，《天空领航员》也不合适。不管怎么说，这时非 Neil Young（加拿大摇滚歌手）莫属。做香菇拉面时适合听 Eric Patrick Clapton（英国作曲家）、煎肉饼时只限于听 Marvin Gaye（美国歌手）。"并且还在文章中注明，"这篇小稿是一边听《莫扎特初期弦乐四重奏乐曲集》，一边写的"。

我年少时喜欢读陆文夫先生的《美食家》，对小说主人公每天赶早去吃"头汤面"印象深刻。"头汤面"吃的就是一种仪式感。在陆文夫笔下，苏州人吃一块肉，也因了节令不同而吃法各异——谷雨时节配新采的春笋，与咸肉一起煲汤，谓之"腌笃鲜"；樱桃熟了便做樱桃肉；夏日摘了荷叶做成荷叶粉蒸肉；秋天是产霉干菜的时节，梅菜扣肉当仁不让；而到了冬日，便要做外甜里咸的蜜汁火方……如此对生活的仪式感，不仅有生趣，更孕育着无穷生机。

朗读亭是电视节目《朗读者》面向大众开设的流动录音棚，借助火爆电视节目与线下朗读亭的设立，让朗读这一古老阅读方式重新时髦起来。上海图书馆设立的朗读亭外的排队时长最火时曾达七小时左右，无疑为读书罩上了某种仪式感的面纱。我对红火一时的"电视朗读"节目无异议，但我对线下朗读亭的设立不以为然。这种带有仪式感的读书方式只是满足了某些人喜欢找热度、追寻仪式感的心理，当热度一过，多数人便抽身而去，奔向下个热点。对很多人来说，他们似乎需要某种噱头，才会想起阅读，三分钟一过，当人们走出朗读亭，仪式感结束，许多人紧盯的依然是手机屏幕，而看纸质书的基本上还是原来那些喜欢看书的人。

　　但我们的生活的确是需要某种仪式感来"加持"的，未必是在某个特定的日子或时刻，更多的其实是我们对待生活的态度。每天认真工作、学习或者健身，都是一种让自己和自己的生活变得更好、变得与众不同的途径，用某种仪式感"纪念"一番，不是做给别人看，而是在为自己加油。

别人家的孩子

　　看奥运竞技，让许多人再一次领教到"别人家的孩子"的厉害。本是十几岁的读书年纪，却已在奥运赛场上冲锋陷阵，为国家摘金夺银了。这还不是主要的，因为在奥运冠军的荣耀之外，更有名模、学霸、高分被世界名校录取……甚至还能保证十个小时的充足睡眠等各种光环及热门话题所加持。这不是"别人家的孩子"又是什么？反正自己家的孩子做不到。

　　如果说奥运冠军的出现毕竟是百万人之一的概率，缺少可比性，那些上电视相亲节目的人应该是属于我们普通人当中的一员吧，但是我发现，他们依旧属于"别人家的孩子"范畴。看一档很火的电视相亲节目，发现很多男青年都是三十岁之前就自己创业，不但有车有房，有的甚至身家过亿。如此众多的有为青年都是从哪里冒出来的呢？按说我也一把年纪了，怎么身边就没有几个这样的青年才俊？当然，我碰不上，不能说明他们就不存在，也有被我碰上的"大神"。当年我在鲁迅文学院上学时，我的同学里就有每天原创一万字的，令我瞠目结舌，因为我虽然从年少时就喜欢写作，但经常一天能写一千字就算不错的了。后来，同学又带我去见了几位在网络文学界风生水起的"大神"，竟然都是日更两到三万字的主儿，简直让我佩服得五体投地，因为我知道，即使让我每天光闷头敲字，是否能敲出两到三万字来都是个未知数。同时我也明白了，他们是属于"别人家的孩子"系列。

　　说到"别人家的孩子"，据说他们是一种你无论如何都超不过的"生物"，无所不能，并随时随地被人拿来和你比较。他们是"优秀"的代名词，是社会上最完美的那一批人。和他们比较，只能是自取其辱，即使把自己的优点和"别人家的孩子"缺点相比，也是望尘莫及，自惭形秽是免不了的。

有一位老师跟我相熟，他的孩子，小小年纪就入选了国际物理奥林匹克竞赛的国字号集训队，集训期间还坚持做数学奥赛题，其间请假参加国内数学奥赛获得金牌，因此又入选了数学国字号集训队。若不是规则要求不能同时参加，这孩子很可能会出现在两个学科的国际奥赛中，这种"别人家的孩子"，我们唯有祝福。

我小时候也经常被要求向那些"别人家的孩子"学习，作为妈妈口中那些层出不穷的"别人家的孩子"，他们就像神一般的存在，好像天生就不存在弱项，即使见缝插针地从其弱项开始追赶，并努力超越他们，我都做不到。但我又挺佩服他们，他们是怎么做到的？考试没一次失误，德智体美劳样样出彩，成为一个个堪称完美的人！我曾经特希望自己也能成为像他们一样的人，成为他人口中的"别人家的孩子"。

后来，我也成了父亲，也不自觉地把"别人家的孩子"挂在嘴边。我相信，中国父母之所以选择这样做，其初衷完全是为了孩子好；试图用此类言语比较来刺激、鞭策孩子，从而让孩子产生一种危机感。但我又隐隐感到有些害怕，我怕假如有一天孩子对我进行一次灵魂拷问："您看看别人家的爸爸赚了多少多少钱，开的是什么什么车！""您看别人家的父亲又带他去哪个国家游玩了。""再看看您，您就不能向别人家的父亲学习学习吗？"

有的"别人家的孩子"更不具有参考性。我认识一个人，整天让他家孩子学习拜伦，拜伦从小有残疾，可却成了大诗人；学习贝多芬，看人家贝多芬，耳朵都聋了还努力成了大音乐家；还有帕格尼尼，浑身上下没有好地方，却成为一代小提琴宗师……我对他说，身残志坚的确令人感佩，但你的孩子又不残疾，这种"别人家的孩子"不用刻意追求，就让孩子顺其自然吧。

《三国演义》中有三十几岁就指挥赤壁大战的周瑜，也有力斩夏侯渊、威震定军山、白须飘逸的老黄忠；金庸笔下有少年英雄杨过、令狐冲，也有活到老、玩到老的"老顽童"周伯通。一个人有没有出息，可以看一时，更要看一世。退一步讲，即使没有"大出息"，拥有平静内心，享受平淡生活，又有什么不好？

歌手荣素洁有一首在网上很火的歌曲，就叫《别人家的孩子》——

> 有人跟我说你为人低调还没脾气，
> 长得帅气、待人真诚、学习超有效率，
> 原来人们口中说的别人家的孩子。
> 就是你哦，就是你，
> 好不容易在这繁杂的人群里，
> 突然就对一个人莫名的感了兴趣，
> 可是别人家的孩子让我好有压力，
> 拿出所有勇气还是没法靠近你。
> ……

"没法靠近"，其实在我看来也是根本没必要靠近，就做你自己好了，在你力所能及的范围内，做最好的自己，比什么都强。

猜你喜欢

　　差不多从网络出现的那天起，便具备了某种"记忆"功能。很多年前，有人因为在网上搜索过一次美女图片，于是电脑每一次再开机就会不断自动弹出各色美女图片。那时我刚好在一家报社工作，一个编辑部就一台电脑，大家公用。记得有一回，一位姓白的老编辑刚把电脑打开，领导就进来了，领导指着电脑屏幕上蹦出来的美女图像说："老白还有这嗜好啊！"搞得一屋子人都憋不住了笑，只有老白指着电脑屏幕道："领导，冤枉啊！这电脑我认识它它不认识我，我才刚学会开关机，我怎么知道这些闺女咋就蹦出来啦！"

　　与其说这是最早出现的网络记忆，不如说这就是最早的一种"猜你喜欢"。时光虽说过去了二十多年，但有些事说来却是万变不离其宗，当某天我点开"某某头条"上的一篇写中国足球的文章，之后"某某头条"给我推送的便全是与足球有关的信息，而我当时点开看那篇文章的原因仅仅是因为文章的作者是我的朋友。

　　时代变得越来越多元，但人们的行为价值取向却变得越来越趋同。在各种网络交流平台上，大家发着同样的表情包，吐槽着同样的段子，转发着同样的"十万加"链接，看着同样的热门视频，点着同样的"网红"菜品。其中相当一部分原因其实是你下载的各种 App 基于大数据分析而来的"猜你喜欢"。而大数据分析依据说来也简单，主要靠标签积累，比如以往这个用户的 ID 是否购买过相似产品，最近这个用户都点开了哪些文章链接，等等。

我们相信大数据威力无限，我们更坚信科技无所不能。前一时，某网约车司机因为没有按照导航路线行车，造成女乘客毅然决然跳车，结果酿成悲剧。原因其实也简单，女乘客只相信智能导航，而男司机则认为既然可以抄近道就没有不抄之理。这种情况难说孰是孰非——相信智能导航推荐的路线没错，可新开通的路段并不能及时被规划进导航路线，这也是事实。所以我们要相信人工智能，但也要相信老司机的经验和判断。

猜你喜欢，猜你想看，猜你想听，猜你想搜，我们被不同网络平台猜来猜去，甚而还有什么"猜你一定喜欢"，不容置喙的架势令你自己都怀疑大脑是否被人"监听"了。而在"猜你喜欢"之外，微博上有"你可能感兴趣的人"，抖音、快手上有"你可能认识的人"，不一而足，其实也都是"猜你喜欢"的变种。

读书人爱看书，但多年的经验告诉我，畅销书未必有价值，卖得好未必书就好，可读书平台推荐给我的不是畅销书就是排行榜前几名的书，这总令我想起鲁迅先生在他的《读书杂谈》一文里说的话："我们自动的读书，即嗜好的读书，请教别人是大抵无用，只好先行泛览，然后抉择而入于自己所爱的较专的一门或几门。"有一段时间，平台即使推荐给我一本不错的书，我也拒绝收藏，甚至不会点开，因为就是不想让电脑数据觉得它已经"很懂我"了。

几乎每一位父母都曾是"猜你喜欢"的高手，孩子吃什么、穿什么、玩什么、学什么，父母都要越俎代庖，一句"你肯定喜欢"便有了四两拨千斤之效，在这方面，家长总是比各种APP表现得更"霸道"，甚至更"不讲理"。

去一家单位食堂吃饭，据说菜谱都是由营养师通过电脑人工智能"精算"出的，迎合了人们营养摄入和膳食健康的需求。比如宫保鸡丁、红烧狮子头、香菇油菜，每份菜品所拥有的蛋白质、脂肪、热量、胆固醇等都用数字标出来，还会提醒慢性病人哪个能吃、哪个可以浅尝辄止。说实话，我不觉得这样就好，就是所谓的"高大上"。毕竟买一份饭不像买一包烟，上面一定得写明"焦油量"和"吸烟有害健康"。当然，这或许也是一种"猜你喜欢"，但未免令人失去了吃饭应有的自主性与乐趣，矫枉过正了。

加拿大思想家埃里克·麦克卢汉在他的《媒介定律》一书中提醒，科技在今天有可能"锯掉"我们一只手，明天有可能"锯掉"我们的两条腿，而最后呢，则是"锯掉"我们的判断力和行动力，让我们成为"废人"。这并非危言耸听。没有了导航就不认得回家的路，没有了"猜你喜欢"就不知道自己该吃什么、该用什么，没有了外卖小哥就只能有一顿没一顿凑合……记住，技术永远是要被人操控的，不要让技术来操控人，我们在享受技术便利的同时，一定不能忘了自己生活的初心，更不能"自废武功"。

何为书生

因为甫一出生便随家人被下放到农村，因而我童年里印象最深的就是从土坯房烟囱里飘出的袅袅炊烟，是一眼望不到边际的麦田，还有就是每天傍晚时分，大队广播站定时定点转播的中央人民广播电台的"新闻与报纸摘要节目"，那应该算是乡下人获取外部信息最重要的渠道了。后来一点点懂事了，便发现农村人对下放来"接受贫下中农再教育"的城里干部普遍比较和善，甚至表现得很尊重，远要比城里人更尊重。

我父亲下放到农村前是一级翻译，精通三门外语，来农村前因工作需要经常会翻译整理国外的文字资料，所以文笔是不错的，求他写信的乡邻总是络绎不绝。乡下人貌似没有文化，生活又普遍捉襟见肘，却每次都会带来几个红薯、一把韭菜，甚至只是一枚生鸡蛋作为答谢。在同公社下放的还有几位书画家，我后来听说有不少农村的年轻人常去找这些人学习绘画和书法。

后来我长大了，才渐次明白，发自内心承认自己没有文化抑或缺少文化的人，要比对文化一知半解的人更推崇和尊重文化，"一瓶子不满半瓶子晃荡"的人往往总是会"无知者无畏"，甚至有可能反过来去打压真正的文化人，灭失有价值的文化。

话又说回来，有文化的人就一定掌握真理吗？或者说，有文化的人讲出来的话就一定是有道理的抑或正确的吗？回答当然是"不一定"。这令我也多少理解了，为什么历史上那么多次农民起义，领头的往往却不是大字不识一个的庄稼汉，而多半是落第秀才或是乡野遗贤。比如领导黄巾大起义导致东汉向三国时期过渡的张角，比如最终导致唐朝走向灭亡的黄巢，再比如严重动摇了清朝统治基础的洪秀全等人，他们都是农村的读书人，同时也都是落第秀才。

罗贯中在《三国演义》里称张角系乡下的一个"落第秀才"，有人提出异议，因为东汉末年并没有"秀才"一说，而科举制度也是在之后的隋朝才建立起来的。这其实是很多人的误区。"秀才"的确是科举制度建立后所使用的一个词，但是并非专门为科举制度所创造的一个词，"秀才"一词最早在春秋时期的《管子·小匡》当中就出现了——"其秀才之能为士者"，这是历史上第一次出现"秀才"一词，也就是说，"秀才"一词的出现比科举制度的出现要早了一千多年。

黄巢系山东菏泽乡下的一个才子，他的祖上是盐枭，到他这辈才喜欢上吟诗作赋。他五岁时便可与成人对诗，被四方称为神童，后养成恃才傲物的习性。但天不遂人愿，黄巢成年后几次应试进士科，皆名落孙山，《全唐诗》中收录了他的三篇诗作，其中两首都写得"杀气腾腾"。一首是《不第后赋菊》："待到秋来九月八，我花开后百花杀。冲天香阵透长安，满城尽带黄金甲"；另一首是《菊花》："飒飒西风满院栽，蕊寒香冷蝶难来。他年我若为青帝，报与桃花一处开。"说实话，我认为黄巢即使"高考"没有落榜，而成为执掌一方印信的官吏，怕是日后他也会成为像安禄山、史思明那般扯起反唐大旗的一路诸侯。据说黄巢最后一次应试不第，便在愤愤地写下了那首《不第后赋菊》后离开了长安，从此发誓不再应试，而是继承祖业成为一方盐枭头领，同时亦举起了反唐大旗。

明末的桂林地方官曹学佺曾写下了"仗义每从屠狗辈，负心多是读书人"的名句。其实这句话是在曹学佺不畏强权、秉公执法后写下的，有当时的特定背景。曹学佺本身就是一个读书人，而且非常博学，也非常有气节，在清军入关后自杀殉国。清代诗人黄景仁也曾写过一首叫

《杂感》的诗，其中有"十有九人堪白眼，百无一用是书生"的句子，这本是诗人自己怀才不遇的愤世嫉俗之作，但世人却只记住了"百无一用是书生"这句话，从此书生无用论开始流传于世，人们提到这句话时也总是语带贬义。

书生是读书人，而读书的目的是什么？我以为是充实自身，是潜移默化地回馈他人，是一步一个脚印地踏实做事，"穷则独善其身，达则兼济天下"。因为把是否能做官、是否金榜题名作为读书的第一甚至是全部目的，这才有了"百无一用是书生"的说法，因为倘使读书换不来官职与利益，果然也就只剩下个"百无一用"了。

情怀永远比技术更重要

　　读金庸的小说，你会发现里面东西南北那些有本事的大侠基本上皆师承有序，像孙悟空那般从石头缝儿里蹦出来的倒也不是没有，比例总是不高。而这些天赋异禀的高手虽尽得日月之滋养，却最终还需师傅点化方得打开江湖之门的密钥。我小时候，工厂里的技术工人都是跟着师傅学徒起步的，谁是谁的徒弟，不用说出口，凭一个学徒工干活时候的姿势就能瞧出他是跟谁学的。不过，"师傅领进门，修行在个人"，谁也不会跟谁一辈子，以后的高低厚薄还得凭自己。

　　照许多人的讲法，写小说也是一门技术活儿，想要入门，即使没有一位写作师傅在前边为你引路，该掌握的方法路数也是得学的。不过金庸当年写小说好像就没跟谁学过，并且之前金庸也没写过小说，他开始写武侠小说是因为自己的报社同人梁羽生写烦了，跑到内地去会朋友，他不顶上去报纸就得"开天窗"，因而只得硬着头皮写了，于是我们就看到了一位白胡子老头在塞外古道上所发的一大篇议论，这就是《书剑恩仇录》的开篇。照金庸自己的说法，一直到写完了这一大段议论，他才多少明白了自己接下来该怎么写。如此看来，这写小说好像也实在没啥神秘的。

　　当然，肯定会有人出来抬杠。因为金庸也好，梁羽生也罢，他们一辈子搞的差不多都是通俗文学范畴里的事儿，而通俗文学的路数与纯文学不一样。这让我想起当年梁羽生还有一入室弟子名叫杨健思，是打算跟梁老师学写武侠小说的，可后来还是没能写出来，退而求其次，去大学里做了教授，专门研究梁羽生的小说。如此说来，搞通俗文学、写武侠小说这事儿，也不是谁想来就能来的，要不然也不会有人讲"五十年才能出一个古龙"！

写《瓦尔登湖》的梭罗一直承认自己在写作方法上从另一位大作家爱默生那里受益良多；而王尔德当年则说他写东西系天生的本领，与任何人无关；写《北回归线》的亨利·米勒说从没人告诉他该怎么写，他写完全就是因为想这么写；而福克纳说他把自己的写作半径划定在约克纳帕塔法那枚邮票大小的地方是独创，可另一位大作家舍伍德·安德森却说他当年没少跟福克纳谈论小说的写法……不过，算算古今中外，总的说来文学多半还是作家需要自己练好内功的一门行当，作家会有在文学方面的老师，但这个老师往往影响到作家的只是思想乃至文学观，纯技术性的写作方法、技巧恐怕极少包含其中。因为说实话，每个作家的阅历不同、秉性各异，莫泊桑可以虚心向司汤达请教文学，但他估计永远也写不出司汤达那样的作品，后者亦然。这也就是为什么许多人认为文学写作是很难手把手进行传授的缘故吧！

科尔姆·托宾系爱尔兰当代著名小说家，而在其著名小说家的名号之外，他还有另外一种身份——美国斯坦福大学、普林斯顿大学、纽约大学、哥伦比亚大学、英国曼彻斯特大学等多所大学的文学与创意写作学教授。科尔姆·托宾有好几部作品被翻译到了中国，虽说只是薄薄的几本短篇小说集，但在文学圈内却具有不小的影响力。2015年年末，科尔姆·托宾在北京、上海、重庆、成都等城市为中国的部分作家以及文学爱好者讲授了若干场创意写作课程，并与毕飞宇、阎连科等中国作家进行了文学对话。依照某些圈内人士的说法，"虽然他（科尔姆·托宾）再三强调，课上分析的只是短篇小说写作的几种可能性，也许托宾在短短的时间内所展示的，只是关于写作的冰山一角，但也正是通过这样细致的描摹和反复品味，我们才得以越来越靠近写作的真相"。没错，科尔姆·托宾只是阐述了写作短篇小说的若干种可能性，但现场反响强烈，每次讲座皆座无虚席且一票难求，听者中有相当一部分系当下某些文学期刊正不厌其烦、翻来倒去、不惜版面重点推介的青年作家。

之前，我对科尔姆·托宾的认知仅停留在其《空荡荡的家》《母与子》等几本小说集上，算不上特别关注。没承想其在中国的文学圈竟有如此多的"铁杆粉丝"，而且他的"粉丝群"质量还很高，据说包括了王安忆以及苏童。几年前他来中国的时候，王安忆完全就像其铁杆粉丝一般，作为上海市作协主席的她，不仅大方地承认对科尔姆·托宾的推崇，在两人对谈时，王安忆甚至显得像是一名小学生那样，手握笔和本子，认真而又飞快地做着笔记，唯恐漏掉托宾嘴里说出的任何一句。说实话，我不认为托宾的那些个短篇小说十分出色，这也许与我的鉴赏能力和阅读时的认真程度有关，王安忆对他的推崇，与他作品的好或者是还好有关，但并非那种绝对关系，见仁见智肯定是一方面，再有，粉丝嘛，喜欢的理由常常比我们想象的要简单。相比于王安忆，此次与科尔姆·托宾对谈的毕飞宇似乎更谨慎一些，至少看上去他与这个给中国人普及小说该怎么写的爱尔兰人更像是"平起平坐"。

依照媒体的说法，此次，科尔姆·托宾在上海、北京等地的文学交流和对话活动之外，他还为国内写作爱好者带来了一道道盛宴：内容满满的创意写作课程。在写作课程中，科尔姆·托宾说："天才是无法被教授的，但如果有一个人已经具有这样的才华来到你身边，你就可以在很大程度上帮助他。"托宾认为，在天赋之外，写作是可以被教授的，就好像任何一门古老的技艺一样，天赋、兴趣固然重要，技巧和在知晓技巧后的不断打磨、练习和增进，更是写作者无法绕过的道路。写作就是一个编辑的过程，不可能一蹴而就。在一遍又一遍的重写过程中，作者将面临很多重要问题，比如某个人物为何要存在，他是否可以不存在？"所以我们在教授的过程中，要教会学生去编辑他自己写的故事。"

事实上，给作家办班、为作家科普文学常识这事儿我们并不陌生。早在 20 世纪 80 年代，国内就从南到北如雨后春笋般涌现了大量作家班出来，作家班嘛，按说应该与文学创作关系密切，而实则基本上都是一些"补学历班"，几乎没有传授具体写作技法的环节。中国的"创意写作"教学说起来应该是从 2010 年开始的，复旦大学、南京大学、上海大学、广东外语外贸大学等高校先后开设了创意写作专业，北京大学中文系 2014 年开始正式招收"创意写作"专业硕士研究生。而为了给各自的"创意写作"专业打响品牌，各个大学皆招揽著名作家来为其坐镇。比如复旦大学由王安忆负责该专业总体教学，同时聘请王蒙、贾平凹、叶兆言、余华、严歌苓、白先勇等作家作为其创意写作兼职教授，并逐步建立驻校作家的写作平台；南京大学则邀请白先勇、毕飞宇，甚至法国作家、诺贝尔文学奖得主勒·克莱奇奥等人担任客座教授；北京大学则请莫言、刘恒等来为其研究生上课……

当下中国纯文学期刊中比较活跃的一批青年作家，差不多都或多或少地有过接受创意写作培训的经历，他们的作品都很精致，他们的故事都比较生猛，他们进入与结构一篇小说的方式方法与前辈作家已经看出相对明显的分野，这当然不能成为评价其作品好坏优劣的圭臬，但多少可以昭示出这样一个事实，那就是作家看待和结构一篇小说的方式已经发生了变化。记得当年加西亚·马尔克斯的《百年孤独》中文版甫一面世，那个经典开头便成为中国作家争先恐后学习的榜样。但问题在于，那个时候的中国作家都是在盲目地学习外国作家的作品，谁"火"学谁，谁"另类"学谁，所以，甭管是萨特、卡夫卡、塞林格，一概被拿来，且不管拿来的是不是仅仅是皮毛。但如今的这些青年作家不同，创意写作使得他们懂得按照教程里的要件提示去结构小说、组织人物，题材不是最重要的，重要的是进入故事的语言节奏，这种写作小说的状态与当下西方创意写作专业培养出的作家越来越趋同，但这同时却凸显出另一个问题，那就是经过严格技术训练后的小说虽然变得更为精致、更加顺遂、更趋于"国际化"，但其视角同时也变得窄小，所承载的内涵也越来越有限。好像满桌下酒的精美小菜，但却独见不到一盘足以下饭的"硬菜"。

比如托马斯·卡莱尔就曾说："凡伟大的艺术品，初见时必令人觉得不十分舒适。"如果这话说得不假，那我不得不说，我们如今的许多小说实在是太流畅、太好读了，或者这样讲，都太像是一篇篇在教授的指导下反复修改而成的标准小说了。通篇没有硬伤，且其谋篇布局皆与国际接轨。但是，你却会从中看到伊恩·麦克尤恩的影子，你却会从中见到萨曼塔·施维伯林的影子，这些在中国创意写作课堂上被当作榜样的外国作家，事实上同样被某种技术化统领之后的同质化困扰着。

我相信技术化的写作训练对写小说的重要性，但我同时相信技术化之外的情怀与担当对于作家来说更为重要。衡量文学的标准，还是应该有通约的法则。鲁迅文学院高研班安排的课程比较丰富，但手把手教你如何结构并撰写小说的课程好像没有，至少我们那届没有上过。给我留下印象比较深的那堂课是陈丹青讲的，他当然不是讲文学，但与文学的关系很大。我觉得对于作家来说，情怀永远都比技术更重要。

美国人史沃普有一本名为《我是一支爱写作的铅笔》的书，主要是面对青少年写作人群的，具体介绍了青少年写作者进行创意写作时应采用的基本方法。在他的第一课里，他拿起一支铅笔说："这是一支魔法棒。我要写一个故事。"然后带领孩子在黑板上以最简单朴实的"很久"两个字出发，孩子们一起"词语接龙"一样呼唤出后面不甘寂寞的文字："很久很久以前……有一个老师名叫史沃普。有一天早上，他的班上来了一个新同学。"当孩子们大声喊出来太多词时，史沃普会引导孩子们挑选最奇特、令人意想不到的东西。所以接下去，这个"新同学"被设计成一只蟑螂："……老师说，我们来写一个故事吧，把你的铅笔拿出来。这些铅笔都像是魔法棒。这只蟑螂很惊讶，拿出铅笔对着老师挥舞……老师变成了一只青蛙！"在《我是一支爱写作的铅笔》中，史沃普教给年轻人的法宝是："当你不知道该写些什么的时候，只管下笔就对了。"三年的写作训练，成品是这本书和孩子们的作品集《树之书》。每一个在书开篇时对于写作无从下手的孩子，三年后逐渐学会了捕捉自己的内心、发现自己的天赋和才能，追踪和描述自己上天入地的思想。史沃普这本书所述的其实就是创意写作的来源和雏形。

美国作家约翰·巴斯曾不无调侃地说："他们（美国大学中的创意写作专业）大概总计输出了七万五千个专业'作家'。"据估计，在西方，创意写作专业毕业生在文学创作上的成功率差不多是百分之一，但这依然要比其他专业高。在美国，作为标准化学习模式，创意写作已经成为青年作家们的标准训练和共同实践。自从美国爱荷华大学创立第一家创意写作工作坊开始，至今全美已经拥有超过七百二十个创意写作系统，几乎都是由仍在创作的作家们担任教职，被称为"世界上从未有过的对当代作家最大的文学支持体系"。这个每年由政府投入数亿美金的巨型合作体，为美国今日的社会文化奠定了重要基础。创意写作教学的确培养了很多作家，其中包括理查德·耶茨、理查德·福特等，严歌苓、哈金在美国都曾就读于该专业。雷蒙德·卡佛成名后也曾在美国塞热库斯大学讲授过创意写作。

而在创意写作技巧之外，写作方式技术的演进同样值得人们关注。早在十年前，就有能够分类明晰、可以把写作素材组织到一起的写作软件出现。而日本人不久前开发出来的一款适合各类小说家创作的软件工具箱，对于无论是有经验的作家还是文学爱好者来说，都可以轻而易举地操作，软件中内含一个强大但使用起来简单的故事开发工具，可以显著地加速小说或剧本的创作和内容架构。同时能够帮助管理日常创作中所涉及的素材线索和创作主线，而在需要"帮助"的时候，软件甚至可以进入"自动写作"状态，来帮助写作者进行创作。

其实，甭管是创意写作教程也好，还是自动写作软件也罢，即使抛开后者所涉的法律及版权问题，我依旧十分怀疑它们可能只适用于某一种文学创作的类型。而比如像罗曼·罗兰史诗般的《约翰·克利斯朵夫》，比如像托尔斯泰的《战争与和平》，比如像普鲁斯特的《追忆似水年华》，比如像狄更斯以及左拉笔下的那一大批小说，技巧只能使得这些作品的格局变得非常狭小，而所谓技术更无法反映大时代社会的风雷激荡、小时代人心的波诡云谲。

有意思的是，当年英国人曾搞过一个"模仿格雷厄姆·格林小说大赛"，大作家格雷厄姆·格林自己只获得了那次大赛的第四名，而前三名都是毕业或正就读于高校创意写作专业的写作者。

在此次与科尔姆·托宾的对谈中，毕飞宇顺带着对部分中国读者提出了"不满"，尤其是在读长篇小说的时候，觉得他们太着急，总是以炒股票面对"牛市"的心情去读小说，"恨不得一开盘就涨停。一个上午把小说看完了有意思吗？没意思。它是需要慢的，有时候我们看小说不着急，让自己的心慢下来，正是小说的趣味"。毕飞宇的说法无疑是很有道理的，可是，我怎么觉得科尔姆·托宾所讲授以及其代表的创意写作恰恰是培养了某种急功近利和对慢的漠视呢？

话说"二代"

如今五十岁以上的人都听说个一个词，叫作"顶替"。那是 20 世纪 80 年代，实行"顶替"政策的单位，基本上都是国营和集体性质的厂矿企业，也有部分机关事业单位。"顶替"，就是父母退休或提前内退，让儿女顶替他们的工作资格。那时商品经济尚不发达，"待业青年"自谋职业的机会不多，再叠加大量下乡回城青年，此可算是彼时解决就业问题的一个良策。

但此类"顶替"顶的只是工作机会，却并非原工作岗位。比如就有干部子女当了工人，而工人子女也有可能会做干部。我就知道一个原电焊工的孩子，因为能写会画，"顶替"进厂后直接进工会当了宣传干部；而一个原厂党委书记的孩子因毫无专长，"顶替"进厂后则成了仓库保管员。这些"顶替"的年轻人当时被统称为"子弟"，但与我们当下所说的"二代"却不可同日而语。如今在所谓"富二代""官二代"之外，又有"文二代""学二代""演二代""画二代"等纷纷冒出来，人们以"二代"称之，原因在于他们往往"顶替"的都是一些"稀缺"岗位，占用的是"紧俏"资源，谁会盯着产业工人的"子弟"和种地农民的"二代"不放？

很多人爱读《曾国藩家书》，原因就在于这本书对今天的父母教育子女依然具有重要指导意义。

比如同治年间曾国藩写给曾纪鸿的信："凡世家子弟，衣食起居，无一不与寒士相同，庶可以成大器；若沾染富贵气习，则难望有成。"

曾国藩受封侯爵，曾纪鸿赴长沙赶考，曾国藩写信告诫："尔在外以谦谨二字为主，世家子弟，门第过盛，万目所属。……场前不可与州县往来，不可送条子，进身之始，务知自重。"

1938 年 9 月，当时的云南省主席龙云的女儿报考西南联大附中，结果落榜。龙云就让秘书长去找校长梅贻琦疏通。因梅贻琦主持西南联大得到过龙云许多帮助，二人关系很好。但秘书长为难地欲言又止，龙云发怒："你还不快去！"秘书长小声说道："我打听过了，梅校长的女儿梅祖芬也没被录取。"龙云立即不说话了，且从此不再提及此事，让女儿上了昆明一所普通中学。

1946 年，梅贻琦的女儿梅祖芬考大学，结果考分与清华分数线差了两分。同学劝她找父亲说说，梅祖芬摇头说："没门儿，想都不要想，我可知道这个倔老头！"她老老实实地选择了复读，第二年考上了清华外语系。

而在当年，除了梅祖芬，还有两位社会名流的"二代"落榜清华，她们是清华大学建筑系主任梁思成的女儿梁再冰、清华大学文学院院长兼哲学系主任冯友兰的女儿冯钟璞。梁再冰的妈妈就是林徽因，她认为女儿考卷判题有误，在考规允许情况下查看了梁再冰的考卷，证明分数没问题后，就再没说话。后来，冯钟璞在第二志愿南开大学外语系念了一年，1947 年以同等学力考上了清华大学外语系二年级；而梁再冰则到了录取分数略低于清华的北大西语系读书。

如今有许多画家、书法家，以办父子画展、母女书法展的方式，为"二代"尽快上位创造条件。不能说"二代"水平不够（有的水平不低），但要说个中没有"关照"的成分也不客观。

鲁迅先生在他的遗嘱中有言："孩子长大，倘无才能，可寻点小事情过活，万不可去做空头文学家或美术家。"据说这也是之前他常对许广平说的话。这话说得真好。鲁迅先生的孙子周令飞曾经回忆，他当年参军，在新兵连是最能吃苦的几个新兵之一，没想到离开新兵连居然被分配到卫生所，他问"为什么"，回答是"鲁迅先生原来是学医的"。后来又让周令飞写宣传报道，周令飞说，他最不擅长的就是作文，排长不信，说："你可是鲁迅先生的孙子啊！"没辙，便硬着头皮写，还是写不出来，一写就犯困，结果排长拿根烟递给他。周令飞说他不会抽烟。排长说："怎么不会，鲁迅先生就是烟民啊……"

天津的"老饕"们

在天津生活久了，会发现一个挺有意思的事情，那就是天津人迁往外地的不多，即便是离开天津了，往往几年后也会回来。天津人不愿远行可能有很多原因，我以为饮食显然是一个比较重要的因素。媒体上说北京人常到天津来办婚宴酒席，且说得很"暧昧"，似乎是因为天津的饭菜酒水比北京便宜。但实际呢？恐怕北京人自己心里清楚，北京的饭菜实在做得没有天津好吃，所以嘛，哪怕打的到天津来吃上一顿顺口的也值啊！天津人郭德纲在北京说相声，总拿北京的吃开涮，北京人不仅不恼，还拼了命地在下面拍巴掌，可见是说到他们心坎去了。

这么说好像天津是以美食闻名于世的城市，其实不尽然。实际上，许多人留恋这座城市是因为在这里活得比较舒服，既有大城市的繁华与便捷，也有中小城市的安逸与闲适。连外地人也觉着在天津生活比较舒服，因为天津人不欺生。当年作家陆文夫的《美食家》把苏州城的老饕写得活灵活现，我便想，有机会一定要写一写我们天津的老饕们。与陆文夫的苏州老饕们比起来，天津的老饕们可谓眼光更高、嘴上更刁。从20世纪初开始，中国最好的厨子跟着他们伺候的皇亲国戚、遗老遗少以及下野的军阀、失意的政客全都跑到天津，你说这些人吃得不够味儿、做得不够味儿行吗？更不消说在那些洋人的租借地里还有正宗的法国大菜、日式料理、俄罗斯风味……中国的八大菜系在天津都有自己的根据地，天津的鲁菜曾经比山东做得拿手，天津的广东会馆是全国最大的，论粤菜，天津当年做的味道连广州的大厨都自叹弗如，这使得天津人打一百年前就是吃过见过的主儿。

有钱的下馆子，没钱的呢？也没关系。天津的地理位置好得没话说，人称"九河下梢天津卫"，水网密集，水路运输极其发达，河海两鲜四季不断。买不起，就自己下网捞，一网下去，海河里的银鱼紫蟹有的是，回家后银鱼和馅贴饼子，紫蟹熬汤，这可都是皇上也未必能够享用的美味。我小时候，海河里还能跑几千吨的外国海轮，运来的都是些稀罕物，有用的，也有吃的；那时候白洋淀的渔民还可以划着立着鱼鹰的小舢板吱扭吱扭地划到天津，卖莲藕、菱角和白洋淀里的特产——嘎鱼。即使在"文革"期间，起士林还有法国进口的正宗奶酪在卖，早点铺一边抓革命，一边把高汤熬得骨香浓郁、有滋有味。

老天津人爱说一句话："天大地大不如咱家的饺子馅大！"很实在。作为中国人口最多的城市之一，天津的市民文化源远流长，远比洋文化对天津影响要重。大运河连着苏杭，海河通着太平洋，天津的饮食多年来就是中西合璧、南北兼容，同时还有自己特点，这特点不是一个"狗不理包子"抑或"十八街麻花"所能涵盖，在饮食文化方面，天津有点儿像是个无名英雄。

我认得的好多天津人都很有意思，穿什么衣服不讲究，可嘎巴菜一定要吃大福来的；豆腐脑儿要点麻酱汁和蒜末；喝的馄饨汤里一定要放静海产的冬菜，冬菜有荤素之分，放的一般是荤冬菜，有味儿；煎饼馃子嘛，绿豆面要纯的，里面要裹炸成纸薄的果篦儿，馃子则要买根根酥脆笔直的棒槌馃子……离北京这么近，北京人就是炸不出这样的馃子，城际铁路一开，北京人常坐火车到天津吃早点。这也不奇怪，当年毛主席想吃烤鸭，却不在北京的全聚德吃，非要到天津的正阳春来吃，这说明什么？说明天津的饮食，自是别有一番风味啊！

我的书房

对于书房的憧憬是从小时候便开始了。那时候读书真是如饥似渴啊！也怪，人家爱屋及乌，多半是对作家的容貌、性情感兴趣，而我最初则是对作家的书房、对作家是在哪里创作的这些文字感兴趣。那时候读小说里的一段话、一个章节，一个故事，都感觉像是作家只对我一个人在喁喁细语，好奇如我，不由得在心中一点点勾画着作家创作这些话的那间屋子。因为在那间屋子里，他们才会写出这样的文字、说出这样的故事，让我们彼此在书中相遇。于是乎从自己开始写作那天起，一间独立的书房便成为我努力的方向之一，至于书房的样子嘛，当然要越大越好；书呢？当然是越多越好。

十六岁的时候我有了两个简易书架，它们与我的床头只有一步之遥。每天早上醒来，我都能第一时间看到它们，像是在看我生命中另外一个组成部分，于是大脑很快便能活跃起来，心情也会变得不同。那虽然不是独立的书房，但在当时，我已经很满足了，直到有一天，我发现不到十平方米的房间书多得已经让我伸不开腿了。三十岁那年，我有了一间独立书房，十一平方米，后来搬了几回家，书房面积在一点点增大，书也在不断增多，于是乎所谓的搬家，实际上都是在搬书。

书房有了，书多了，我却发现，书少的时候，每增加一本于我而言都至关重要，甚至于一段时间内都会与其纠缠。但当我的书达到一定量后，每增加一本其边际效益却在减少，因我往往会选择"以后再读"，而会先读我用三张借书证从不同图书馆借来的书。事实上我以为，书房不仅是创作读书的地方，对于繁杂的外部世界，它还是个"隐匿之所"，可容纳你独特的收藏及小众的个人趣味。读书写作之余，可在此焚香、喝茶、会友抑或只是发呆。没错，只是发呆，没有谁会干扰你发呆，更没有谁会因你发呆而揣测你，只有你自己在与自己对话抑或让自己做一会儿白日梦。

我曾见过一张意大利作家翁贝托·埃科在他书房里工作的照片，那四面高高的书架，埃科坐在云梯状的梯子上看书；也看过秘鲁作家巴尔加斯·略萨在其堆成书山的书房中站立，是的，我喜欢这种漂在书的汪洋大海中甚至被书"围剿"的感觉，觉得这才是我喜欢的作家模样——真的好看！因而我书房的设计便简单，就是将所有墙面（包括门口和窗口）都做成书架，从地面直到房顶，书房里不接 Wi-Fi，也不要电话线。书房是一个容纳孤独的地方，更是一个舍我其谁的所在，或许有一点做作，或许难免有些仪式感的成分在，但我就是喜欢这种感觉。如今，我的书多数都进了书房，被我整齐有序地排列组合，书架放不下的，也被整齐地"垒"在我的书桌旁。好处是可以基本准确地找到想找的书，要知道因之前书房凌乱，曾经有一本书我买过三本，因还是找不到竟一时无法确定我是否真的买过它。

北魏文人李谧曾说："丈夫拥书万卷，何假南面百城。"翻译成白话文便是：一个人倘使自己藏书万卷，就无须再去当百城之官来证明自己了。如今我的书不算多，大约是两万册多一点，这是多年来书籍有进有出、大浪淘沙后的"规模"。当然了，新进的书总会更多一些。在我的藏书中，外国文学哲学占了四分之一，中国文学哲学占了四分之一，中外历史占了四分之一，还有四分之一呢？则属于杂书，包括天文、地理、民俗、社会，以及我四处搜罗来的百余册各国地图集，等等。这与我的兴趣爱好相符，我从来不认为一个搞文学创作的人只读文学书就好，"功夫在诗外"，这话绝对精辟，说到底，方方面面的学问，都是一个作家的供养人，它们与文学创作并行不悖。

　　因为书房的四面都做了书架，我的书桌就挤在了书房中间。有件事做得刻意，就是我把自己喜欢的那些中外文学经典摆在了我书桌迎面的书架上方。它们无时无刻不都在凝望着我、判断着我，而我只要一抬头，便是对大师和经典的仰望。

后记

一

读万卷书，行万里路，是许多人的理想。在我，却多半算是一种"偶得"。很小的时候便与书籍"纠缠"不休，读了多少，自己也说不清，而且除了文学，历史的、地理的、人物传记的，但凡是与人文社科有关的，读起来都如饥似渴。荀子在《劝学》中有言："不登高山，不知天之高也；不临深溪，不知地之厚也。"读书，往往读得越多，越痛感自己所知甚少；行路，往往去的地方越多，越明白什么才叫作天高地厚。

"读万卷书，行万里路，胸中脱去尘浊，自然丘壑内营。成立鄄郭，随手写去，皆为山水传神。"这话是明人董其昌讲的。董是书画高手，又写得一手好文章，深知文章也好，书画也罢，都有赖读书与行走加持。腹有诗书气自华，方能"萧然自有林下风"；阅尽世间繁华，虽未必能与天地共吞吐，但归来多半仍少年。

二

这本书里的文字大多指涉历史与景物、情状与世态，有写实，有虚构，有述景，有怀人。倘使读者能从中读出一点点思想，感受到些许的生命脉搏之律动，于我便是欣慰了。

科技的进步，使之前很多难以想象的事情皆幻化为可能。三分钟解读一部电影、五分钟讲完一部名著、十分钟的视频领你看遍世界各地之极致美景……"懒人包"式的分享或者知识消费链接令许多人趋之若鹜,但要警惕的是,这种满足于把万事万物压缩成"懒人包""知识胶囊"式的阅读手法与"观光"方式,其实早已远离了阅读与行走的应有之义。

三

人们面对知识固然好奇,但同时也很偷懒,谁替受众省了这一口气力,谁就赢得了关注。一个问题以六十秒的音频来回答,一本书的内容以二十分钟的音频来消费,需要三十天的行走时间被压缩为三十分钟的浏览视频,在这样的知识加工过程中,我们得到了什么,又失去了什么?其实大家心里多半都有所掂量。

四

老子《道德经》有言:"不出户,以知天下;不窥于牖,以知天道。"这是读书破万卷的人才有的本事,但亦非随便哪个读书破万卷的人都有的本事。当下,"两脚书橱"式的人物比比皆是,所以王阳明才提出了"知行合一",即指"读万卷书"和"行万里路"是密不可分的;所以清人钱泳才会在他的笔记《履园丛话》中说:"读万卷书,行万里路,二者不可偏废。"